U0508035

被"家"叙述的"国"

20世纪
中国家族小说研究

刘卫东 著

中国社会科学出版社

图书在版编目（CIP）数据

被"家"叙述的"国"——20世纪中国家族小说研究/刘卫东著.
—北京：中国社会科学出版社，2010.5
ISBN 978-7-5004-8597-1

I.①被… II.①刘… III.①小说－文学研究－中国－20世纪
IV.①I207.42

中国版本图书馆 CIP 数据核字（2010）第 043414 号

责任编辑　罗　莉
责任校对　修广平
封面设计　毛国宣
技术编辑　李　建

出版发行　中国社会科学出版社
社　　址　北京鼓楼西大街甲 158 号　　邮　编　100720
电　　话　010－84029450（邮购）
网　　址　http：//www.csspw.cn
经　　销　新华书店
印　　刷　北京君升印刷有限公司　　装　订　广增装订厂
版　　次　2010 年 5 月第 1 版　　　　印　次　2010 年 5 月第 1 次印刷
开　　本　880×1230　1/32
印　　张　9.75　　　　　　　　　　　插　页　2
字　　数　243 千字
定　　价　26.00 元

目　录

序　言

　　作为类型小说之一，同时也包藏了"现代中国"在"日常生活"中展开进程的"家族小说"，在中国现代文学史中绵延不绝，但是由于内涵界定较为"困难"等问题，长时期未得到重视，直到21世纪前后，这个课题才因为对"百年中国"的回眸而渐次升温。近年来做"家族小说"课题的博士和硕士论文是愈来愈多了，就文本分析而言，其中也不乏佼佼者，但就家族小说背后的意义诠释来说，我们可以看出因为诸多学者对问题把握的宏阔视野的欠缺，所以对家族小说延宕波及于政治、文化、宗教、社会、心理等各个层面的内涵发掘不力。

　　刘卫东的这部著作就是试图站在一个更高的视点上——"中国现代性"——来俯察从近代以来的种种家族小说写作的内在机理。以"现代性"为平台的学术研究是近年来人文科学的重要路向，也提供了不少别开生面的研究成果，是值得肯定的，但同时，把舶来的西方"现代性"理论没有消化就生搬硬套的现象也很突出。卫东的著作用了较大的篇幅论证了"中国现代性"这一存在不少争议的"概念"，并以此为基点分析了20世纪的中国家族小说，在多方面具有学术价值和探索意义。

　　"中国现代性"的理论争论，从1840年一直延续到今天，可谓众说纷纭、莫衷一是。想要彻底解决这个问题实际上是不可能的事情，然而，家族小说却又恰恰绕不开这个话题，经过作者对中外诸多理论的爬梳，又经过自己的经验和理解，基本框定了一条清晰的理路。论著在面对这样宏观的问题的时候，"小心求证"，并未因为尚无定论就信马由缰，而是步步深入，逐步将问题引向自己试图讨论的领域，并给与了具有一定深度的阐释。我以为，书中所强调的"文化现代性对个人的诉求"应该是本书的核心价值，虽然有悖论的意味，然而却概括出了"中国现代性"的缺失。对于具体论述中的一些看法，虽然我不能完全赞同，但是，由此而延展开来的"被压抑"问题的探讨却是击中了一个多世纪来"中国现代性"命门的问题。因此，把近代以来的诸多家族小说文本放在这样一个论述框架中来检视，它们就具有了鲜活的意义。

更重要的是，刘卫东关注的问题焦点在于"不是家族小说叙述了什么，而是为什么这样被叙述。"这样，使卫东的研究没有掉进概念的泥淖，而是通过具体的文本阐释丰富了"中国现代性"这一概念，并以此将研究引向更为深入的领域。一些"经典"家族小说在中国现代性的视野中，获得了与以往研究不同的看法，如巴金向"日常伦理"的回归、《红旗谱》中冯贵堂角色的"矛盾"等。就著作来看，卫东并没有拉开架势来夸夸其谈大做文章，在整个结构上也没有使用恢弘的理论篇章结撰整饬，而是抓住一些细节的关键进行鞭辟入里的论证，使得许多问题就变成了可证的"真问题"，而非没有任何创新意义的饶舌的"伪命题"。

为了寻求家族小说的流变"模式"，论著使用了叙事学的方法，在家族小说研究中，也是较为有新意的尝试。用叙述学的方法来分析和概括家族小说应该是有章可循的，借鉴这种方法从形式美学的角度来看，似乎可以解决不少难以归纳概括的问题。论著对叙述学，尤其是俄国形式主义代表人物普罗普研究民间故事的方法以及在他影响下的一些研究进行了借鉴，也针对家族小说的特殊性进行了"改造"，使该方法变得简洁实用，但是可能也隐藏了不少问题，是需要进一步深入探讨的。不过，我以为只要不是生搬硬套，能够从此视角得到对家族小说的新的认识，也未尝不是一条可以接受的分析路径。

家族小说的"发生"的原因探究，也就是从"原型"意义上来厘定它的内涵和外延，成为这部著作哲学命题寻觅的出发点，就此而言，这本论著就多少具有了作者人格化的追求。其实，卫东的这个课题是其博士论文的选题，距今已近十年，当年，他的这一选题做的人还很少，困扰他的问题是切入点和价值理念的确定，当然，还有家族小说的理论界定与文本遴选的历史上下限等诸多问题。面对这些艰难的问题，选择本身就是需要勇气的，显然，这一选题的难度一直延续困扰了他有十年之久，做课题是艰难的，而思考问题则是更艰难的。从论著看，与卫东当年答辩时候的毕业论文，有了很大改动和发展，这说明他对此问题仍在不断思考。

我同意"家族小说可以被视为中国在20世纪命运的寓言"的结论，由此来透视中国文学与政治的关系是再恰当不过的了。云谲波诡的动荡的20世纪已经谢幕了，但是留给"现代中国"的问题还远未得到及时有效的清理，而这个工作，恐怕是从事当代文学、文化的研究者所不能绕开的，也是需要责无旁贷去担当的。从这个意义上来说，我以为"家族小说"是卫东学术的发端，而20世纪文学中的"中国现代性"诸问题是他的方向，此路绵绵无绝期。

卫东是一个相貌忠厚沉稳的学者，做事很有分寸感。但是，一旦有了想法，他是那种一条道走到黑的人，有了这样的品格，不愁他做不出学问来，而时间才是检验学术的最好试金石。我相信卫东会有更多的学术成果问世，不就是一个时间等待的事情嘛。

丁　帆

2010 年 1 月 9 日

引　论

任何一个课题的确定，都不是空穴来风，而是拖着一条隐秘的历史之尾。对本书而言，更是这样。文学、家、20世纪中国与衍生出来的叙事、历史、父亲、逆子、革命、民间等概念共同编织了一幅"现代中国"图景，它们错综、扭结的联系让人感觉如同面对无法解开的麻团，既头痛又无法回避。

一　在历史深处失踪的"出走者"

新中国历史上20世纪70年代初出生的一代知识分子，注定要面临更多的困惑，因为，与其他年代出生的人相比，他们成长的背景更为模棱两可、暧昧不明。他们初高中阶段接受的是"共和国传统"教育，80年代末政治风波后，上了大学，又开始经历商业文化的侵蚀，头脑中固有的与新来的东西杂糅在一起——接受、分辨、批判，好像各样的水果被沙拉酱拌在一起，味道很奇怪。于是，他们失去了味觉。众所公认，认识自我是生命哲学探究的最高目标，对70年代的人来说，这个工作更为迫切。"我怎么了？发生了什么？"他们进入了成熟的年龄，却仍然懵懵懂懂，没有哪一代人比这一代人更想弄明白这是怎么一回事。因为，不如此，他们就无法行动。他们仰望蓝天，渴望飞翔，却可悲地像个虫豸一样匍匐在地上，不知什么时候能长出翅膀。一位出生在 70 年代的作者在一篇对 70 年代出生的作家的研究文章中，使用了《终止焦虑与长大成人》这个题目，他在考察了 70 年代出生的几位作家之后，认为"关于我们这一代人的'共同经验'，可能仅仅局限在我们自身的角度来看，最终还是会带来更多、更大的困惑。我想比较值得去做的，是应该确认我们所处的时代到底在怎样制约着我们的生存体验，以及又是如何在此基础上形成了我们对于现实和自我的想象。"① 我以为，他说出了 70 年代人的共同渴望，但是，我不同意把它作为一个方向，更赞成将其视为一个过程——虽然这一代人已经处在不大不小的年纪。当他们开始睁开自己的眼睛的时候，渐渐发现，"自我"和"外部"都是牢笼，他们是无援的囚徒。

在阅读过程中，那些叛逆的青年的命运往往能够吸引住我，他们仿佛是蛰伏在心中的另一个我。对现状的极端憎恨、打破秩序的勇气和为理想牺牲的渴望，使我暗自心仪。现代人其实一直想找到一个让他愿意为之付出时间精力甚至牺牲生命的东西，虽然在后现代语境里，这样说有反讽的意味。按照马克斯·舍勒的说法，牺牲是人的一种本性和冲动："生命的牺牲无疑是有的，甚至还是更高价值意识上，寓于更高价值之中的生命形式；但并不因此意味着每一种牺牲都是一种促进生命的行动。肯定有一种自由奉献生命之财富，生命力之美好的自

　　① 宋明炜：《终止焦虑与长大成人——关于 70 年代出生作家的笔记》，《上海文学》1999 年第 9 期。收入陈思和、杨扬编：《九十年代思想文选》，汉语大词典出版社 2001 年版，第 318 页。

然充溢的牺牲。……这种牺牲渴望原本就是生命的一部分，并先于一切特殊'目标'和'目的'，就是说，计算、知性、考虑随之把这种'渴望'纳入'目标'和'目的'。我们事先并不知道为何故、为何事、为何人，但我们心中渴望牺牲！"①这一段表述令人震惊。把牺牲这么一个理性的事件解读为灵魂的自然品性，大大出乎很多人的意料。虽然不能证明这个理论，但是结合自己的体验，笔者以为舍勒说出了一个事实，但是，他说牺牲不讲条件，我觉得并不确切。生命固然有"牺牲"的"冲动"，但是必须要找一个交代给自己的原因。死有重于泰山，有轻于鸿毛，每一个人心中都深藏着牺牲的渴望，但是许多人的牺牲并没有价值。这时，又有问题出现了，为什么毫不犹豫为理想牺牲生命的多是青年？青年更喜欢牺牲吗？有一种观点认为："一直到20世纪80年代，在一次次以'民族'、'民主'为价值指向的文化、政治、社会运动中，青年们都是以扮演'启蒙者'、'拯救者'这一类角色的行动来展开其反抗的。热血沸腾地扮演'青年'角色的年轻人们，虽然常常遇到来自各种势力的压制乃至弹压，但他们多不怀疑自己代表着民族/国家的利益，肩负着神圣的历史使命，他们也确信民众对他们抱有期待，迟早会有掌声响起。而年轻人自身的要求，包括他们的权利诉求、不满以及改变自身社会状况和地位的群体愿望等等，通常被裹挟在他们的角色行动中。由于缺少将自己独立的愿望和欢乐从'青年'角色中剥离开来、加以正当化的能力和条件，中国的年轻人在被神圣化、模式化的同时，也遭遇了被扭曲、被异化的尴尬。"②将青年们的行为放

---

① ［德］马克斯·舍勒：《价值的颠覆》，三联书店1997年版，第62—63页。
② 陈映芳：《在角色与非角色之间》，江苏人民出版社2002年版，第60页。

在政治行动的线索中考察，尤其是放在历史"传统"中考察，的确可以看到青年在社会政治结构中所处的位置。但是，为什么担当这个任务是青年？而不是中年或老年（他们的人生经验应该更丰富）？这是青年成长过程中生理冲动决定的还是历史机遇的选择？我想更多地知道一下，他们遇到了什么问题？这是时代的问题还是人的问题？如果是时代的问题，他们是怎样面对的？这样面对是正确的吗？如果是人的问题，人应该怎样超越？

如此惊心动魄的问题，得到了众多敏锐而又有才华的作家的关注，突出地反映在20世纪文学中。巴金的《家》中有一个觉慧，是个"时代青年"（也就是现在的"愤青"），对于同龄（他似乎永远18岁）的青年来说，他的狂热非常迷人，他的叛逆让人激动。18岁出门远行，是每个人精神成长史中注定会碰到的一块暗礁，如果不是小心绕过，就必将与之撞出耀眼的火光，改变青春期的走向。觉慧在30年代就是这样一个"暗礁"，鼓励了很多青年离开家庭，奔向"革命"。"革命"又是什么呢？为什么"闹革命"就要离开家庭呢？二者是对立的吗？正如巴金后来坦诚承认的，他对此也一无所知。当然，作家们并不是思想导师，不负责提供答案。觉慧的命运在《家》里没有说，在续集《春》《秋》中，仍然没有交代，似乎失踪于历史深处。他的命运成为一次戛然中断的旅行，这很让关心他的人惦记。但是，觉慧没有淡出历史，他的背影出现在其他作品中，类似的人物在20世纪中国文学中，还有不少：《财主底儿女们》中的纯祖，《四世同堂》中的瑞丰，《红旗谱》中的朱老忠、运涛（红色经典中的情况更特殊），《白鹿原》中的兆鹏、兆海、白灵、黑娃，《丰乳肥臀》中上官家的女儿们……虽然在细节上不同的地方很多，但是基本上都是离家寻找"出路"的叛逆者，是一个人物系列。而浏览西方文学史，却能发现西方作家并不这样处理人物和家庭的关系，也几乎不写这样的人物。① 换句话说，这个"人物系列"是中国现代文学史上的"土特产"。

二　中国现代②史上的那场噩梦

关注有关"出走者"人物系列小说的时候，可以发现它们都是20世纪中国文学史中重量级的作品——多部作品被称为"史诗"，也代表着不同历史时期文学的成就。这些作品以宏阔的结构、众多的人物形象反映了20世纪中国历史。至少，作家有这样的愿望和野心。笔者更感到有兴趣的是，同样的一段历史，在《红旗谱》和《白鹿原》中为什么会有如此不同的讲法？历史与历史的讲法之间是什么关系？这些不同的讲法的背后，又有什么更值得注意的内容？如果一切历史都是当代史（克罗齐的名言），当代史又是什么？

中国历史上下五千年，悠久古老，是人类文明史的重要组成部分。从断代角度看，每一个"时段"都是链条上不可或缺的一环。但是，应该承认，有的环节是相对重要的，不仅承上启下，而且是关键的转折点。对中国来说，刚刚过去的20世

---

① 家庭成员"出去"、"回来"从来就没有成为西方文学作品的母题。参见蒋承勇《西方文学"人"的母题研究》，人民出版社2005年版。

② 在中国学界，将1919年五四运动以来称为"现代"，将1840年到1919年之间称为"近代"，本节为了讨论的方便，与西方的"古代、现代"对应，将中国所谓的"近代"也纳入"现代"。

纪就是这样一个时代。随着时间的流逝，20世纪的意义将会越来越显得重要，而20世纪带给中国的经验和教训，也值得认真研究总结。张汝伦在谈到自己从西方哲学向中国现代思想史转向的时候说："中国现代思想史之所以吸引我，使我不惜'僭越'去研究，实在是因为它并不是过去或完成了的东西，而是构成我们今天思想的基本条件。身为中国人，总要关心中国的问题，关心中国问题，必然要关心中国的思想。虽然历史并非是由思想创造的，但也确如伯林所说的，包含在历史的运动和冲突中的观念和人生态度，使这些运动成为人类的历史，而不是自然事件。观念并不创造历史，但却塑造历史，就像它不创造生命，却给予生命意义一样。要了解现代中国，要了解中国的问题，要了解中国的走向，就要了解中国的思想。它是这个民族内在生命的脉动。"① 人总是或多或少有些私心，我们对中国问题的关注，与张汝伦一样，也是源于它跟我们自身有密切的关系。当然，民族内在的"脉动"也是一个复杂错综的系统，从不同的角度切入，会看到不同的风景。张汝伦从西哲转向中国现代思想史，也不算十分"僭越"，这不过是一个学科内的学术背景的转换。而由家族小说的演变，对照现代思想史的变迁，不妨也可自称为一次"僭越"。在笔者看来，20世纪的家族小说，正是从"小说中国"的角度，记录了现代中国的每一条年轮。

从对20世纪中国的叙述中，不难看到一条或隐或显的线索：沉沦与复兴。20世纪到来之前，中国刚刚经历了一段历史上最惨痛的噩梦。一般认为，从1840年鸦片战争开始，中

---

① 张汝伦：《现代中国思想研究》，上海人民出版社2001年版，第1页。

国这个老大帝国就不断遭受外国的蹂躏。① 从此时起，中国处于"三千年未有之大变局"中，近代以来中国所有问题的发生，都是以此为逻辑起点的，是对这种现象的回应。最让人难堪的是，清军北洋舰队在1894年甲午海战败给日本，长期被中国人瞧不起的东邻小国也从中国割走土地，获得赔款。对此，康有为说："夫以中国二万里之地，四万万之民，比于日本，过之十倍，而小夷谩侮侵削，若羊缚豕，坐受剥割，耻既甚矣，理亦难解。"② 康有为的话，具有相当的代表性，几乎是当时朝野的一致想法：堂堂的天朝大国怎么啦？根据近代史学者的研究，甲午中日战争并非完全是军事实力的对比，而是多种因素综合而成的结果。③ 不管怎么说，战败的现实直接引发了呼唤"维新"的风潮。不但光绪皇帝，就连西太后也感到了改革的必要。在西太后看来，中国需要改革和吸收外来的东西，但是要有一定的原则，"若师日人之更衣冠、易正朔，则是得罪祖宗，断不可行"。④ 作为清朝的最高统治者，西太后没有理由反对中国走向富强的主张。康有为和支持他的光绪帝主张"快变、大变与全变"，在103天的时间里，发布了二三百条涉及选拔人才、农工商业、裁汰官员、废除科举、财政经济、法律制度、文化

---

① 发生在1840年的鸦片战争常常被叙述为中国近代史的开端。但是，黄仁宇认为，中国近代社会的病根早已经种下："万历十五年公元为1587年，去鸦片战争尚有253年，但是中央集权，技术不能展开，财政无法核实，军备只能以效能最低的因素为标准，则前后相同。"黄仁宇：《万历十五年》，三联书店1997年版，第70页。

② 康有为：《上清帝第三书》，见汤志钧编《康有为政论集》，中华书局1981年版，第140页。

③ 参见姜鸣《龙旗飘扬的舰队——中国近代海军兴衰史》，三联书店2002年版。

④ 费行简：《慈禧传言录》，见《戊戌变法》第1册，神州国光社1953年版，第464页。

教育、军事国防等方面的上谕。某种程度上说，这相当于把中国旧制度全部颠覆，重新来过。20 世纪末，关于戊戌变法是非功过的争论很激烈。余英时在《中国近代思想史上的激进和保守》中认为，戊戌变法过于激进，不能保留传统中比较好的东西，并且形成了一个激进主义传统，贻害不浅。一时间，激进和保守之争成为一个热点。① 这里重新叙述这段历史，是想说明，在当时的情形下，不是要不要改革的问题，而是应该怎样改，改成什么样子的问题。这才是问题的关键。现在回头看20 世纪中国风云，这个问题始终是中国的核心问题。刘小枫在《现代性社会理论绪论》中，将上述问题归纳为一个概念："中国问题"。② 我以为这是一个很贴切，也很重要的概念，但是也需要从理论上进一步丰富。在中华民族的民族心理深处，确实存在着一个情结，就是如何能够富强起来，重新回到核心的地位。这种文化心理是其他民族所没有的。在其他国家的文化中，很少有如此迷恋自己的文明，以天下老大自居的。古代印度和近代英国也很强大，但都没有出现类似思想，而中国这个老大梦在后来又一破再破，对民族文化心理影响甚大。刘小枫从现代性的角度，认为"中国问题"就是中国如何纳入"现代"的问题，指出了20 世纪中国理论和实践的核心内容。其实，"中国问题"一直存在，不过，只有到了20 世纪末，才被更清醒地意识到而已。

---

① 余英时的文章及回应和争鸣见李世涛编《知识分子立场——激进与保守之间的动荡》，时代文艺出版社 2000 年版。

② 刘小枫：《现代性社会理论绪论》，上海三联书店 1998 年版。本文第一章将对这个问题进行详细讨论。

三　倾斜的"国"与崩溃的"家"

在18、19世纪的世界思想史范围内，很多有才华有激情的思想家对新世纪和人类未来进行过美好的展望，虽然事后被证明不过是"空想"。戊戌变法的重要推动者康有为也抒发过他的理想："故全世界人，欲去家国之累乎，在明男女平等，各有独立之权始矣，此天予人之权也。全世界人，欲去私产之害乎，在明男女平等，各自独立矣，此天予人权也。全世界人，欲去国之争乎，在明男女平等，各自独立始矣，此天予人权也。全世界人，欲去种界之争乎，在明男女平等，各自独立始矣，此天予人权也。全世界人，欲至大同之世界，太平之境乎，在明男女平等，各自独立始终矣，此天予人权也。"（《大同书》）在康有为的描述中，大同社会是以人权的实现为基本目的的，这是19世纪末最豪华的对未来中国的想象了。没有比19世纪末的人更喜欢设想未来的了，从中国到世界都是如此。而20世纪，就是将这些设想付诸实践的一个世纪，是一个伟大而悲壮的世纪。一个应该没有异议的观点是，20世纪对中国来说，是一个从古代向现代转型的世纪。当时的人们不但看到一个摇摇欲坠的"国"，还体验着一个急速解体的"家"。此前的中国基本是一个宗法制社会，以家族为单位的小农经济松散组合成一个庞大的帝国是其重要特征，与西方封建社会有很大的差异。关于这一点，社会学家早已经有发现且有过不少论述。费孝通从理论上分析了中国与西方"家庭"的不同之处，他指出："在西洋，家庭是团体性的社群"，"这个社群能经营的事物也很少，主要的是生儿育女"，"可是在中国乡土社会中，家并没有严格的团体界限，这社群里的分子可以依需要，沿亲属差序向外扩大"。① 费孝通已经认识到，中国家庭的外延要大，承担的功能也远大于西方家庭。当代的社会学学者翟学伟进一步指出："家族主义或家庭本位是最能反映中国社会文化特征的一个重要概念"，而"中国社会可谓以家族组织为最基本单位的社会，相应的，中国的文化也以家族主义为其最基本的价值内容"。② 家族文化在中国文化中的核心地位，冯友兰和梁漱溟曾经在20世纪三四十年代就提出过，而到了20世纪末，这个观点依然没有改变，可见基本可以作为定论。但是，笔者想对这个结论略作修正延发，笔者以为，20世纪是家族、家族制度、家族主义在中国逐步解体的过程。③ 从农村中大家族逐步裂变为核心家庭即两代人三口之家的现象可以看到，传统的文化伴随着这个过程，也正在逐步解体。对这一变迁的后果，每一位书写者或欢欣鼓舞或大唱挽歌，都会有自己的价值判断。20世纪文学从自己的角度忠实地记录了这个中国文明史上的巨大变迁。众所周知，恩格斯比看重历史学家还要看重文学家对一个时代的描述，他认为自己从巴尔扎克作品中学到的东西，"比从当时所有职业的历史学家、经济学家和统计学家那里学到的全部东西还要多"。④ 同样地，笔者以为，从家族小说中，可以看到比历史学家所写的历史更为隐秘的内容，或者说，家族小说和20世纪历史是一种互证和互参的关系。20世纪其他小说，由于关注题材范围的原因，与"历史"的关系远没有家族小说

---

① 费孝通：《乡土中国 生育制度》，北京大学出版社1998年版，第39页。

② 翟学伟：《中国人行动的逻辑》，社会科学文献出版社2001年版，第172页。

③ 关于这一点，我暂时还没有找到社会学方面的支持。但是，20世纪初的许多文学作品实录般记载了大家族解体崩溃的情形，《家》、《财主底儿女们》都写了传统家族向核心家庭的演变过程。

④ ［德］恩格斯：《致玛·哈克奈斯》，《马克思恩格斯选集》第4卷，人民出版社1972年版，第463页。

密切，同时，家族小说直面生活中最朴素的问题（家长里短），有着其他类型小说所不具备的"现实性"。

就目前家族小说研究的成果来看，还没有出现对其"发生"的原因的探究。① 在笔者看来，从"原型"的意义上说，家族小说是回答两个问题的，一是"我"是谁？人的心智成熟到了一定阶段，就有了认祖归宗（"寻母"／"寻父"是文学母题之一）的愿望，对自身家族谱系的梳理，对先辈伟业的缅怀，都能使自己产生一种归属感和自豪感。这个"我"同时又是全体国人。重新认识"自我"正是20世纪中国人的集体无意识，他们在向"现代"的转型中不知所措，在迷失中的选择之一就是重新认识"自我"。因此，中国传统文化在20世纪遭到从未有过的质疑。我想问的是，这种质疑有道理吗？中国传统文化能够为近百年中国历史的现实买单吗？好在时间是公正的评判者，会在适当的时候告诉我们答案，但是目前显然并不是最佳时机。不过，这并不能成为我们停止思考的理由，因为我们今天的思考和判断，才是决定明天答案的关键因素。在本书中，我将侧重介绍和评论20世纪家族小说对此问题的看法。二是"我"该干点什么？在对家族故事考察的同时，我也想考察一下家族故事的讲述者。巴金、路翎、梁斌、欧阳山、莫言、李锐、陈忠实……这些讲述家族故事的人，虽然各自都有对写作动机的阐述，且不尽相同，但是有一点我认为是相同的，他们肯定带着某种使命感和责任感，其目的无非是延续家族的辉煌或重新振兴家族。怎样才是一条正确的振兴家族的道路？这是20世纪中华精英殚精竭虑思考的问题。一有机会，他们就将自己的计划付诸实施。正面论述20世纪中国政治思想史显然不是本书的任务，但是，这一点又

---

① 这里所说的"发生"，是指作为一种类型小说在"原型"意义上的发生。

不能不是本书立论的参照系之一。我最关注的，不是家族小说叙述了什么，而是为什么这样被叙述。家族小说的书写者扮演着一个立法者的角色，在叙述家族历史的时候，心里想的是什么？是什么原因使他这样叙述而不是那样？

本书正是从上述角度来切入这个课题的，应该说，上述的两个问题是所有人文科学研究的终极问题。这里并不是对自己研究对象的随意拔高，而是家族小说本身就存在着对人类终极问题探索的特质。

第 一 章

"中国现代性"与20世纪
中国家族小说

第一节　欲休还说的"中国现代性"

研究"20世纪家族小说"，为什么要从现代性问题入手，是首先需要回答的问题。现代性是起源于西方的一个概念，在当代文化领域内被广泛使用。不仅在西方，在中国学界，现代性也是炙手可热的话题。在一套关于现代性问题译著的总序中，有论者这样论述研究现代性的必要性："现代性从西方到东方，从近代到当代，它是一个'家族相似'的开放概念，它是现代进程中政治、经济、社会和文化诸层面的矛盾和冲突的焦点。在世纪之交，面对沧桑的历史和未定的将来，思考现代性，不仅是思考现在，也是思考历史，思考未来。"① 虽然每位研究者都会积极评价自己研究对象的意义，但是赋予现代性问题这样重要的地位，也不算多么夸张。无论是西方还是中国，现代性问题都是

---

① 周宪、许钧为商务印书馆出版的"现代性研究译丛"所做的总序，此序写于1999年。

人文学科研究领域无法忽视的。现代性问题产生在西方，放在中国学术环境内讨论，是否是隔靴搔痒？可能会有这样的疑问。笔者以为，就现代性的社会进步、和平民主等理想来说，中西基本是一致的，但是中国又有自己的特殊情况。中国具有自己独特的现代性之路，不妨称之为"中国现代性"。中国近代以来受西方影响很大，中国现代性的一系列理论和实践都与西方现代性密切相关，因此，西方现代性在中国被接受的过程就是中国现代性形成的过程。这个问题与现代中国的关系不言而喻，马克思主义中国化本身就是中国现代性的一个例子。中国现代性问题从1840年以来，一直在不断尝试和讨论中，最近的"新左派"与自由主义之争，就是这个问题在当代的延续。可以说，现代性问题和中国现代性问题是研究现代中国的绕不过去的"门槛"。文学作品中往往包含着理论无法涵盖的内容，20世纪的"家族小说"更是或显露或隐藏着中国现代性的种种问题。就20世纪中国文学来说，它既是中国现代性问题的体现，也体现着中国现代性。因此，以现代性问题作为研究20世纪中国的背景或切入点就是顺理成章的推论了。

一　现代性

（一）现代性：上帝空缺时代人类的新宗教

英文"现代性"（modernity）一词是从"现代"（modern）派生出来的，在使用时，"现代"的所指有一个漫长的变异过程。"现代"在西方，是一个被不断赋予新的含义的词汇。就这一点来说，西方学者已经做了充分的工作，这里先就"现代"的词源问题做一个陈述。按照尧斯的考证，拉丁语"现代"（modernus）一词在公元前5世纪就出现了，这个词旨在将刚刚确定地位的基督教同异教的罗马社会区别开来。"现代"一词从产生之初，就有表述"时间断裂"的意味。后来，它在欧洲的使用，基本都是为了表现出一种新的时间意识，同过去断裂而面向未来。尧斯的考证是比较权威的，笔者所见多种关于"现代"词源的论述都认同他的说法。① 就"现代"的定义来说，很难有一个可以概括和稳定的说法。如果一定需要解释的话，笔者认为是指与古代相对的社会机制、经济模式和文化结构。在西方，现代与古代的分界点基本是在 17 世纪到 18 世纪，以英国工业革命、启蒙运动为标志；在中国，现代与古代的分界点基本是在 19 世纪中后期，以两次鸦片战争、甲午战争为标志。② 问题不在于怎么分，而在于为什么要把历史分成古代和"现代"？为什么"现代"成为一个问题？也就是说，"现代"这个词汇为什么会有生命力，成为人文科学研究中的关键词？关于这个问题，伊夫·瓦岱这样说："传统文化——西方文化和东方文化一样——与当代文化之间的差异在我们大家看来似乎是显而易见的事。很久以来，与普遍的历史变化意识相关的新生事物和革新举措，在全世界几乎都一样，致使人们把'现代人'与'古代人'对立起来"，"'现代世界'与几千年来曾一度支撑所有社会和文化的各种传统之间迅速地产生越来越大的距离。对这种不断加大的差异进行反思，自然是当代人需要完成

---

① 尧斯的考证出自《美学标准及对古代与现代之争的历史反思》一文，目前还没有中译本。哈贝马斯引用的就是尧斯的观点，见［德］哈贝马斯《后民族结构》，上海人民出版社 2002 年版，第 178 页。詹姆逊也引用过尧斯此观点，见［美］詹姆逊《对现代性的重新反思》，《文学评论》2003 年第 1 期。中国学者考证现代词源时，从哈贝马斯论述而来，参见刘小枫《现代性社会理论绪论》，上海三联书店 1998 年版，第 62 页。不过，刘小枫的引述来自尧斯的另一个版本《文学传统与现代性的当代意识》。

② 虽然为了照顾更多的观点尽量不"坐实"，但是这一分期也未必就能与所有既定说法达成共识。在对西方历史的划分中，也有将其分为"古代"、"中世纪"和"现代"三个时段的，本书将西方"中世纪"视为"古代"。

的、最有必要但也是难度最大的任务之一。作家、哲学家、人种学家、社会学家、经济学家、所有学科的思想家都在为之努力，试图去分析现代土壤的基本结构，找到现代运动的动力，确定它的发展方向，赋予它某种意义或不安地指出它没有意义"。① 他说的有一点是没有争议的，那就是"现代"出现了许多不同于传统的东西，而且这些东西影响着未来人类的走向，所以不得不成为一个无法绕开的研究对象。他说的另外一点却是需要商榷的，甚至说是不正确的。我们认为传统和现代之间是存在差异的，西方和东方是不同的，并非他所说"全世界几乎都一样"。西方传统与现代的差异是一回事，东方传统与现代的差异是另一回事。也就是说，虽然同样面对"现代"的问题，但是问题本身是不一样的。这样一个重大的区别，不知为什么会被忽略。

既然"现代"的概念如此暧昧，附着之上的所谓"现代性"就更难下定义。实际上，多数研究现代性的西方学者是拒绝给出一个完整定义的。但是，一般而言，学者都认为现代性是一种持续进步的、合目的的、不可逆转的时间观念。美国学者卡林内斯库指出："要精确地标明一个概念出现的时间总是很困难的，而当要考察的在其整个历史中都像'现代性'一样富有争议和错综复杂时就更是如此。然而有一点是清楚的：只有在一种特定时间意识，即线形不可逆的、无法阻止地流逝的历史性时间意识的框架中，现代性这个概念才能被构想出来。"② 关于这一点，似乎争议不大，问题是，为什么这个概念得到了如此广泛的认同和

---

① ［法］伊夫·瓦岱：《文学与现代性》，北京大学出版社2001年版，第2页。
② ［美］马泰·卡林内斯库：《现代性的五幅面孔》，商务印书馆2002年版，第18页。

使用？这个概念的出现意味着什么？解决这个问题，需要从西方宗教、哲学对未来世界的想象谈起。人类自从诞生开始，就要承受来自物质（寻找食物延续自身）和精神（亲人及自己死去）两方面的苦难，设想摆脱这种困境的理论探索一直没有停止过，其中，宗教和哲学就是为了解决后一个问题而产生的。在西方，基督教建立了一套系统地解释世界的方法。近代以来，不管基督教哲学如何辩解，上帝和天堂是否存在还是被怀疑，中世纪的思想禁锢并不能阻止基督教理论的崩塌。随着达尔文的进化论被逐步接受，基督教哲学不可避免走向衰落，针对此问题，不少哲学家做过各种努力来拯救信仰危机。尼采提出"超人"哲学，试图以"超人"来弥补上帝死后的空缺，理论自然不错，但是"超人"无处寻觅。有论者指出取代宗教的是"进步论"："既然基督的天堂渺不可及并且在哲学家的笔下日益成为迷信，那么一种尘世的完美状态便开始成为人们信奉的对象，这是一种用人的理想建构起来的天堂（乌托邦），是人们用以寄托一切美妙向往的境界。人们从此坚信，人类仅凭自己的力量——理性之光的不断照耀和科技的不断发展，一定能不断进步，最终达于理想的人间天堂。进步论由此便成为一种宗教。"① 现代性的核心内容就是"进步"。在各种理论的竞争、对抗中，"现代性"以其恢弘的对未来世界的想象最终胜出，在"上帝死了"之后，引导人类超越苦难的任务就成为了"现代性"无法规避的责任。在这里，基督教衰落后的信仰危机竟然得到了解决：只有从时间的角度考虑，走向未来，才能使人类重回伊甸园。换而言之，"现代性"的承诺（社会是进步的，未来好于现在）使人重拾超越苦难的勇气。就这一点说，"现代性"是"上帝"的继承人，是人

① 河清：《中国，现代，太现代了！》，中国人民大学出版社 2004 年版，第 85 页。

类新的"上帝"。"现代性"不同于基督教的地方是：现代性最终解放了人。在基督教的教义里，上帝无所不能，而人只能是为了赎罪而不断忏悔的奴隶，而在现代性的理论中，人创造了自身、社会并推动它不断走向辉煌。上述论述是想说明，现代性正是因为承担了导引人类（主要指西方）走出信仰危机的责任，使它成为近来风靡全球人文学科的重要理论平台。

许多学者对"现代性"的"本质"进行了确认。福柯把"现代性"作为一种态度，认为现代性就是对英雄时代的竭力塑造，而这一时代已经结束，必须批判。利奥塔认为现代性就是启蒙运动以来关于理性、启蒙、解放和进步等观念组成的"宏大叙事"，而这个争取合法化的叙事已经衰落。还有很多，这里无法一一列举。当然，每位学者提出自己的现代性"本质论"都基于一定的理由，也有一定的说服力。现代性研究中呈现出的"众声喧哗"现象，正体现着现代性研究的活力。可以看到，这些研究者都把现代性作为与现代化进程有关甚至依附于现代化的一种叙事话语，而对这个话语本身的意义认识不够。正如有论者所说："现代性就是一种批判与反思进程中的对于人类理性与存在状态的重建，它涉及实践的与审美的双重经验，涉及从主体中心主义到主体间性的进展，并能依据不同的价值判断标准，予以'过时的'或'进行中的、未完成的'时态并定位。现代性概念的复杂性反映了西方社会历史与现实、工具理性与艺术审美、批判与反思等等文化质素之间的对抗、胶着与互依性。现代性就是建设与批判、展望与反思、启蒙与审美等合力推动的人类文化发展机制的内在意蕴，是对现代化进程及其阶段性成果的一种描述。"[1] 这一段论述体现了研究者对现代性话语的复杂态度，

----

① 潭好哲等著：《现代性与民族性——中国文学理论建设的双重追求》，社会科学文献出版社 2005 年版，第 9 页。

既评价很高，认为现代性是对人类理性与存在状态的"重建"，又认为它不过是一种"描述"。仔细体味，这两个判断有云泥之别。之所以不能准确定义"现代性"，是因为没有将它放在合适的参照系内，越是从大的层面理解现代性，得到的结果就越空泛，只有从某条线索去梳理，才能看出现代性的重大意义。

笔者以为，将现代性视为"新宗教"，更符合现代性在现代社会生活中所起的作用。就西方思想史发展来说，"上帝之死"是一个重要事件，但是"上帝"留下的空位并没有闲置，而是由"现代性"来填补。就近代中国而言，摆脱亡国灭种境地的最好办法无疑就是"现代"起来，成为一个富强国家。无论是在西方还是在东方，现代性作为人类乌托邦想象的具体化"事件"，承担起了灵魂救赎的功能。个体对痛苦命运的超越、人类对发展路向的设想，都体现在"现代性"话语中。已经有学者认识到基督教与现代性之间的关系，甚至将黑格尔哲学视为基督教的翻版："科耶夫把黑格尔哲学看成是某种程度的基督教思想的翻版，对于这一点黑格尔本人也是明确的，他说他只是以概念的方式表达了基督教用表象语言所表达的真理。但在科耶夫的笔下，黑格尔已经彻底人学化了，这里基督教所说的一切与其说是关于神的，不如说是关于人的。"① 在科耶夫看来，黑格尔哲学使基督教从神学变为人学。这一改变的意义在于，个体的独特性得到了尊重，从而引发了推动历史运动的革命，"世俗化的基督教通过法国大革命把自由平等的个体引进历史，同时追求普世化的基督教也使人类有了一种真正的'世界历史'意识。此后的历史都只是为了在全球实现这个目标而已。原则不可废止，剩下

---

① 孙向晨：《基督教与现代性》，收入《基督教与末世论》，广西师范大学出版社2006年版，第352页。

的只是一个实现的时间表而已"。① 这段论述清晰地说明：在对待个人的问题上，基督教精神与现代性理想在近代产生了一个置换。这个置换是在不经意间悄悄完成的，但是却是人类精神史上的重大事件。不过，黑格尔也并未从"新宗教"的意义上来看待这个问题。作为"新宗教"的现代性，在现有的研究中，除了上文中引述的卡林内斯库的论述外，还没有另外的人提到过。而卡林内斯库在论著中，也并未将其作为论点拈出，而是语焉不详地匆忙一笔带过。在国内的论述中，对这一点更是鲜有论及。

（二）文化现代性反对社会现代性：现代性内部的矛盾

现代性作为一个描述广泛的社会文化结构形态的术语，是指具有如下特点的社会文化结构形态：（1）生产体系是工业化的，即相对规模的，内部分化为职业，外部分化为产品和机械化；（2）人际活动日趋利己、理性和精明，物质对象和社会对象，包括人的劳动被界定为商品，即它们可以转让，也可以在市场上交换；（3）国家的控制由社会角色而非个人特点来指定，服从于定期的选民立法；（4）个人有反对国家的公民权；（5）合法性和责任主要在个人；（6）文化的价值领域（真理、美和道德）相对彼此和社会生活的其他领域是自主的；（7）社会单位——家庭、学校、政府、公司、教堂、自愿联合会等——彼此是分开的。② 在所有有关现代性特点的描述中，这个定义是较为详尽

---

① 孙向晨：《基督教与现代性》，收入《基督教与末世论》，广西师范大学出版社 2006 年版，第 365 页。

② Malcolm Waters（ed.），Modernity：Critical Concepts，Vol. 1，General Commentary：The meaning of Modernity，pp. xi‑xiii，Routledge，1999. 转引自户晓辉《现代性与民间文学》，社科文献出版社 2004 年版，第 61 页。

的。它代表了一类学者看待现代性的思路，就是描摹出现代社会在各方面呈现出的特点。我国学者也对现代性的含义做出过总结："现代性应该从两方面去理解：其一，社会的组织结构方面：现代性标志着资本主义新的世界体系趋于形成，世俗化开始建构，世界性的市场、商品和劳动力在世界范围的流动；民族国家的建立，与之相应的现代行政组织和法律体系；其二，思想文化方面，以启蒙主义理性原则建立起来的对社会历史和人自身的反思性体系开始建立，教育体系以及大规模的知识创造和传播，各种学科和思想流派的持续产生，这些思想文化不断推动社会向着既定的理想目标发展。"① 这个总结还是比较清晰的，虽然也是从不同方面概括现代性的特点，但是还是将它做了区分，即从"社会组织结构"和"思想文化"两条线索来描述现代性的特点。但这位学者并未说明，这两条线索并非是现代性在不同层面的展开，而是一个相互龃龉的悖论。这一观点卡林内斯库说得明白，他提出有两种现代性："无法确言从什么时候开始人们可以说存在着两种截然不同却又剧烈冲突的现代性。可以肯定的是，在十九世纪前半期的某个时刻，在作为西方文明史的一个阶段的现代性同作为美学概念的现代性之间发生了无法弥合的分裂"，"两种现代性之间一直充满不可化解的敌意，但在他们欲置对方于死地的狂热中，未尝不容许甚至是激发了种种相互影响"。② 卡林内斯库的洞见可惜未能在论著中充分展开。他的见解的重要意义在于，发现了现代性的内部矛盾，提醒"现代"并不是一味可以包治人类百病的良药。目前，两种现代

---

① 陈晓明：《现代性与中国当代文学转型》，云南人民出版社2003年版，第4页。

② ［美］马泰·卡林内斯库：《现代性的五幅面孔》，商务印书馆2002年版，第47—48页。

性之说已经得到了许多研究者的认同。

在现代性的内部，一直存在它的反对面。现代性的展开，是具有革命意义的事件。新的社会组织结构和新的理念不断对旧有的势力产生冲击，固有的东西不断坍塌。现代性按照自己的理性逻辑和方向改造着世界，启蒙思想家设计的美好的新世界蓝图正在成为现实。哈贝马斯高度评价这种状况："现代性设计含有他们按内在逻辑发展客观科学、普遍化道德与法律以及自律的艺术的努力。"① 设计好蓝图，然后在理性精神的指引下将它实现，是现代性展开的方式。但是，在此过程中，出现了不曾预料的问题。艾森斯塔特指出："与视现代性为进步的乐观观点相反，现代性的发展和扩张并不是和平的。它内部具有极大的破坏潜能，这种潜能实际上已经被道出，并且经常被某些最激进的批评者挂在嘴边。他们将现代性视为一种道德上的破坏力量，强调他的某些核心特征的消极后果。"② 在艾氏看来，现代性不仅意味着进

① ［德］哈贝马斯：《论现代性》，《后现代主义文化与美学》，北京大学出版社 1992 年版，第 17 页。

② ［以］S. N. 艾森斯塔特：《反思现代性》，三联书店 2006 年版，第 14 页。艾森斯塔特所说的破坏力量实际上包括两个层面，一个是现代性在扩张过程中对其他文明的毁坏，这一点暂不讨论，另一个层面是现代性精神所带来的负面后果。西方学者多从后一个层面对现代性展开批判，鲍曼是其中具有代表性的一位，也无疑是艾森斯塔特所说的"激进主义者"。这位英国的犹太裔学者认为大屠杀并不是现代文明的对立面，而是现代性的一部分。他指出，指导大屠杀的理论完全符合现代文明的追求人类幸福和完美社会的精髓，"现代文明不是大屠杀的充分条件；但毫无疑问是必要条件。没有现代文明，大屠杀是不可想像的。正是现代文明化的理性世界让大屠杀变得可以想像"。他还认为现代性的组织结构过于迷信理性，而将道德等其他行为判断搁置，"文明化进程是一个把使用和部署暴力从道德计算中剥离出去的过程，也是一个把理性的迫切要求从道德自抑的干扰中解放出来的过程。提升理性以排除所有其他的行为标准，特别是暴力的运用屈从于理性计算的趋势，早已被认定是现代文明的一个基本因素——大屠杀式的现象就必须被看成是文明化趋势的合理产物和永久的潜在可能。"［英］鲍曼：《现代性与大屠杀》，译林出版社 2002 年版，第 18、38 页。

步，现代性与扩张是并存的，现代性的扩张还伴随着霸权和暴力，这是现代性本身无法解决的问题。除此之外，在如何对待人的问题上，现代性还有违背自身逻辑的悖论。现代性关注人类社会的宏大问题，但是忽视了个体生命的生存体验。在现代性隆隆轰鸣的机器声中，现代人被迫放弃个人的个性，以便成为这个庞然大物的一部分，否则，就只能被它抛弃和吞噬。按照舍勒的说法，现代性不仅是社会文化的转变，环境、制度、艺术的基本概念及形式的改变，实际上所有规范原则的转化是人本身的改变，是人的生存尺度的转变。① 将现代性的问题归为人的问题，在这一点上，舍勒与其他的现代性研究者并不一样。舍勒是在谈形成精英人物的条件时顺带指出这点的，也没有发挥。至于这个尺度是怎样转变的，他并没有论述。但是，他在其他场合对此问题做出过解释，他认为现代现象中的根本事件是传统的人的理念被根本动摇，以至于"在历史上没有任何一个时代像当前这样，人对自身如此地困惑不解"。② 舍勒提出的这一问题，正中现代性之要害。为什么人类在文明向前的过程中，更加迷失了自身？而这个问题也被刘小枫认为是不受地缘民族因素决定的现代学中的"首级题域"。③ 如果站在人的立场考察，不难发现，现代性虽然带来了现代文明，但是在某种程度上也毁坏了传统社会的美德，这个问题在哲学、文学等人文学科领域一直是被关注的焦点。假如将"社会组织结构"方面的现代性叫做社会现代性的话，"思想文化"方面的现代性不妨叫做文化现

---

① ［德］马克斯·舍勒：《资本主义的未来》，三联书店 1997 年版，第 207 页。
② ［德］马克斯·舍勒：《人在宇宙中地位》，贵州人民出版社 1990 年版，第 3 页。
③ 刘小枫：《现代性社会理论绪论》，上海三联书店 1998 年版，第 20 页。

代性。① 刘小枫曾经梳理过审美主义与现代性的关系，他这样论述审美性的出现："按照西方思想的二元论传统，精神与感性生命处于一种紧张关系之中。当黑格尔把主体与精神（或理性）联结起来时，主体性与感性的联结已先行完成，而审美现代性理念恰恰在这时出现。为感性个体生命的此岸的定位，是关键性的重点：审美性乃是为了个体生命在失去彼岸支撑后得到此岸的支撑。"② 刘小枫是在主体性的建立和扩张的基础上讨论审美（文化）现代性的发生的，就上述引文来说，他省略了很多必要的交代，晦涩的文风影响了读者接受。比如，审美（文化）现代性理念为什么恰恰在"主体性与感性的联结"的时刻出现，较难理解，并且在很大程度属于只可意会不可言传。不管他的观点是否能够得到认可，刘小枫至少做了揭示文化现代性理论起源的一个努力。张辉在界定审美（文化）现代性时说："审美现代性，指称的是这样一种思想特性及其所产生的社会文化效应：它通过强调与科学、伦理相对的审美之维（或与之相关的艺术价值），以生命与感性的原则在现代知识谱系中为主体性立法，从而达到反对理性绝对权威与传统道德的目的。其极端形式，就是审美主义，即以审美的原则来代替一切其他的精神与社会原则，以审美为中心，将审美视为最高价值。"③ 这个定义不偏不倚。要而言之，文化现代性以人为尺度，以审美为最高价值。文化现代性与社会现代性正好是现代性中对抗的一对矛盾，也就是说，

---

① 中国学者已经在不同场合指出这一点，其中有两种说法，一种叫文化现代性，一种叫审美现代性，意思是一样的。本书使用文化现代性这一概念。参见周宪《现代性的张力》，《文学评论》1999年第1期；陶东风《审美现代性：西方与中国》，《文艺研究》2000年第2期。

② 刘小枫：《现代性社会理论绪论》，上海三联书店1998年版，第301页。

③ 张辉：《审美现代性批判》，北京大学出版社1999年版，第8页。

现代性理论中天然包含着对自身的批评和否定因素。

现代性理论中的批判传统一直存在。以文化批评的标准来看，现代带来的问题可以归结成一个：人的道德的沦丧。启蒙时期的卢梭就认为，人类生活在自然状态才是幸福的，但是现代文明使人脱离了他的自然状态，人们的心灵和情欲"在不知不觉的变坏中，变更了他们的本性"。① 卢梭的看法是对现代社会批判的经典观点。不过，事情也不是这么绝对。他对现代人的看法有诸多可商榷之处，即使是在他理想中的时代，那些"当代人"也不断批评当代人道德沦丧，而向往自己的"古代"。不过，这些都不重要，重要的是在现实中找到解决方案，而不是寻找道路回归古代。文化现代性的存在使社会现代性充满活力。现代性中总是包含着对现实的批判，这是它指向未来的动力，如果缺乏了这一点，现代也不会成为能够代替宗教的彼岸理想。同时，这也是现代性的生命所在，如果一个社会缺乏批判和反思的制度，它的自我调整和更生的能力就会缺失，也必然会走向灭亡。正是从这个意义上，陈晓明高度评价文化现代性的作用："批判性体现着现代思想活动超越性的和激进的特征。它蕴含着知识精英变革现实和改造客观世界的强烈愿望。现代性思想总是伴随强烈的危机感与变革意识，始终对现实不满，以及对未来的理想化，现代性的批判理论在其激进的顶点当然诉诸于社会革命。'批判的武器'终究比如'武器的批判'更彻底，现代以来的人类历史发生的暴力革命，虽然不能说是现代性激进理论的直接产物——社会变革的根源终究是在历史实践的综合关系结构中才得以形成的——但它所起到的推动和激化作用

---

① ［法］卢梭：《论人类不平等的起源和基础》，商务印书馆 1962 年版，第 147 页。

则是不容置疑的。整个现代性的历史也可以说就是变革、革命的历史，现代性总是包含和制造历史的断裂，这就是现代性历史的存在方式。"① 在陈晓明看来，文化现代性不仅是批判社会现代性的理论武器，甚至是推动和激化社会革命的重要因素。陈晓明如此强调文化现代性的作用，虽然稍嫌夸大，但对认识两种现代性的相互关系不无好处，也就是说，不能将文化现代性视为仅仅敲敲边鼓的依附于社会现代性的纸上谈兵。笔者认为，伴随着对现代性的批判，文化现代性也经历了一个从现代主义到后现代主义的发展过程。

二　中国现代性

梳理现代性的目的是获得一个关注中国现代性的视角。近代以来，中国对"现代"的追求一点也不比西方弱，许多政治家和思想家为了中国的"现代"与"进步"，采取了自己认为正确的策略，同时，许多艺术家也从文化现代性的角度质疑了现代性对传统中国的改造。在中国，形成了颇具讨论价值的"中国现代性"话语，遗憾的是，由于种种原因，学术界的讨论还并不太多。

（一）现代性起源的地点问题：现代性是西方的现代性

现代性产生于西欧，进而扩大到全世界，这是讨论中国现代性问题时不容忽视的背景。吉登斯曾经明确提出过这一观

---

① 陈晓明：《现代性与中国当代文学转型》，云南人民出版社 2002 年版，第9—10 页。陈晓明并未使用审美现代性的概念，但是从上下文来看，他论述的是现代性中的批判力量，这与本书所说的审美现代性是一致的。

点，他在《现代性的后果》中开篇就说："何为现代性，首先，我们不妨大致简要地说：现代性指社会生活或组织模式，大约十七世纪出现在欧洲，并且在以后的岁月里，程度不同地在世界范围内产生着影响。"① 在西欧范围内，现代性是自发或自然产生的，而其他的地方或国家，都或多或少受到西欧现代性的影响。

在韦伯看来，近代资本主义只有一个源头，只能起源于西方。韦伯在研究中注重观念的力量："各种神秘的和宗教的力量，以及以它们为基础的关于责任的伦理观念，在以往一直都对行为发生着至关重要的影响。"② 这一点与马克思物质决定意识的研究思路大异其趣，这里暂不讨论。以此为指导思想，韦伯对世界不同宗教流派进行了研究，他通过对新教革命进行考察之后发现，新教伦理是西方资本主义产生的根源。马丁·路德的新教改革建立了个人与上帝的直接联系，终结了神学中的等级机制，个人主义、世俗化潮流、民族国家在新教改革的催化下萌芽。按照黑格尔的说法，历史经历了中世纪漫长的黑夜之后，终于迎来了黎明的曙光。新教强调，上帝给每个人安排了一个劳动职业，人必须依据上帝的律令，在这个职业中殚精竭虑、辛勤劳作。作为天职的劳动，为教徒积累财富，但是禁欲的条例却严格限制消费。随着财富的增多，"他们的傲慢，愤怒，肉体的欲望，眼睛的欲望和对生活的渴望也成比例地增强"，"这时，寻求上帝的天国的狂热开始逐渐变为冷静的经济德行；宗教的根慢慢枯死，

① ［英］安东尼·吉登斯：《现代性的后果》，译林出版社 2000 年版，第 1 页。
② ［德］马克斯·韦伯：《新教伦理与资本主义精神》，三联书店 1992 年版，第 15—16 页。应该指出，韦伯也承认，经济伦理并非影响资本主义发生的唯一条件，他特别强调："生活方式的宗教定规也是经济伦理的诸因子之一——请注意：仅仅是之一。"见《儒教与道教》，商务印书馆 1995 年版，第 6 页。

让位于世俗的功利主义"。① 韦伯在此发现，新教伦理在世俗化的过程中，创造了资本主义产生的条件，那就是资本主义精神以及商人和工人。为了证明他的结论的正确性，韦伯也考察了东方国家的宗教伦理。他在考察了儒教后认为，"从历史知识来看，从来没有过一个强大的神职人员阶层——对于道教，尚可持保留态度；尤其是没有自己的救世说，没有自己的伦理，没有通过自治的宗教势力进行自己的教育。于是，官僚阶层的唯智论的理性主义得以自由发展，这种理性主义在中国也同在世界各地一样，打心眼里看不起宗教"，"但是，任何进一步的外在的和内在的发展，却被拦腰斩断了"。② 通过对道教的考察，他认为："在任何情况下，从道教中都找不出通往理性的——不管是入世的还是出世的——生活方式论之路，相反，道教的巫术只能成为产生这种方法论的严重障碍之一。"③ 总的来说，韦伯认为，儒教和道教的伦理中不含有产生资本主义的理性因子，因此资本主义在中国（包括印度和伊斯兰地区）不可能产生。韦伯的观点，当然有可商榷之处④，但是，他从文化的角度认为资本主义只能产生于西方，也应该引起思考，因为适合西方体制的思维方式确实与其他文化不同。比如，西方国家的人们很早就感受到中国人与西方人在对待时间的观念上是不同的，史密斯在写于 1894 年的

---

① ［德］马克斯·韦伯：《新教伦理与资本主义精神》，三联书店 1992 年版，第 138 页。

② ［德］马克斯·韦伯：《儒教与道教》，商务印书馆 1995 年版，第 193—194 页。

③ 同上书，第 256 页。

④ 首先，按照宗教的定义，儒教和道教严格来说算不上宗教；其次，韦伯从未到过中国，也不懂中文，他对中国社会的研究和判断都使用的是二手材料。余英时也对韦伯的观点提出了质疑，通过对中国近世宗教伦理与商人精神的研究，余英时认为，近代宗教的俗世化是西方与中国在不同程度上经历的类似历史阶段。参见余英时《中国近世宗教伦理与商人精神》，安徽教育出版社 2001 年版。

《中国人的人性》中便说中国人缺乏时间观念："从'时间就是金钱'的说法使人感到，这也成了我们的第二天性，通常情况下，我们哪怕是一分钟也会珍惜的。而中国人，和大多数东方人一样，却出奇地悠闲。"① 鲁迅、潘光旦和费正清都曾经推荐过这本书，可见作者对中国人的看法，还是得到相当程度的认同的。当然，上述仅是一例，并不代表中国人全是这样，也不代表外国人全这样看中国。再回到韦伯的看法。需要补充的是，韦伯在这里讨论的是资本主义的发生，与我们所说的现代性的概念并不相同。但是，韦伯是从人类历史进入现代社会历程的角度来考虑宗教的影响的，与现代性的发生问题基本可以互换。也就是说，韦伯所论述的观点，也可以说是对现代性发生地域问题的一个解释。

关于中国资本主义萌芽的问题，学界也有过不少讨论。毛泽东认为："中国封建社会内的商品经济发展，已经孕育着资本主义的萌芽，如果没有外国资本主义的影响，中国也将缓慢地发展到资本主义社会。"② 长期以来，史学界一直受此观点的影响，认为中国封建社会内部的资本主义萌芽是被西方资本主义扼杀的。日本学者在考察日本近代历史时，也认为日本历史是被欧美中断的："东洋的近代是欧洲强制的结果，或者是这一结果导引出的结果，对此我们应当给予大致的承认"，"东洋在很早以前开始，欧洲人尚未入侵之前，就产生了市民社会。市民文学的谱系可以追溯到宋（甚至唐代），特别是到了明代，就某一方面而言，市民权力的发展几乎到了足以打造出与文艺复兴时期相近的

---

① ［美］阿瑟·亨德森·史密斯：《中国人的人性》，中国和平出版社2006年版，第21页。

② 《毛泽东选集》，人民出版社1966年版，第620页。

自由人类型的程度（明代的市民文学深深影响了日本的江户文学），尽管如此，我们仍然不能断言这种文学与今天的文学之间不存在中介环节而直接地前后相续"。① 竹内好是从日本文学发展角度来论及欧美影响的，但是明确指出了日本近代历史被欧美入侵打断。这是现代性后发民族国家的共同想象。许多学者承认中国封建社会具有资本主义萌芽，这一点几乎是共识，但是对何时产生，却众说纷纭。其中，有说产生于春秋时期的，有说产生于唐的，有说产生于两宋的，都各有道理，但是，最被认可的还是明朝中叶。在当时经济发达的苏松杭地区，已经出现了较大的纺织业作坊，并且出现了"机户出资，机工出力，相依为命"的雇佣关系。但是，如果不受西方打扰，资本主义真的能在中国产生吗？有学者指出，相似的历史现象并不一定能够推论出同样的社会学和历史学论断，即："中国近代虽然有商品化，但与西方近代的商品化在性质上不同，前者并不像后者那样，伴随着劳动生产率的提高；中国近代尽管有城市工业化，但与西方近代的城市工业化在性质上不同，前者并不像后者那样，伴随着乡村的发展；在政治领域，中国近代尽管有城镇的发展和公共团体的发展，但与西方近代的城市发展及公众领域的发展在性质上不同，前者并未像后者那样，伴随有公民政治权力的发展。"② 这段话的意思很清楚，虽然中国历史上有过类似西方资本主义发展时期的经济现象，但是整个社会环境并不完全一致，甚至有很大不同，因此，资本主义萌芽即使不被所谓"外力"打断，也不一定会在中国产生类似西方的资本主义。类似的观点还有："资本

---

① ［日］竹内好：《近代的超克》，三联书店 2005 年版，第 182 页。

② 黄宗智：《中国研究的规范认识危机》，转引自刘小枫《现代性社会理论绪论》，上海三联书店 1998 年版，第 81 页。

主义萌芽的发展以商品经济的发展为前提，商品经济的发展又需要生产投入和积累的增长，以及平等自由的竞争环境。但以自给自足为主导的自然经济却遏制着商品经济的成长。在中国传统社会，人们缺乏一个独立的'生产'观念，生产与生活混为一体，把生产活动称为'做生活'。所以人们的生活消费表现得特别发达，使得生产的投入和积累相当匮乏，很难形成扩大再生产的机制，从而使资本主义萌芽的发展缺乏足够的动力。同时，社会的伦理观念和等级秩序因得到国家政权的维护，牢固地存在于社会的各个层面，人们的经济关系常常被不平等的社会政治关系所代替，因而在经济领域弥漫着专制统治和超经济剥夺，从而使资本主义萌芽的发展缺乏有利的社会、政治环境。"① 该观点与韦伯是一致的，都认为政治和经济体制决定了中国不能产生资本主义。这个论点在这里也可以置换为，现代性不能从中国内部发生。不过，这仅仅是理论设想，虽然从逻辑的角度上讲是成立的，但是历史无法假设。既不可能假设中国缓慢进入现代社会，产生本土的现代性，也不可能假设中国不被西方资本主义打扰，不进入全球化进程。

现代性是西方自身结构体制孕育出来的人类进入现代社会后的本质属性，伴随着欧洲的扩张（或曰全球化）而被非西方地域接受。这个扩张不存在目的，纯粹是现代性本身的特征使然，是资本逐利和文化探险内驱的结果，客观上将西方的制度和理念扩散到了世界，并以强势的力量（军事、经济、政治、文化）使非西方国家接受。这就是一部世界"现代"史。中国在上述背景下迈入了现代，对于中国来说，西方一直是参照和阴影，这

---

① 虞和平编：《中国现代化历程》第一卷，江苏人民出版社2001年版，第31页。

是中国进入现代过程中的独特之处。考察中国现代性的发生，有必要从这个角度入手。

（二）面对西方现代性的复杂体验：学习还是拒绝

一个比较一致的观点是，鸦片战争改变了中国，中国开始从传统社会向现代社会过渡。这个说法中是否还包含着其他的意思呢？先来看一段经典的论述。陈旭麓说："炮声震撼了中国，也震撼了亚洲。对于中国来说，这场战争是一块界碑。它铭刻了中世纪古老的社会在炮口逼迫下走入近代的最初一步。对亚洲来说，战争改变了原有的格局。在此以前，中国是东方的庞然大物，亚洲最大一个封建制度的堡垒。但是，英国兵轮鼓浪而来，由沿海入长江，撞倒了堡垒的一壁。……鸦片战争不仅是英国对中国的胜利，而且是先进的西方对古老东方的最后的胜利。"①鸦片战争的影响很大，社会层面的影响自不必说，就心理来说，"战败"二字的阴影长久留在中国人的意识深处。也就是说，不仅承认器物方面落后，在文化方面，也同样承认自己败下阵来。久之，西方"先进"，中国"落后"就成了一种惯性思维。上面的引文已经明确地体现了这一点。这是中国现代性一个很重要的出发点。中国在历史上也不乏被异族入侵的先例，元和清都是异族建立的王朝，但是中国（或者是中原）从来没有失去对文化的信心，这次是唯一的例外。如何解释这次溃败？有一点是许多研究者并未注意到的：清王朝是入主中原的满族所建立的，高层统治者对汉族文化并无多少"感情"。满族灭掉明王朝，进入中原，依靠的是具有极高效率的八旗制度，这个制度适合战争状

---

① 陈旭麓：《近代中国社会的新陈代谢》，上海人民出版社 1992 年版，第 53 页。

态，但是满族并未形成具有本民族传统的文化。① 虽然接受了汉族文化，但是对方为自己所灭，难免轻视对方。所以，一旦与西方产生碰撞，满族高层的意识形态首先选择放弃汉文化，因为在他们心目中，西方文化与汉文化都是异族文化。② 如果说鸦片战争对中国传统文化造成震撼，是相对于占统治地位的满族来说的，那么对汉族而言，恐怕未必如此。这是当时对于西方文化有不同看法的一个重要原因。

　　从文化层面说，鸦片战争给中国文化带了前所未有的激烈震荡。这里不妨换个视角，考察一下西方人是如何看处于西方现代性影响下的中国的。曾经被袁世凯聘请为宪法顾问的古德

――――――――

　　① 这里的文化指以宗教哲学为核心的社会意识形态。也有学者对满族的文化做过研究，但是，作者是从社会组织形式和建筑、教育、服饰等角度说的，哲学宗教付之阙如。参见鲍明《满族文化模式》，辽宁民族出版社 2005 年版。

　　② 在中国进入现代的过程中，民族主义情绪在其中所起的作用不容忽视。在黄仁宇看来，满人与汉人在清朝后期基本融合，清王朝中的汉人和满人相安无事，甚至展开合作："用现代眼光的学者想从清代的记录中寻觅汉人民族主义的导火线，却找不出来。在清朝入主之后所出生的汉人，仕清已不能算为服侍异族之主。这是'他们的'帝国，他们有出仕的义务。"（黄仁宇：《中国大历史》，三联书店 1997 年版，第 227 页）黄仁宇的看法恐怕值得商榷，在整个清王朝的历史中，虽然不得不起用一些汉人，但是重要职位肯定由满人担任。满人统治者一直将汉人作为异族看待，同样，汉人也一直没有认同清王朝。满清建立王朝后，打着"反清复明"旗号的民间组织很多。辛亥革命的领导人之一孙中山从中吸取了很多资源，他 1906 年就提出了"驱除鞑虏"的口号，并且解释说："今日满洲，本塞外东胡。昔在明朝，屡为边患。后来中国多事，长驱入关，灭我中国，据我政府，迫我汉人为其奴隶，有不从者，杀戮亿万。我汉人为亡国之民者二百六十年于斯。满政府穷凶极恶，今已贯盈。"（孙中山：《军政府宣言》，《孙中山选集》，人民出版社 1981 年版，第 78 页）中国的现代伴随着民族革命，这是不能不考虑的因素。孙中山的目标是建立现代立宪政府，但是也是先打民族主义旗号，他主张民族革命应该与政治革命结合在一起："我们推倒满洲政府，从驱除满人那一面说的民族革命，从颠覆君主政体那一面说是政治革命，并不是把它们分成两次去做。"（孙中山：《在东京〈民报〉创刊周年庆祝大会上的演说》，《孙中山选集》，人民出版社 1981 年版，第 83 页）

诺不愧是"中国通":"中国目前所面临的是一种如此尴尬的局面:一方面,她的经济发展几乎还停留在欧洲六百年前的水平,另一方面,她却被要求要立即完成向现代经济社会的转变;一方面,她有着数千年的和平主义的传统,另一方面,她却要想办法阻止军事强国们的强取豪夺;一方面,她长期沉醉于清净无为的生活哲学之中,另一方面,她又必须冲破传统宗法伦理,对社会体系进行彻底地变革;一方面,她有着厚重的人文格调,是一个文化传统源远流长,文化成就登峰造极的国家,另一方面,当她走向世界的时候,面对的却是一个科学技术研究雄视天下,人文学科退居一隅的世界。外部世界对中国提出的种种她所感到陌生的要求,而伴随这些要求而来的是强制性的暴力,面对这一切,中国人无疑会感到无比惶恐。他们像刚从熟睡中惊醒的人一样一时茫然不知所措,要使他们完全明白自己的真实处境还需要一段时间,然而当他们还没有完全明白过来时,他们就要被迫立即着手解决社会、经济及政治方面出现的种种严酷的现实问题。"① 这是西方人描述的当时中国的状况,因为古德诺是个观察者,所以比起中国人来,反而比较客观。在古德诺的描述中,用了"尴尬"、"惶恐"、"茫然不知所措"、"被迫"等词汇,这正是中国人现代性体验中的"关键词"。

在中国文化与西方文化的撞击中,中国人在心理上体验到了现代性的冲击。王一川认为,"怨羡情结"即怨恨和羡慕相交织的心态构成中国人的现代性体验的基调。他这样论述:"一方面,当中华民族的深重创痛久治不愈时,人们易生怨恨:既怨己

---

① [美]古德诺:《解析中国》,国际文化出版公司1998年版,第144—145页。

贫穷，恨己弱小，同时也怨恨西方对中国野蛮侵略和无情冲击。在这里，怨恨是具有中国的具体历史内涵的。怨恨具体地表现为对中国自身状况的怨贫恨弱心态和对西方的怨强恨霸心态"，"另一方面，与此形成鲜明对照的是，人们在怨贫恨弱时也会更加急切地渴望实现现代化的目标，即羡慕西方现在的富强，并以此为目标而渴望自身尽快实现甚至超过西方的富强。同时，当这种赶超一时难以实现时，人们也容易加倍地缅怀和羡慕中国古典性文化往昔的繁荣和富强。"① 王一川将中国现代性体验归纳为"怨羡"，还是比较精彩的。与曾经讨论过的西方现代性体验的"断裂"相比，中国人对现代性的体验明显多了一个"他者"，西方成为中国现代性之路上难以摆脱的影子。"怨羡"只不过是中国人面对西方文化的最初反应，当这种体验累积起来，对中国人的行动会造成什么深层影响呢？或者说，中国人将如何应对呢？面对西方文化，思想界产生了三种观点。

一种观点是所谓的"全盘西化"②。由于西方在经济、政治、军事方面的全面领先，"全盘西化"者对中国传统文化的痼疾深恶痛绝，并将其作为中国落后的主要因素，因而产生了全面移植西方文化的想法。维新时期的思想家易鼎认为，中国要想立于五洲之间，要想列强平等待我，就要"改正朔，易服色，一切制

---

① 王一川：《中国现代性体验的发生》，北京师范大学出版社 2001 年版，第74、75 页。

② 认为"全盘西化"就是不加选择全部照搬西方文化是一种误会，也是对全盘西化的妖魔化。即使是"全盘西化"的鼓吹者陈序经，也并没有 100% 硬学西方的意思，他反而强调自我的主动性："是要自己化自己，毋待到他人来化我们"，"须知所谓西化，是指要放进自己的肚子，而能起了消化的作用。照搬的运过来，只是叫做运，不能叫做化，运过来而不能化，其危险也许还要甚于不运，正像食了东西若不消化，就会生病，就会致命。"陈序经：《东西方文化观》（下），《岭南学报》1934 年第 5 卷 3、4 期合刊。

度，悉从泰西"。① 这是较早出现的对西方文化的态度。五四时期，陈独秀明确提出欧化的倡议，并且说："若是决计革新，一切都应该采用西洋的新法子，不必拿什么国粹、什么国情的鬼话来捣乱。"② 正如后来学者指出的，陈独秀的说法带有明显意气用事的成分，但是可以看到向西方学习的论调一直在思想界存在。考察所谓的全盘西化理论，都是愤激者的激愤之言，几乎没有人提倡"全盘"学习西方，但是，持此论者一般承认西方在各方面都强于中国，即承认在社会现代性和文化现代性诸方面都需要向西方学习。

第二种观点是坚持对中国文化的信心，用中国传统文化对抗西方文化。在主流的意识形态文化中，从来没有承认过在体制方面的落后，也从未认真考虑过向西方学习借鉴。就官方来说，19 世纪 60 年代就开展了向西方学习的"洋务运动"。1861 年设立了总理各国事务衙门，开始了开放的第一步，各地也纷纷建立了机器局、造船厂等现代工业。黄仁宇认为这场运动其实对中国改变不大："自强运动标志着一种意志简单的目的：中国希望借西方之科技以充实军事力量而已。改革者所需要的乃是轮船与枪炮，所以他们设立的是船坞与兵工厂。所有的改革也与其他部门隔离，以免妨碍旧有法制规章。所训练的'洋务'人才，预定为中国旧式官僚手下之技术助手，所以传统教育制度不因之而变，科举取士的程序也原封不动。"③可以看出，黄仁宇对洋务运动颇有微词。现在学术界对洋务运动的评价已经提高，但是，黄仁宇指出的实际上一直存在现代

① 易鼎：《中国宜以弱为强说》，《湘报》1898 年第 20 号，中华书局 1957 年影印本，第 77 页。

② 陈独秀：《今日中国之政治问题》，《新青年》1918 年 5 卷 1 号。

③ ［美］黄仁宇：《中国大历史》，三联书店 1997 年版，第 254 页。

中国的思想史中，那就是只改革器物层面的东西，不改体制，在官方的意识形态中尤其是这样。在民间，也有坚持不改变文化的传统。就提倡传统文化的原因来说，也各有不同。章太炎在"用宗教发起信心，用国粹激动种姓"的口号下大力提倡国粹，他的理由是："为什么提倡国粹？不是要人尊信孔教，只是要人爱惜我们汉种的历史。这个历史就广义说的，其中可分为三项：一是语言文字，二是典章制度，三是人物事迹。近来有一种欧化主义的人，总说中国人比西洋人所差甚远，所以自甘暴弃，说中国必定灭亡，黄种必定剿绝。因为他不晓得中国的长处，见得别无可爱，就把爱国爱种的心，一日衰薄一日。若他晓得，我想就是全无心肝的人，那爱国爱种的心，必定风发泉涌，不可遏抑的。"① 中国国粹的好处在哪里，他并没有论述。要人爱惜"历史"，因而来保存国粹，这对一般国人来说，未免要求过高。不过，这是一篇演讲辞，这样说是为了振奋精神，也无可厚非。这里不讨论章太炎具体的说法，只是想说明，近代以来，一直存在着以传统"国粹"为荣，抗击西方侵略的传统，至于从什么角度和怎么去论述，倒不是很重要的问题了。因此，近代中国以来的所有改革，都集中在器物的层面，试图通过兴办工厂、制造武器来改变国力，从而重新找回中国以往强大的形象，但对西方的体制，却始终不肯认真学习。这里显然有中国的"国情"，不愿意放弃专制权力的统治者对西方政体中民主意识的抵制，是其中一个很重要的原因。不仅如此，对现代性批判的思潮也时断时续。西方的社会现代性是明摆着的东西，国人普遍承认；西方文化现代性对社会现

① 章太炎：《东京留学生会演说辞》，《章太炎政论选集》上册，中华书局1977 年版，第 276 页。

代性的批判，也逐渐被中国思想界接受，甚至以此为据，将其变成了拒绝接受西方文化现代性的借口。

实际上，没有人对东西文化的不同和冲突视而不见，持第三种意见，即主张调和中西的占大多数。关于中西文化异同的争执一直是中国近代思想史的老问题，甚至是主要问题。五四前后，这个问题的争论空前激烈。王元化将当时中西文化的论点概括成四类，其一以杜亚泉为代表，认为东西文化各有不同特点，持调和论；其二以陈独秀为代表，认为中西文化绝无相同处，反对调和论；其三以胡适为代表，不排斥传统，但以西学为主体，强调两种文化的共性，不主张调和论；其四以吴宓为代表，主张以中学为主体，也强调中西共性，不主张调和论。① 可以说，上述意见基本代表了思想界对这个问题的思考。王元化评述说："这场论战第一次对东西文化进行了比较研究，对两种文化传统作了周详的剖析，对中西文化的交流提出了各自不同的看法，实开我国文化研究之先河。以后文化研究中诸重大问题及对这些问题所持的观点，几乎均可以从这次论战中见其端倪。其思路之开阔，论点之坚实，见解之深邃，往往难为后人所超迈。"② 事实正是这样。到现在为止，中国现代性之路无论是理论还是实践，基本上还是在上述框架内。实际上这也不难理解，因为面对两种文化，已经不可能再有其他的选择了。当然，现在也有学者试图超越中西对立的模式。如有论者提出"综合创造论"："我们所说的辩证的综合创造论是指：抛弃中西对立、体用二元的僵固思维模式，排除盲目的华夏中心论与欧洲中心论的干扰，在马克思主义普遍真理的指导下和

① 王元化：《清园近思录》，中国社会科学出版社1998年版，第24页。
② 同上书，第16页。

社会主义原则的基础上，以开放的胸襟、兼容的态度，对古今中外文化系统的组成要素和结构形式进行科学的分析和审慎的筛选，根据中国社会主义现代化建设的实际需要，发扬民主的主体意识，经过辨证的综合，创造出一套既有民族特色又充分体现时代精神的高度发达的社会主义新中国文化。"① 这种论调明曰超越，实际上还是中西文化调和派的余韵。检点一下就可以知道，在理论的层面上这样说是可以的，也无懈可击，但是在实际的操作中，难度还是比较大的。

（三）中国现代性的实质：民族复兴的彰显与个体差异的忽略

现代性问题复杂繁难，是学术界既感兴趣又头痛的。它不但是研究对象，更是研究方法。从现代性的角度考察问题，可以获得许多不同以往的收获。通过上述对现代性问题的简单梳理，可以提出本书的问题了：中国现代性与西方现代性的不同究竟在哪里？

已经有不少学者指出，中国现代性的最大特点是"救亡"意识。由于战争的失败，中国人面对现代，最先考虑的问题是不要被西方"亡国灭种"。五四运动时的《五四北京学界全体宣言》是这种情绪的代表：

> 现在日本在万国和会要求吞并青岛，
> 管理山东一切权力，就要成功了！
> 他们的外交大胜利了！

----

① 张岱年、程宜山：《中国文化与文化论争》，中国人民大学出版社1990年版，第391页。

我们的外交大失败了！

山东大势一去，

就是破坏中国的领土！

中国的领土破坏，

中国就亡了！

所以我们学界今天排队，

到各国公使去要求各国

出来维护公理，

务望全国工商各界

一律起来设法开国民大会，

外争主权，内除国贼。

中国存亡，就在这一举了！

今与全国同胞立两个信条：

中国的土地可以征服而不可以断送！

中国的人民可以杀戮而不可以低头！

国亡了，同胞起来呀！①

这份宣言有一个特点颇值得注意：反复强调"亡国"，鼓动人们的爱国情绪。这是中国现代性的出发点，凡是涉及中国现代性的论述，无不与此有关。就此点来说，中国与西方现代性是迥然不同的，中国人进入现代，是伴随着一种种族存亡的焦虑。严复的《天演论》在19世纪末将社会进化论引入中国以后，迅速被接受，物竞天择、适者生存成为解释现实的流行理论。在中国现代性话语中，无疑文化现代性更令人瞩目，而文化现代性，一直渲

----

① 《五四北京学界全体宣言》的执笔者是罗家伦。转引自李泽厚《中国思想史论》，安徽文艺出版社1999年版，第830—831页。

染被消灭的危机感。正是这种危机感，成为中国现代性的主要特色。

与"救亡"意识紧密相连的，是"民族"意识。有论者指出："肇始于 19 世纪末的中国文化寻求向现代化转型的过程，乃至整个 20 世纪中国文化一步步走向现代化的全部进程，实际上自始至终都贯穿着如何对待民族文化与西方文化的根本态度和方向选择的问题，贯穿着民族主义和世界主义的根本立场和思想原则的对立与斗争"，"'民族性'这一概念的产生以及关于这一概念的持续了近一个世纪的论争，从根本上说，是充分地体现了上述中国文化的发展特征的"。① 作者只是指出"民族性"，却没有指出它的复杂性。中国文化"民族性"的过程是"寻找"民族性的过程。走"民族化"道路是共同的目标，但是在何为"民族特色"上却不能取得一致意见。"民族化"的口号在 20 世纪一直不绝于耳，"中国作风与中国气派"、"文艺的民族形式"、"理一理我们的根"等提法都是建立在"寻找"文艺"民族化"的道路的基础上的。究竟什么是民族性？或者，民族性指的更具体的东西是什么？在西方，启蒙运动奠定了文化现代性的目标，而自从"德先生"和"赛先生"在五四后走失，中国文化现代性缺少了前进的目标。

这里需要指出的是，中国现代性是与中华民族的群体命运相连的，由于过分执著这一点，甚至牺牲掉了个人自由。李泽厚认为近代中国特殊的国情造成了救亡压倒启蒙的情况："在如此严峻、艰苦、长期的政治、军事斗争中，在所谓你死我活的阶级、民族大搏斗中，它要求的当然不是自由民主等启蒙宣传，也不是

---

① 郝雨：《民族性》，见洪子诚、孟繁华主编《当代文学关键词》，广西师范大学出版社 2002 年版，第 239 页。

会鼓励或提倡个人自由人格尊严之类的思想，相反，它突出的是一切服从于反帝的革命斗争，是钢铁的纪律、统一的意志和集体的力量。任何个人的权利、个性的自由、个体的独立尊严等等，相形之下，都变得渺小而不切实际。个体的我在这里是渺小的，它消失了。"① 在李泽厚看来，启蒙话语在中国现代性话语中一直处于被压制的地位。他的这个影响很大的说法是有道理的。对于这个结论，也有不同的观点。有论者在谈及梁启超时指出："梁启超的民族主义思想发展轨迹中还有一点值得注意，就是随着民国，亦即现代中国民族国家的初步建立，他在谈论国家问题时，开始越来越多地强调个人，个性发展，思想解放。这就暗示了，在现代中国，个人自由的话语是与民族国家的发展成正比发展的。个人恰恰是在国家权力这个冷酷的'他者'身上第一次自觉意识到了自己的权利。"② 上述引文对梁启超的论述显然有可商榷之处。梁启超在后期强调个人，是因为他觉得建立一个强大的国家首先要有人的改变，用他的话说就是："吾以为不患中国不为独立之国，特患中国今无独立之民。故今日欲言独立，当先言个人之独立，乃能言全体之独立。"③ 看起来强调人之独立，骨子里谈的却是国之独立。所以，梁启超并不是主要强调个人自由，在他的思想中，国家独立始终是第一位的，个人独立只不过是国家独立的前提或者方式，到底孰轻孰重，是很清楚的。在中国现代性话语中，由于救亡任务，个人自由的话语实际上一直是处于被压制的地位。文化现代性的批判力量始终不能发挥，屡屡被中断。这也是中国文化现代性不能独立，始终作为社会现代性

---

① 李泽厚：《中国思想史论》下，安徽文艺出版社1999年版，第850页。

② 张汝伦：《现代中国思想研究》，上海人民出版社2001年版，第143页。

③ 梁启超：《十种德行相反相成义》，《梁启超哲学思想论文选》，北京大学出版社1984年版，第49页。

吹鼓手而存在的原因。

中国现代性内部也存在着矛盾，与西方现代性并不相同。正如前文曾经论述过的，西方现代性内部存在矛盾，即社会现代性与文化现代性之间的矛盾，社会现代性依靠理性，不断推进人类社会科技的进步，而文化现代性不断批判社会现代性发展过程中对人的自由和权利的剥夺。这样，西方现代性组成了一个颇具张力的系统，使西方社会能够不断在自我批判中更新前行。即使西方现代性构架存在这样那样的问题，也不妨碍它作为最有活力的人类社会组织形式。由于中国现代性的后发特点，其中的矛盾更为突出和复杂。首先，中国现代性内部存在着与西方现代性一样的矛盾，社会现代性的发展摧毁着传统文化和传统社会组织形式，后者当然不会悄无声息退出历史舞台。其次，面对西方现代性的成果，存在一个如何接受的问题，这是中国现代性的首要问题。第三，现代性道路的选择伴随着政治力量在20世纪中国的角逐。上述特点造成的结果是：中国选择何种现代性，与政治势力的斗争的结果有关。近代以来，洋务运动、太平天国运动、戊戌变法、义和团运动、辛亥革命、国共战争等重大事件的背后，都彰显或隐藏着近代中国对社会现代性的诉求，从目的上说，几乎都是一致的，都是为了挽救中华民族于水深火热，如何去实现，是手段问题。但是，由于不同政治势力之间见解不一致，现代性道路演变为学理之外的政治和军事冲突。一言以蔽之，中国现代性问题不单是关于中国如何现代的问题，而更重要的是权力之争，即谁更有资格带领中国实现自己推崇的现代化道路。此点殊为重要，但是目前在对中国现代性的研究中，并没有人指出。可以很容易理解，在此过程中，对中国现代性的批判就是次要问题了，更重要的是维护和辩护。与此同时，文化现代性中对个人自由的诉求就被压抑到了最低限度，甚至，要求牺牲个人自由去为某种现代性服务。

此前我们已经论述过，现代性本身是一种理想，是上帝缺失后人类的新宗教。因此，任何关于现代性的想象都不可能是完美的，在现代性理论内部，需要有批评和牵制的因素，这也是西方对现代性反思的主要入手之处。但是，这一点很难在中国现代性实践中展开。日本学者竹内好谈到欧洲和日本对现代性问题的不同反应时指出："在欧洲，当观念与现实不调和（矛盾）的时候（这种矛盾是必然要发生的），便会发生一种倾向，在试图超越这一矛盾的方向上，也就是通过张力场的发展求得调和。于是观念本身亦将发展。可是在日本，当观念与现实不调和时（这种不调和因为不产生运动，故不具有矛盾性格），便舍弃从前的原理去寻找别的原理以做调整。观念被放置，原理遭到抛弃。"①竹内好认为西方的观念冲突可以通过"张力场"来获得调和解决。在竹内好看来，日本解决问题的方式与欧洲的不同之处是：如果发生矛盾，不是解决矛盾，而是换一种原理，力求避开矛盾。这是后发现代性国家共有的特色，因为有多种道路可以选择，就有了可以轻易转换道路的条件。如果说转换道路在日本属于理论领域的问题的话，在近代中国就带有浓烈的政治甚至血腥气味了。由于中国现代性不是理论问题，而是涉及政治派别的生死存亡的问题，所以，任何派别都必然会坚持自己所设计的蓝图，并用肉体消灭的方式来打击其他蓝图的支持者。当权派在自己统治的范围内，不能容忍对现代性道路的质疑，其主要原因，是忌惮其他派别取而代之。

_____

①　[日] 竹内好：《近代的超克》，三联书店 2005 年版，第 198 页。

第二节 作为民族国家文学"风向标"的 20 世纪家族小说

一 "类型小说"

有关家族叙事的小说之所以被称为"家族小说",是按照作品的题材来归类的。当然,一切归类都是根据研究对象而来的,为的是研究起来方便。与"乡土小说"、"军事题材"小说一样,"家族小说"也是一种"类型小说"。不过,在讨论"类型小说"的时候,绝大多数作者并未对自己的分类方法进行反思。本节主要对"类型小说"及其研究方法做一些讨论。

(一)"类型小说"存在的合法性

进行小说研究的时候,经常会遇到一些具有很多相似性(主题、人物)的小说。这些小说在文学史上往往构成了相对独立的"群落"。通常的做法是把它们看成"一类"加以论述,冠以"思潮"、"流派"的说法,如古代文学史上的"边塞诗派"、近代文学史上的"谴责小说"、现代文学史上的"乡土小说"、当代文学史上的"寻根文学"等。但是,为什么把它们聚合在一起进行研究?这样的研究方法有什么内在道理?很少有人回答这个问题,似乎这样做是天经地义的事情。把目光扩大到整个社会科学领域,可以发现同样的情况,大家都在使用分类的方法研究问题,但是并没有对分类本身进行质疑。

其实，分类方法本身存在许多问题。过度强调共性的结果就是遮蔽个性，在任何分类研究中都无法避开这个问题。以中国当代文学史上的一个现象为例子，可以清楚看到这种分类的弊端。比如，中国新时期文学是按照伤痕文学、反思文学、改革文学、寻根文学、先锋文学、女性文学、现代派、新写实、新历史等"流派"来书写的，但是却遮蔽了王蒙这样在各个时期都取得了重要成就，却很难归属于任何"流派"的重要作家。[①] 而有的当代文学史则以作品为中心，却又难以看到文学发展的主体脉络。[②] 还有一类现象，评论家把作家归入自己划分的"流派"中，却遭到作家本人的极力抵制，如解构主义代表人物福柯和德里达从来不承认自己是解构主义者。上述例子说明，"分类"作为一种研究方法，运用到文学研究中，还有不少需要检讨的地方。

那么，分类方法是否就没有存在的必要了呢？也不是。关于这个问题，笔者以为，要从以下三点加以考虑。

首先，对事物进行分类研究的合法性在何处？综合一下可以看到，目前，对这个问题的回答基本有五种态度。

第一，默认。对事物进行分类，可谓古已有之。中国古代很早就有"类"的概念，如《易经》中就有"本乎天者亲上，本乎地者亲下，则各从其类也"和"方以类聚，物以群分"的说法，已经开始对事物分类。但他们并没有对分类的根据做

---

① 这种现象其实比较普遍，随之产生了权宜之计，如钱理群等著的《中国现代文学三十年》，在重要的思潮流派之外，另辟专章来论述鲁迅、郭沫若、茅盾、巴金、老舍、曹禺等"大家"。钱理群、陈平原、吴福辉：《中国现代文学三十年》，北京大学出版社1999年版。

② 比如陈思和编的《中国当代文学史教程》，就是以作品为中心的文学史。陈思和：《中国当代文学史教程》，复旦大学出版社1999年版。

出解释——在他们看来，这种做法是不证自明的。①

第二，从自己的立场/哲学观念出发，给予分类。这一点在西方哲学中有较为深远的传统。亚里士多德在谈到文艺分类的依据时说："史诗和悲剧、喜剧和酒神颂以及大部分双管箫乐和竖琴乐——这一切实际上是摹仿。"②亚氏是从文艺对"理式"不同的摹仿来区别其类别的，他认为艺术摹仿的决不只是现实的外形，而且反映世界本身所具有的必然性和普遍性。在他看来，历史所写的是个别的已经发生的事，而诗所写的是可能发生的事。在分类前先讨论分类的根据，他的做法对后世西方文论影响很大。相比而言，在对"类型"合法性的探讨上，西方的学者在理论上要自觉得多。

第三，分类的合法性是由人认识事物的方式决定的。马克思主义认为，事物并不是孤立存在的，而是有着各种各样的联系；而现象的背后，存在着本质。分类研究的方法，就是从现象出发去认识事物的本质和事物间的联系及规律的方法之一，"如果事物的表现形式和事物的本质会直接合而为一，一切科学就都成为多余的了"③。马克思主义的经典论述还有很多，在此不作过多征引，笔者想说明的是，给事物分类后进行研究是人类思维活动的本能。哈耶克也从这个角度讨论过此问题，他在《科学的反革命——理性滥用之研究》中认为，"要解释我们的思维或大脑如何把自然事实转变为精神实体的原理是不可能的。认识到这一

① 比如《易经》就没有提出分类的原理。现代的学者认为《易经》中有相对论，而牟宗三却反对这种说法。牟宗三：《中国哲学十九讲》，上海世纪出版集团2005年版，第22页。

② [古希腊] 亚里士多德：《诗学》，转引自伍蠡甫主编《西方文论选》上卷，上海译文出版社1957年版，第124页。

③ 《马克思恩格斯全集》第25卷，第923页。

点十分重要"①。承认这个结论固然令人沮丧，但是它可以使我们不必在此浪费时间。如此看来，似乎这个结论无甚意义：既然是本能，那就不必讨论了吧。其实，认识到这一点大有必要，许多对分类研究的非难就是没有承认这个理论"原点"。举个例子说，新批评理论家韦勒克、沃伦在其名作《文学理论》中就认为，以约翰生为代表的新古典主义者虽然重视"类型"，但他们在"关于类型的定义或关于类型的区分方法"上，"甚少连贯性，甚至就根本没有什么基本原理"。② 的确如此，关于类型批评的基本"原理"，即使到现在为止，也还没有出现令人信服的说明。

第四，认为传统哲学中存在类型研究的基础。在笔者看到的文献中，郑家建持上述观点，他的论述颇有新意。他以中国传统哲学为资源，试图为现代小说类型研究寻找哲学基础。③ 笔者以为这个解释是有可取之处的，可以作为一家之言。

第五，结构主义的观点。笔者认为，20世纪60年代以来的法国结构主义哲学思潮可能更接近准确地论证"类型研究"存在的合法性。结构主义的理论纷纭复杂，简单说，就是文学结构与语言结构具有相似性。如果说语法能够概括语言规律的话，那么完全可以推论，也存在可以概括小说规律的"语法"。因此，"类型研究"就是寻找相同文学作品"语法"的一种研究

---

① ［英］哈耶克：《科学的反革命——理性滥用之研究》，译林出版社2003年版，第45页。

② ［美］韦勒克、沃伦：《文学理论》，三联书店1984年版，第261页。

③ 郑家建认为，中国传统哲学中对常/变、有限/无限、必然/自由这些矛盾关系的辩证思考，可以成为类型研究的哲学基础。参阅郑家建《小说类型研究：理论与实践》，见《中国文学现代性的起源语境》，上海三联书店2002年版，第166—168页。

方法。①

关于这个令人颇为头痛的题目,暂且讨论到这里,希望以后可以看到更有说服力的结论。即使后退一步说,暂时拿不出令人信服的研究,是不是就不能运用这个方法了呢?恐怕也大可不必。因为,作为反对派,其实也并不能拿出反对的"基本原理"。而从实践和经验来看,分类研究的应用非常广泛。

其次,如何分类才是更"科学"的?其实,在文学研究中,并无自然科学中数据般的硬"科学",所谓的"科学"就是更准确而已。有的分类可能讲不出更多的原理,但是"管用",就是好的分类方法。例如,史达尔夫人提出了"南方文学"和"北方文学"的概念,她认为西欧可以分为以法国为代表的"南方"和以德国为代表的"北方",南方与北方的不同地理、气候条件,形成了不同的人性。"南方文学"即指希腊、罗马、意大利、西班牙以及路易十四时代法国的文学,它崇尚古典,情调欢快,充满民族和时代精神,荷马史诗是这种文学的鼻祖;"北方文学"则包括"英国作品、德国作品、丹麦和瑞典作品","由苏格兰行吟诗人、冰岛寓言和斯堪的纳维亚诗歌肇始"②,其特点是感情强烈,富于哲理,崇尚想象,气质阴郁。将文学径直划分为"南方"和"北方",确实大胆,令人疑心其准确性。史达尔夫人划分西欧文学的标准,遭到不少批评,有的教科书上这样说:"史达尔夫人的这种划分显然是地理环境决定论,地理环境对文学的发展会产生一定的影响,但并不是决定的因素,因而这种划分并不具有严格的科学性,也不能概括欧洲文学发展过程的

---

① 这一点本书在论述"模式"时有较详细的说明。

② 柳鸣九主编:《法国文学史》(中),人民文学出版社 1983 年版,第 148 页。

实际。"① 该论者认为，地理环境无法决定文学，因此划分方法不够"科学"，并不正确。笔者认为，史达尔夫人提供的是一种观察西欧文学的视角，说出了"南方文学"和"北方文学"不同的特征，她把"北方文学"作为浪漫主义潮流，而把"南方文学"视为古典文学的同义语，褒扬前者，贬抑后者，带有自己的文学价值判断，是有一定意义的。文学研究的分类，应该以"有用"为标准，而不是以"科学"为标准。况且，并不存在所谓的"具有严格的科学性"的划分方法。这里又涉及一个"科学"和"真理"的问题。牟宗三发挥了罗素的观点，认为存在"两种真理"，即"外延的真理"和"内容的真理"两类，外延的真理是科学的真理，内容的真理是主观的真理，并且认为内容的真理是无法运用科学的原则来衡量的。② 从文学理论发展的角度看，史达尔夫人的分类方法得到了后来学者的认可。史达尔夫人的理论受到过耶拿派浪漫主义诗论的影响，对德国浪漫派的影响也很大。后来，弗·史勒格尔就沿用史达尔夫人的分类法，撰写了《论北方文学》一书。而泰纳所主张的文学由种族、环境、时代三因素决定的著名理论，也有史达尔夫人的影响的印记。看起来不符合"规范"的分类，都有效地说明了重要的文学现象，因此这种分类是完全合乎"科学"的。

再次，"类型小说"存在的理论基础。"类型"一词的出现，是近代以来的事情。"类型"一词来源于根据英语 type 意译的日语，是舶来品，在《现代汉语词典》中的解释是"具有共同特征的事物所形成的种类"③。所以，"类型"概念的出现是伴随着

---

① 马新国主编：《西方文论史》，高等教育出版社 2002 年版，第 222 页。
② 牟宗三：《中国哲学十九讲》，上海世纪出版集团 2005 年版，第 16 页。
③ 《现代汉语词典》，商务印书馆 1996 年版，第 766 页。

现代学术发展的。对同一"类型"进行研究，也逐步形成了一套方法。《简明不列颠百科全书》给"类型学"下的定义是：这是"一种分组归类方法的体系"，"这种分组归类方法因在各种现象之间建立有限的关系而有助于论证和探索"。① 可见，"类型学"是以归纳法为主要途径，以寻找事物间的共同点为主要角度，以揭示同一"类型"事物的内部规律为主要目的的一种被普遍应用的研究方法。从文学发展的角度看，类型小说的存在有着充分的理由。每一类小说，在发展过程中，都有一个不断变化的过程，既要吸收以往作品的长处，同时还要有所创新。这一观点，原型批评理论家有过详细论述。荣格认为，所谓艺术家的个人，具有受集体无意识驱动从事神圣的艺术创作的人格："他作为个人可能有喜怒哀乐，个人意志和个人目的，然而作为艺术家他却是更高意义上的人即'集体的人'，是一个负荷并造就人类无意识精神生活的人。"② 在荣格看来，艺术家就是人类思想的代言人——集体的人，而艺术品就有了人类集体无意识的特征。换句话说，所有的艺术品中，都不同程度地存在人类共通的某些元素。神话原型批评的集大成者弗莱说得更为直接："诗歌只能产生于其他诗篇，小说只能产生于其他小说。文学形成自身，不是从外部形成：文学的形式不能存在于文学之外，就像奏鸣曲、赋格曲、回旋曲的形式不能存在于音乐之外一样。"③ 一类小说，都指向一种"原型"，自从产生之后，便会形成一种"传统"，其他本类小说，就是同这个小说的对话。正如弗莱在评价格雷

---

① 《简明不列颠百科全书》第5卷，中国大百科全书出版社1986年版，第184页。

② ［瑞士］荣格：《〈尤利西斯〉：一段独白》，冯川等编：《心理学与文学》，三联书店1987年版，第141页。

③ ［加］弗莱：《批评的剖析》，天津百花文艺出版社1998年版，第97页。

夫斯的时候所说："有一个故事而且只有一个故事，值得你细细讲述。"尽管原型批评理论及实践还存在一些问题，但是不能因此抹杀它的独特洞见，文学作品之间确实存在着相互影响的状况，而这些作品，都有共同的某种"集体无意识"。指出类型小说，其目的还是为了把握此类小说背后的集体无意识。笔者认为，一个类型的小说讲了"许多"故事，但其核心是"一个"故事，类型小说研究就是找到这个核心故事的"原型"。因此，类型小说就是在主题、人物形象、情节模式等方面具有同一类"原型"特征的小说群落。当然，现代小说背后不仅仅是"复仇"、"再生"、"英雄回归"等简单原型，还有更为复杂的内容，这就需要研究者在实践过程中不断深入认识研究对象，修正研究方法。

(二) 对"类型小说"研究的批评与辩解

把有相似性的小说撮为一个类别进行研究，是一种方法，这种方法也应该质疑。论证"类型小说"存在的必然性不是一件多么复杂的事，但是，如何对"类型小说"进行研究，问题就比较多了。在理论上，国内已经有研究"类型研究"的学者对这一问题进行了探讨，其中陈平原的成果值得注意。陈平原在《小说史理论研究》中，专门对"小说类型研究"进行了梳理。他认为，亚里士多德因为"摹仿所用的媒介不同，所取的对象不同，所采取的方式不同"而区分不同种类的艺术和曹丕强调"夫本同而末异，盖奏议宜雅，书论宜理，铭诔尚实，诗赋欲丽"都是类型研究在文学批评上的运用。[1] 在陈平原看来，给文

---

[1] 陈平原：《小说类型研究概论》，见《小说史理论研究》，北京大学出版社1993年版，第139页。此小节内容在材料收集上受惠该文颇多，特此致谢。

学分类并进行研究的活动是"古而有之"的，他也承认这些研究是类型批评。应该指出的是，这些"类型批评"都是不自觉的，并没有经过理论反思，但是，正如本书在此前所说的，类型研究是人类思维活动的本能。

"类型研究"方法天经地义的地位在近代受到了挑战。一个观点是，文学是讲特殊性和个性的，类型研究则追求普遍性和共性，因此类型研究不能运用到文学研究中。持这种意见的代表人物是意大利美学家克罗齐。克罗齐就曾经明确地说："就各种艺术做美学的分类的那一切企图都是荒谬的。它们既没有界限，就不可以精确地确定某种艺术有某某特殊的属性，因此，也就不能以哲学的方式分类。讨论艺术分类与系统的书籍若是完全付之一炬，并不是什么损失。"[①] 克罗齐主张艺术即"直觉"，认为艺术生产是"直觉"的过程，每一种艺术品都是"直觉"的一种状态，不可能是类、型、种、属的生产，如果把两者等同，就混淆了艺术与实证科学和数学的关系。在他看来，在批评家与艺术家的博弈中，前者永远处于下风："每一个真正的艺术作品都破坏了某一种已成的种类，推翻了批评家们的观念，批评家们于是不得不把那些种类加以扩充，以致到最后连那些扩充的种类还是太窄，由于新的艺术作品出现，不免又有新的笑话，新的推翻和新的扩充跟着来。"[②] 克罗齐用漫画式的笔法描述了批评家在艺术作品前捉襟见肘的丑态，带有一定的夸张成分。克罗齐是对"类型研究"批评得最激烈的，影响也很大，因此他的观点值得分析。

在《小说史理论研究》中，陈平原也注意到了克罗齐对类

---

① ［意］克罗齐：《美学原理》，外国文学出版社1983年版，第124—125页。
② 同上书，第45页。

型研究的批评，但是他并没有提出反驳意见，而是表示，要尽量避免克氏所说的情况出现。当然，克罗齐的观点有一定道理，但是把类型批评一棍子打死，也未免过于武断。理清克罗齐的思路，要从他的文艺思想入手。克罗齐的艺术即"直觉"的观点与叔本华、尼采、柏格森是一脉相承的，他们突出艺术家的特点和艺术的内在规律，张扬个性、天才、灵感，激烈地反传统。克罗齐还认为，艺术都是抒发情绪的，是纯粹的直觉和心灵活动，极端个人性的、微妙的体验是不能被复制的。因此，"类型研究"的方法被"直觉主义"批评就不难理解了。那么，如何理解以克罗齐为代表的对"类型研究"的批评声音？应该肯定的是，作家的任务就是写出打破前人窠臼的作品，对"类型研究"采取不屑一顾的态度有其道理。"类型研究"只注意共性，忽视个性，必然会遭到以突出自我、弘扬个性的作家、理论家的反对。"直觉主义"就是站在这一立场批评"类型研究"的。但是，这是否意味着"类型研究"是"荒谬"的，应该被废弃呢？答案是否定的。"直觉主义"的"艺术即直觉"的观点并非没有偏颇之处，过分强调"个性"也不符合文学发展的规律。从文学史发展的规律看，某一件艺术品的产生不会是从作家脑子里钻出来的，总是同以前的艺术品有着或多或少的联系。针对浪漫主义张扬个性的主张，艾略特提出了"非个人化"的观点，他认为历代文学本身是一个独立的系统，古今作品构成一个同时并存的秩序，"一个艺术家的前进是不断地牺牲自己，不断地消灭自己的个性"。① 显然，这种说法更符合文学发展的实际状况，也深刻地影响了以后的"新批评"学派。也可以说，克罗齐的说

---

① ［美］艾略特：《传统与个人才能》，见赵毅衡编选《"新批评"文集》，中国社会科学出版社1998年版，第28页。

法有些矫枉过正的味道。俄国形式主义、美国新批评、法国结构主义等后起的理论依然重视整体研究的方法，被打入冷宫的"类型研究"重新引起人们的极大兴趣。这一点说明，虽然类型批评有这样那样的问题，但是却有自己生存的空间。在描述上述情况时，陈平原说："在各种细读策略及形式批评占据主要舞台后，人们逐渐发现这一选择的缺陷，那就是文学批评中整体感的失落。不同批评模式各显神通，细部分析十分精彩，可就缺乏通观全局者。""于是，批评家们又开始突出'理论整合'，且强调作品的'整体形式'。类型批评恰好适应这一趋势，因而重返历史舞台。类型批评使用的理论框架五花八门，但有一点是共同的，那就是力图整合文学的内部研究与外部研究。"① 可以说，重新崛起的类型批评已经与以前的自己不一样了，走出了单一的模式，充分发挥了理论建构的力量，创立了影响深远的各不相同的理论流派。

　　类型研究在文学批评中的任务，就是找出同类作品相似性中的同一性来，从某种程度上说，带有比较文学的影子。在批评史上，对"类型理论"最情有独钟的当属新古典主义派。约翰生认为："诗人的任务不是考察个别事物，而是考察类型；是注意普遍的特点和注意大体的形貌。他不数郁金香的纹路或描写森林的深浅不同的绿荫。在所画的自然画像中，要能展现出那样一些显著的特色，使人一看就想起原本，某一个人会注意到而另一个人会忽视的那些区别必须略去，要突出那些对有心人和粗心人都同样明显的特征。"② 在他看来，莎士比亚戏剧中的人物言谈举

① 陈平原：《小说类型研究概论》，见《小说史理论研究》，北京大学出版社1993年版，第149—150页。

② 转引自［美］佛朗·霍尔《西方文学批评简史》，南京大学出版社1987年版，第87页。

止都受普遍性情感的影响，通常代表某一类型，它能使读者想象自己在相同情况下的言行。"在其他诗人的作品里，一个人物往往不过是一个个人；在莎士比亚的作品里，他通常代表一个类型。"① 如果把约翰生的"类型"理论同荣格的集体无意识对照阅读，会发现它们之间有着千丝万缕的联系。无论理论主张怎么变化，万变不离其宗的是，优秀个体作品中包含有某种文学普遍性，而文学的普遍性也由优秀的个体来体现。关于"类型研究"方法在文学理论领域的运用，陈平原在《小说类型研究概论》一文中有过一个总结，认为"小说类型研究最明显的功绩，一是说明什么是真正的艺术独创性，一是更有效地呈现小说艺术发展的总体趋向"②。第一点是从个体作品评价的角度来说的，第二点是从小说整体艺术的角度来说的。但是，陈平原没有谈到小说"类型"自身的内容。实际上，从类型的角度考察小说，可以将文学史上孤立的作品打通，进而去发掘此类作品的意义，并从"为什么会出现"、"是怎样变化"的角度去研究文本背后更有意思的东西。也就是说，类型研究既能够发现个别小说的个性，也能够总结一般小说的共性——这对文学史研究来说，是一种不可或缺的研究方法。

在笔者看来，小说类型研究需要探讨的问题有两个，一是艺术独创性与美学传统之间的矛盾和关系；二是想象性文学创造的文学审美自由与艺术成规之间的矛盾和关系。那么，到具体的操作中，上述问题可以转化为：（1）某种小说类型是怎样形成的；（2）类型中的每一部小说具有什么样的独特性。笔者以为，这

---

① ［英］约翰生：《〈莎士比亚戏剧集〉序言》，《西方文论选》，上海译文出版社 1979 年版，第 527 页。

② 陈平原：《小说类型研究概论》，见《小说史理论研究》，北京大学出版社 1993 年版，第 146 页。

正是类型研究存在的价值。正如福勒所说:"类型理论对连续的文学传播过程中形式被修改(并没有消除)的种种方式,则尤其可以告诉人们许多东西。"① 虽然类型研究这一方法使用起来带有叙事学的影子,但是,它的功能并不局限在研究文本叙事的层面。它正是从文本研究出发,从类似的文本的比较和发展中,看出某些规律性的因素。因此,本书的设想就是以家族小说这种小说类型为视角,通过个体小说与类型之间关系的比较,给 20 世纪"中国问题"的研究提供思想史外的新的参照。类型批评存在着许多无法克服的困难——在理论上已经被非难,具体运用时恐怕问题会更多。但是,笔者还是选择这一方法,并赞成陈平原先生的观点:"类型批评并非'新潮学术',很难说有多么深厚的理论潜力。选择其作为研究对象,主要出于批评实践(尤其是文学史研究)的考虑。……是对中国小说研究现状的思考,以及选择类型批评作为突破口的可行性论证。"②

(三)"类型小说"研究的实践

"类型小说"研究是文学研究中不可或缺的方法。在研究小说时,因其内容不同而分类论述,始自鲁迅的《中国小说史略》。陈平原评论说:"《中国小说史略》下卷最主要的理论设计,就是借用'神魔小说','人情小说'等若干小说类型在元明清三代的产生及演进,第一次为这五六百年的中国小说发展勾勒出一个清晰的面影;并且一下子淘汰了诸如'四大奇书'、'淫书'、'才子书'之类缺乏理论内涵的旧概念,使得整个小说

---

① [英] 阿拉斯泰尔·福勒:《类型理论的未来:功能和构建型式》,见 [美] 拉尔夫·科恩编《文学理论的未来》,中国社会科学出版社 1993 年版,第 369 页。
② 陈平原:《小说类型研究概论》,见《小说史理论研究》,北京大学出版社 1993 年版,第 160 页。

史研究焕然一新。"① 这段话精辟地指出了鲁迅在小说类型研究领域的贡献。

鲁迅在论述明代小说时,将其分类为"神魔小说"、"人情小说"、"拟宋市人小说";在论述清代小说时,将其分为"拟唐晋小说"、"讽刺小说"、"人情小说"、"狭邪小说"、"侠义小说"、"谴责小说"等。将小说按内容分类的原因,鲁迅没有明确说明。不过,从他对"神魔小说"何以产生的论述中,可以略见端倪:

> 奉道流羽客之隆重,极于宋宣和时,元虽归佛,亦甚崇道,其幻惑故遍行于人间,明初稍衰,比中页而复极显赫,成化时有方士李孜,释继晓,正德时有色目人于永,皆以方伎杂流拜官,荣华熠耀,世所企羡,则妖妄之说自盛,而影响且及于文章。且历来三教之争,都无解决,互相容受,乃曰"同源",所谓义利邪正善恶是非真妄诸端,皆混而又析之,统于二元,虽无专名,谓之神魔,盖可赅括矣。其在小说,则明初之《平妖传》已开其先,而继起之作尤夥。凡所敷叙,又非宋以来道士造作之谈,但为人民闾巷间意,芜杂浅陋,率无可观。然其力之及于人心者甚大,又或有文人起而结集润色之,则亦为鸿篇巨制之胚胎也。②

由此可见,鲁迅认为,众多"神魔小说"产生的原因是一致的。也就是说,相同内容的小说,可能有共同的产生背景。在介绍

---

① 陈平原:《鲁迅的小说类型研究》,见《小说史理论研究》,北京大学出版社1993年版,第202页。

② 鲁迅:《中国小说史略》,《鲁迅全集》第9卷,人民文学出版社1981年版,第154页。

"人情小说"时，这一点表现得更明显：

> 当神魔小说盛行时，记人事者亦突起，其取材犹宋市人小说之"银字儿"，大率为离合悲欢及发迹变态之事，间杂因果报应，而不甚言灵怪，又缘描摹世态，见其炎凉，故或亦谓之"世情书"也。①

从鲁迅对两类小说的论述中，可以看出按内容分类来研究小说的优点，那就是能够从某类小说的内容入手，比较清晰地把握这类小说的源流和判定它的价值。

鲁迅之后，以此方法进行小说分类的做法就比较常见了。但是，正如被批评到的那样，这种做法也常常会忽视个性，一旦把小说归于某种"类型"，似乎就被"定了性"，"类型"外的特征往往就不被注意了。即使鲁迅，也不能回避这个问题。比如，鲁迅在《中国小说史略》中就把《红楼梦》列为"清之人情小说"，在论述"清之狭邪小说"时，探讨了"《红楼梦》余泽之在狭邪小说及其消亡"，将两者放在一起讨论，无形中有些低估了《红楼梦》的价值。② 对《红楼梦》来说，用类型研究的方法可以辨其源流，但是类型的"框架"可能会影响对其艺术质量的定位。

---

① 鲁迅：《中国小说史略》，《鲁迅全集》第 9 卷，人民文学出版社 1981 年版，第 179 页。

② 参看鲁迅《中国小说史略》，《鲁迅全集》第 9 卷，人民文学出版社 1981 年版，第 263—265 页。实际上鲁迅对《红楼梦》评价很高，在其他地方说过"至清有《红楼梦》，乃异军突起，驾一切人情小说而远之上"这样的话。（《中国小说史大略》，见《中国小说史略》，人民文学出版社 1973 年版，第 88—89 页）在《中国小说的历史变迁》中也说："自有《红楼梦》出来以后，传统的思想和写法都打破了。"（《鲁迅全集》第 9 卷，人民文学出版社 1981 年版，第 338 页）

应该说，没有万能的文学理论，每一种理论都是一种看待文学的方法，任何理论都有自己的缺点，不能因为类型理论不够"精确"就废之不用。这实际上是一个哲学问题："文学类型这一题目为研究文学史和文学批评以及它们二者之间的关系提出了重要的问题。这一题目也在一个特定的文学发展的来龙去脉中提出了关于种类和组成它的独立单位之间、一个类别和多个类别之间的关系以及许多一般概念的本质等哲学性的问题。"① 无疑，对待类型研究的正确方法是取其精华，去其糟粕，这是不需要讨论的。关键是，如何在实践中发挥类型研究的长处，避免其短处。

二　"家族小说"的内涵与研究现状

（一）"家族小说"的能指与所指

"家族"是我们经常见到的一个词汇。从辞源学的角度来看，《汉语字源字典》对"家"做了如下解释："干栏建筑是古代民族的一种居住形式。这种居室的最大特点是上层住人，屋下可以圈养牲口。家字从'宀'从豕，是屋中有豕（猪）的意思。人畜杂居，正是干栏居室的特点。而有家有豕，是一个家庭的基本特征。所以家的本义是指家室、家庭、又指家族。"② 《辞海》是这样解释"家族"的："以婚姻和血缘关系结成的社会单位。

---

① ［美］韦勒克、沃伦：《文学理论》，三联书店1984年版，第267页。
② 谢光辉主编：《汉语字源字典》，北京大学出版社2000年版，第316页。该书第205页对"族"的解释是："古代同一氏族或宗族的人，不但有血缘关系，同时也是一个战斗单位或武装集团。甲骨文、金文的族字，从矢在旗下，树旗所以聚会，箭矢则代表武器。所以，族字的本义即指氏族、宗族和家族而言，用为动词，则有聚结、集中之意。"

在原始社会的性杂交时期尚未产生家族，而后有血缘家族。随母权制氏族公社的形成，乃有母系大家族，即男子居住女方，世系依母系记（群婚时代知母而不知父）。至父权制氏族公社时代，则出现了父系大家族，即女子居住男方，世系以父系计。随原始公社制解体，父系大家族渐分裂为若干个体家庭。中国古代曾长期存留父系大家族或父家长制。"① 因此，"家"和"家族"这样的概念同家和家族一样，是人类文明发展的必然结果。② 从家庭社会学的视角看，虽几经变迁，但家和家族作为人类个体生存的空间和整体的生存方式，是确定无疑的。③ "家"因此带有了很强的归宿意味。不论是在中国还是在西方，"家"都是带有很强隐喻色彩的概念。而在中国，"家"和"家族"基本上是不分的。

家族制度在中国文化中的意义非比寻常。关于这一点，许多人有过论述。曾经在中国居住过很长时间，并做过北洋政府宪法顾问的古德诺在《解析中国》中这样说："中国社会组织最大的特征就是它的家庭，家庭才是中国社会的基本单位，个人只是家庭中的一名成员，离开了家庭，单独的个人在社会上是不被承认的。不仅仅是个人被淹没在家庭之中，由于家庭在社会结构中占有如此重要的地位，以至于任何其他的社会组织都难以有立足之地。"④ 这虽然是一个外国人眼中的中国社会组织的特点，但正因如此，才更显现出家庭（家族）是中国社会的一大特色。家

① 《辞海》，上海辞书出版社2000年版，第1236页。
② 恩格斯以唯物主义历史观为指导，详细论述了家庭产生过程的各个阶段。参阅［德］恩格斯《家庭、私有制和国家的起源》，人民出版社1954年版。
③ 家庭产生后，经历了血婚制家庭、伙婚制家庭和偶婚制家庭的变迁。参见邓志伟、徐榕《家庭社会学》，中国社会科学出版社2001年版，第166—198页。
④ ［美］古德诺：《解析中国》，国际文化出版公司1998年版，第71页。

庭（家族）在中国社会结构中的地位无论怎么高估都不会过分，甚至可以说，家族就是中国人的宗教。在向外国人介绍中国的《中国人》中，林语堂特意提出了这一点，他认为中国的民族具有稳定性，"而使种族稳定的文化因素之一首先是中国的家族制度。这种制度有明确的定义和优良的组织系统，使人们不可能忘记自己的宗系。这种不朽的社会组织形式，被中国人视为珍宝，比其他任何世俗的财产都宝贵，甚至含有一种宗教的意味。向祖先表示崇拜的各种礼仪，更增强的它的宗教色彩"。① 这一看法一直没有得到应有的注意，大概是人们认为家族与宗教没有可比性，但是，不可否认，家族在缺少宗教意识的中国文化中确实具有类似宗教的功能。钱穆指出："'家族'是中国文化的一个最主要的柱石，我们几乎可以说，中国文化，全部都从家族观念上筑起，先有家族观念乃有人道观念，先有人道观念乃有其他的一切。"② 钱穆在这里说出了一个重要思想，就是家族观念对人道观念的制约。也就是说，中国文化中的人道观念是为"家族"服务的。家族观念和人道观念的结合主要体现在连绵不绝的"家训"传统中。③

　　为什么中国古代这一传统如此兴盛？司马光的《温公家范·序》中，对家的意义说得很清楚："《大学》曰：古之欲明德于天下者，先治其国；欲治其国者，先齐其家；欲齐其家者，先修其身；欲修其身者，先正其心；欲正其心者，先诚其意；欲诚其意者，先致其知。致知在格物。物格而后知至，知至而后意诚，意诚而后心正，心正而后身修，身修而后家齐，家齐而后国

① 林语堂：《中国人》，学林出版社 2000 年版，第 47 页。
② 钱穆：《中国文化史导论》，商务印书馆 1994 年版，第 51 页。
③ 据不完全统计，中国古代的家训类著述仅形成专著的就达 117 种之多。参见尹奎友评注《中国古代家训四书·前言》，山东友谊出版社 1997 年版。

治，国治而后天下平。自天子以至于庶人，一是皆以修身为本。"① 这是极具代表性的一种观点，中国古代是把"家"放在"修齐治平"这样一条环链当中的。中国文化中，"家"并不是一个有本体论意义的概念。因此，在相当程度上，我们看到的"家"是以一条条"家规"的面目出现的。中国的宗教并不发达，但是，各个家族都有祠堂，中国人从家族中获得的认同感并不比西方人从宗教中获得的认同感要少。也可以说，"家"在中国传统文化中，多少带有一些宗教意味。

那么，如何认识"家"在中国文化中这一特殊的表现形式？从积极的方面看，"齐家"策略保证了家庭的稳定。中国文化能够承传五千年，创人类文明史奇迹，是与这样超稳定的社会文化结构分不开的。应该说，在社会生产力低下的古代，"家"和"家族"起到了合理配置社会资源的作用。从消极的一面看，对"秩序"（家训）的过分强调是以家族为描写对象的文学作品的主要内容，家文化的发达遏制了自由、民主等现代思想的发展。在《金瓶梅》主题研究史上，一直有一种观点，认为全书宣扬了色空观念、因果报应和天理循环思想。② 冯梦龙则是基于"情教"的思想，抱着"醒世"、"警世"、"喻世"之志整理、编纂"三言"的。而凌蒙初则明确表示支持冯梦龙："近世承平日久，民伏志淫，一二轻薄恶少，初学拈笔，便思污蔑世界"，"得罪名教，种业来生，莫此为甚"，"有识者为世道忧之，以功令厉禁，宜其然也。独龙子犹氏所辑《喻世》等诸言，颇存雅道，

---

① 司马光：《温公家范》，见《中国古代家训四书》，山东友谊出版社 1997 年版，第 169 页。

② 参阅王增斌《明清世态人情小说史稿》，中国文联出版公司 1998 年版，第8—9 页。

时著良规，一破今日陋习"。① 因此，虽然在《金瓶梅》、"三言"、"二拍"中就已经有了对家族历史和家族伦理的描写，但是，"劝讽"的观念使绝大部分关于家庭的故事止于因果报应的说教。

虽然"家"和"家族"很早就产生了，但其进入到文学艺术表现领域的时间却晚得多。已经有研究者对中国家族小说的源流进行初步的论述。有论者认为，家族题材小说的发生最早可以追溯到《金瓶梅》。该论者指出，从社会因素看，明朝是市民阶层初步形成的时期，他们要求有反映自己生活的文学品种；从文艺自身的发展来看，李贽的"童心自文"理论要求打破宋明礼教的陈腐观念，表现人性欲望；另外，"三言"、"二拍"和《水浒传》、《三国演义》也为文人小说的出现奠定了基础：

> 总之，世情小说、历史小说为家族小说的出现，从创作艺术上、艺术思维上、文学思考上都做了大量的早期工作，家族小说在明末出现绝不是历史的偶然。资本主义的萌芽，为它提供了可以产生的社会基础。小说理论的建设，成为它创作上的指导依据。世情小说、历史小说为它在形式上做了准备。文人自觉意识的唤醒，成为它问世的内在催化条件。现实主义手法的应用成为它问世的艺术可能。为此，家族小说在明中后期应运而生是较为客观的判断。②

笔者对此说并不赞同。因为，（1）《金瓶梅》最大的贡献在于它在文学史上第一次把笔触伸向了普通家庭，描写了普通男女

---

① 凌蒙初：《拍案惊奇·序》，人民文学出版社1991年版，第1页。
② 李玉臣：《中国家族小说的发生》，《语文学刊》1999年第1期。

的日常生活，但是仅凭此就称其为家族小说显然并不合适，因为这样会把家族小说外延无限扩大。（2）作为第一部文人小说，《金瓶梅》中有许多小说类型的原始因素，多数小说类型均可以说脱胎于此。其对家族小说也产生了很大影响，尤其是在家族小说的叙事模式方面，在讨论家族小说时，把其源头追溯至《金瓶梅》并无不可，但是，把最早的家族小说确定为《金瓶梅》有些牵强。

接下来必然要引出这样一个问题：为什么是"家族小说"？换句话说，把"家族小说"作为对象来研究有什么意义？对于一部小说来说，可以从不同的角度把它归为不同的类别；事实上，把它归为什么类别并不重要，重要的是，从这个类别出发，可以给这部小说研究带来什么新鲜的东西？也就是说，与神魔小说、世情小说、谴责小说的研究相比，"家族小说"角度可以带给我们什么新的启发？

为了回答这一问题，我们不妨先开列一个《金瓶梅》之后把"家族"作为描写对象的作品的书目：《金瓶梅》（兰陵笑笑生）、《歧路灯》（李绿园）、《红楼梦》（曹雪芹、高鹗）、《狂人日记》（鲁迅）、《激流三部曲》（巴金）、《四世同堂》（老舍）、《风声鹤唳》（林语堂）、《科尔沁旗草原》（端木蕻良）、《金锁记》（张爱玲）、《财主底儿女们》（路翎）、《红旗谱》（梁斌）、《创业史》（柳青）、《红高粱》（莫言）、《家族》（张炜）、《白鹿原》（陈忠实）、《玫瑰门》（铁凝）、《旧址》（李锐）等。以前，已经有人注意到了这类小说并且进行了初步的研究。但是却有两个比较突出的问题：（1）不加定义。在没有给出研究对象的范围的情况下，直接使用"家族小说"的称谓；① （2）虽然

---

① 朱水涌：《论90年代的家族小说》，《厦门大学学报》2001年第1期。

谈的是家族小说，但用其他表述代替，语焉不详。① 上述两个问题的存在使家族小说的研究一直在平面上打转，脱不开"家庭"和"伦理"的理论平台，无法向纵深方向发展。笔者以为，对这样一个贯穿近代尤其是 20 世纪文学史的小说类型，以及包括了众多重要作品的小说群落，应该用新的视角和理论框架进行关注。

从以上的书目中可以看到，涉及"家族"的小说往往是通过家庭中成员的相互关系，展现人物的命运；通过家族中几代人的经历，表现家族整体的历史命运。因此，家族小说往往就是叙述"家族史"的小说。在这里，有必要指出，以前的"家族小说"研究从未注意过这一点。笔者认为，从"家族小说"的"家族史"出发，往往可以把握住作者对历史"本质"的叙述。20 世纪家族小说的勃兴与其历史云谲波诡、变幻莫测是分不开的。为什么以家族命运为题材的小说如此众多？而且几乎全是长篇小说？有论者认为，长篇小说的功能是认识历史和现实：

> 人们期待长篇小说的一个传统主题是——历史。以文学的形式叙述历史，这是长篇小说由来已久的文化功能。人类在演变之中逐渐认识到了历史的意义；历史是种镜像，过往之事是现实乃至未来的规约、借鉴和暗喻。这个意义上，历史与现实是一体的；认识历史不只是历史学家的事情。许多人甚至觉得，只有认识历史之后才有资格对现实发言。②

---

① 曹书文：《家族文化与中国现代文学》，中国社会科学出版社 2003 年版；胡良桂：《家族命运的历史感悟》，见胡良桂《史诗类型与当代形态》，湖南教育出版社 2002 年版。

② 南帆：《长篇小说与历史叙事》，见《文本生产与意识形态》，暨南大学出版社 2002 年版，第 77—78 页。

这对于长篇小说是泛泛而言的，对于我们讨论的家族小说来讲，则更为贴切。因为，宏观地看，20世纪是中国由古代向现代转型的阶段，里面堪称"问题多多"。对这段历史进行叙述的任务落在了长篇小说身上，而再没有比叙述一个家族在20世纪的变迁故事更适合认识"历史"和"现实"的了。

到这里，可以概括出本书的研究对象了。我们说的"家族小说"应该包含的条件是：（1）记叙的是一个家族的至少两代人的命运。例如，《家》写了高家三代人，《红旗谱》写了朱家三代人，《白鹿原》写了白家和鹿家三代人。因此，在外部，此类小说显示出"家史"的特征。（2）作品以展示人物在20世纪的命运为主线。"家族史"小说的历史跨度很大，往往把几代人的命运浮沉放在20世纪这个广阔而又复杂的历史背景下。这样，此类小说又显示出强烈的"史诗"色彩。（3）家族小说中往往寄寓着作者、时代对"中国现代性"的认识和实践。综合以上三点可以看出，本书所谓的"家族小说"是指以至少一个家族中至少两代人的命运来展示20世纪历史"本质"，寻求中华民族"出路"的小说。

为了研究和说明方便，在这里需要更具体化本书的研究对象。本书从现代和当代文学中遴选出50部作品作为分析的参照。50部其实也是个随机概念，笔者以为在量上已经能够代表20世纪的家族小说。至于入选条件，除了满足上述开列的家族小说的条件外，也兼顾各种不同的风格，力求有代表性。需要说明的是，虽然《金瓶梅》、《歧路灯》、《红楼梦》、《笨花》等在出版时间上不属于我们的讨论范围，但是由于它们与20世纪家族小说渊源甚深，考虑到打通古今更有利于展开和深化对家族小说的讨论，因此列入考察名单。现把准备讨论的家族小说附表如下：

小说	作者
《金瓶梅》	兰陵笑笑生
《歧路灯》	李绿原
《红楼梦》	曹雪芹
《狂人日记》	鲁迅
《激流三部曲》	巴金
《憩园》	巴金
《四世同堂》	老舍
《金粉世家》	张恨水
《风声鹤唳》	林语堂
《母亲》	丁玲
《财主底儿女们》	路翎
《科尔沁旗草原》	端木蕻良
《金锁记》	张爱玲
《创世纪》	张爱玲
《前夕》	靳以
《蟹》	梅娘
《一千八百担》	吴祖缃
《红旗谱》	梁斌
《创业史》	柳青
《苦菜花》	冯德英
《太行风云》	刘江
《三家巷》	欧阳山
《红高粱》	莫言
《古船》	张炜
《家族》	张炜
《玫瑰门》	铁凝

小说	作者
《家园笔记》	谈歌
《旧址》	李锐
《记实与虚构》	王安忆
《第二十幕》	周大新
《一九三四年的逃亡》	苏童
《白鹿原》	陈忠实
《穆斯林的葬礼》	霍达
《我们家族的女人》	赵玫
《尘埃落定》	阿来
《故乡天下黄花》	刘震云
《最后一个匈奴》	高建群
《丰乳肥臀》	莫言
《柏慧》	张炜
《米》	苏童
《罂粟之家》	苏童
《苍河白日梦》	刘恒
《一个普通中国人的家族史》	国亚
《郎园》	赵玫
《在细雨中呼喊》	余华
《窑地》	张涛
《天堂挣扎录》	杨干华
《无字》	张洁
《祖父在父亲心中》	方方
《一种叫太阳红的瓜》	李晓
《瀚海》	洪峰
《笨花》	铁凝

或许有人会提出异议：上述列举的都是 20 世纪著名的小说，而中长篇小说很少有不涉及家族的，这样划分，是否太宽泛了些？是否有"拉虎皮做大旗"之嫌？笔者以为，首先，上述作品符合本书所谓的"家族小说"的条件，这个问题不用再说。其次，"家族小说"不但是一个小说类型，而且是一个视角，这是需要特别强调的。许多经典小说是可以从不同视角来观照的，而家族小说作为一个视角，或许可以观察到以往不曾被注意到的内容。其实，许多"类型小说"（比如乡土小说）都曾被同样的问题质疑，如果能抱有"类型小说"不过是一个大致范围这样的想法，就可以解决上述疑问。

（二）家族小说研究的成果与问题

家族小说的概念出现较晚，研究起步不算很早，但是发展很迅猛，在很短的时间，就取得了不少令学界瞩目的成果。本节将对这些成果进行小结，并分析其中的问题，对得失进行初步探讨。

一个聚族而居的庞大家族，当然会有一套平衡利益的文化系统。与社会政治结构中的法律与道德相比，它的独特性在于，该系统面对的对象都是有着血缘关系的"亲人"，而制定系统的目的是为了使家族能够延续下去并在与其他家族的竞争中实现利益的最大化。因此，家族小说中体现出的文化意韵以及作家的家族情感是很多论者着力论述的问题。曹书文的《家族文化与中国现代文学》虽然没有提出"家族小说"的概念，且以作家而不是以作品为中心，但并不妨碍它是最早研究家族小说的专著。该书从家族文化的角度切入，论述了中国传统的家族文化对现代作家的影响。曹书文认为："正是由于家族文化本身的多重意蕴才导致了现代作家矛盾的家族情怀"，"在家族情感上，他们与封建家长之间也存在着惊人的相似之处，正是由于现代作家矛盾的家族情怀才使那些原本思想保守甚至反动的角色一样呈现出非同寻常的艺术光彩，历史判断与道德判断的差异非但没有限制作家艺术才能的发挥，而且还为其创作增添亮色。现代家族叙事作品成功，很大程度是得益创作主体家族情感的矛盾"。① 这是第一部全面论述了家族文化与现代作家创作关系的专著，不过，作者的重点不是长篇小说的叙事模式，而是作家心态。曹书文自己在阐释论文立意的时候也说："只是力所能及地对有关的史料做了一点系统的梳理工作，勾勒出家族文化作为一个创作母题在现代文学中的发展与嬗变的轨迹，探讨作家的家族文化情结对文学创作的影响，揭示现代作家的情与理、言与行等方面对家族文化的矛盾心理，并结合典型个案具体分析这种矛盾心态在创作中的具体表现。"② 广泛地说，作家的心态受到各方面的影响，家族文化是其中较为重要的方面。但是，作者把"家族文化"看作了一个静态的观念，而不是动态的文化模式，所以在论述鲁迅、巴金、曹禺、老舍、张爱玲、路翎等作家与家族文化的关系时，特别注重家庭观念对他们的影响，而没有考虑家族文化与当时的启蒙文化之间的冲突。另外，家族文化在现代中国的解体深刻地影响着不止一代作家，而二三十年代的故事，还将被不断重述。作者侧重现代作家，没有涉及家族文化与当代文学的关系，也使"家族文化"与现代作家的关系并未在更长时段内凸显。除此之外，以"家族文化"为核心考察家族小说的研究成果还有不少，但基本研究课题和方

① 曹书文：《家族文化与中国现代文学》，中国社会科学出版社2002年版，第108、109页。
② 同上书，第358页。

法在《家族文化与中国现代文学》中都有体现。

"家国同构"是中国传统社会的重要组织形式和文化特色，这一点放在与西方社会的比较视野中，更为明显。有论者指出，不同民族进入文明社会的路径并不相同，在西欧，"古典的古代是从家族到私产再到国家，国家代替了家族"，而在我国，则"是由家族到国家，国家混合在家族里①面，叫做社稷"。② 类似的观点还有不少，几成定论。在中国20世纪家族小说中，找到有关"国"的叙述，是很容易的事，不仅在作品中反复被渲染，作者也在各种场合喋喋不休。李军的《"家"的寓言——当代文艺的身份与性别》就是从"家"入手，将"家"作为20世纪中国的寓言。李军的灵感明显来自美国学者杰姆逊，后者在一篇著名的文章中认为，第三世界的文本都是"民族寓言"："第三世界的文本，甚至那些看起来好像是关于个人和力比多趋力的文本，总是以民族寓言的形式投射一种政治：关于个人命运的故事包含着第三世界的大众，他们的文化和社会受冲击的寓言。"③这段话当然有些值得商榷的问题。文学本身就有强烈的寓言色彩，民族文学其实都是每个民族的寓言。不过，按照笔者的理解，其实杰姆逊的意思是，第三世界国家的文学都有一种在第一世界国家冲击下挖掘本土资源与之对抗的传统。李军不同意杰姆逊的看法，但观点几乎是对杰姆逊的注解。他在著作中认为，1840年以来的中国文化不是"民族寓言"，而是"家"的寓言：

---

① 李军：《"家"的寓言——当代文艺的身份与性别》，作家出版社1996年版，第15页。

② 侯外庐、赵纪彬、杜国庠：《中国思想通史》第1卷，人民出版社1995年版，第11页。

③ ［美］杰姆逊：《处于跨国资本主义时代的第三世界文学》，收入张京媛编《新历史主义与文学批评》，北京大学出版社1993年版，第235页。

"如果从'家'出发，那么我们即可把从鸦片战争以来中国社会转型时期看成是一则寓言：传统中国的'家'在西方这一强大他者（亦可理解为一个'家'）的冲击下濒于破裂和衰败，同时也开始了重建中国新'家'的叙事过程。所谓'民族寓言'，正是对处于'家'的转型时期的中国现状的真实写照。"在发表了这一精辟见解之后，李军在著作中却弃之不顾，转向他更感兴趣的内容，将精力用于研究家中的角色，这使论著的前后有些脱节。本书的工作，就起点来说，与李军的该论著如出一辙的。另外值得一提的是，该论著也是较早运用"现代性"概念来研究家族小说的，但是现代性理论并没有得到全面梳理，因此与文本结合不够充分。

家族叙事题材作品并非中国文学独有现象，在西方文学史中，同样比比皆是。由于涉及的材料太多，还没有将二者进行全面比较的研究成果出现。当然，如果仅是泛泛比较，也没有什么意义，还不如就具体作品来谈论。肖明翰的《大家族的没落——福克纳和巴金家庭小说比较研究》研究了中美两国两位几乎同时代的著名作家的家庭题材小说（作者用的是"家庭小说"的概念，相当于本书的家族小说）。作者从历史文化背景、福克纳与巴金思想比较、家庭与宅邸、专制家长、青年一代、妇女形象、奴隶与仆婢、写作手法等方面比较了二位大师在家族小说方面的异同。作者指出，"在他们的作品中，我们强烈感觉到两位作家对人类，对人的精神的真诚、热烈的爱"，因此，"对他们作品中的人道主义讨论也自然成了在他们之间进行比较研究时应遵循的一条主线"。① 启蒙思想中的人道主义

① 肖明翰：《大家族的没落——福克纳和巴金家庭小说比较研究》，广西师范大学出版社1994年版，第19页。

是五四标举的旗帜之一，也是研究巴金时一个常用视角，但是福克纳作品中的思想要比巴金复杂，他更多从种族主义的角度批评白人对黑人的压迫，尤其是对黑人妇女的性虐待，这一点是作者并未指出的。在这里评论的主要不是该论著的观点——就观点而言，还显得简单和表面化一些，而是该论著表现出的比较文学视野。与西方家族小说比较，中国家族小说因为通常隐喻着"国"，所以具有强烈的政治色彩。与其说中国家族小说关注的是家，不如说关心的是政治。岛崎藤村的《家》出版于1921年，通过小泉家的三吉这一视角，叙述了桥本、小泉两家20年的家族史。这部作品是日本自然主义文学的代表作之一，受卢梭"坦白主义"文学的影响。岛崎藤村的《家》对个人命运的不幸用纤毫毕现的手法展示出来，悲凉绝望。受无政府主义影响的巴金，将家庭的悲剧很自然归咎于社会。因此，巴金的《家》中的人物与社会关系密切。有学者将岛崎藤村的《家》与巴金的《家》比较，认为，"岛崎藤村的《家》始终囿于'家'的内部，与其相比，巴金的《家》却具有与社会广泛联系的一面"。① 这个不同可以从小说中的情节看出来。岛崎藤村的《家》中，三吉的家庭接连遭遇不幸，孩子夭折、妻子难产而死，置身于这样的家中，只能受痛苦直到死亡。而巴金的《家》中虽然遇到了几乎同样的不幸，但是作品却有一种激情昂扬的基调，充满了对命运的反抗意识。西方的社会组织模式是核心家庭（两代人），并没有中国式的大家族，因此也没有产生中国式的家族文化。西方家庭的特点是父母尊重孩子的个性发展，但是，父子冲突的主题也常常是西方家族小说的主题

---

① ［日］饭冢朗：《论岛崎藤村、巴金、布尔热的〈家〉的浪漫主义》，见《巴金研究在国外》，湖南文艺出版社1986年版，第605页。

之一。《卡拉玛佐夫兄弟》中的卡拉玛佐夫家族成员代表了作者试图分析的几种思想。一家之长老卡拉玛佐夫纵欲、贪婪；大儿子米卡粗野率直、狂暴任性；二儿子伊凡对社会抱着犬儒主义的嘲弄态度；最小的儿子——作者的理想人物阿辽沙真诚地相信爱能战胜世上的一切邪恶。这些人物的思想不断相互质疑、交锋，构成了陀氏特有的"复调"。在比较文学的视野内考察中西家族小说的异同，是一个尚属空白的研究课题，还需要一代甚至几代学者更多的积累和努力。

历史与文学之间有着千丝万缕的联系，如同控制木偶的幕后牵线人，作家们总是在一定的"历史观"的指导下，去安排人物行动，把人物命运整合成可以说明某种"本质"的"意义"。这一点在时间跨度长的家族中，表现得尤为明显。家族小说通常以家族史为主线之一，沿此角度，家族小说研究或可获得新的空间。在许志英、丁帆主编的《中国新时期小说主潮》第八编《历史叙事的构架》下，专辟一章为"家族史的沉浮"。该章抓住了家族小说中"家族史"这一蕴涵着丰富阐释空间的切入点，认为"新时期作家在讲述家族史的过程中，当他们逐渐接近历史、传统的本来面目之时，也逐渐陷入了对历史、传统的具有虚无主义色彩的绝望颓唐情绪之中，开始露出了彻底游戏历史的倾向"。[①] 这段论述与本书的意图已经比较接近，都希望从家族小说中家族"历史"的背后看出另外一些内容。在关于"历史"这里，本书与上述研究分道扬镳。上述作者没有就家族史的意义深入挖掘，而是撇开"家族"，关注"历史"，探讨了家族小说与新历史主义的关系。而本书试图关注"家族史"与"中国问

---

① 许志英、丁帆编：《中国新时期小说主潮》（下），人民文学出版社 2002 年版，第 1122 页。

题"在 20 世纪的互动关系。

简略地回顾"家族小说"研究史可以看出,在此领域,已经硕果累累,但是还没有取得"乡土小说"研究一样的辉煌。相对于"乡土小说"完备的理论成就和成熟的研究队伍,"家族小说"还很寒酸。不过,随着 20 世纪的脚步渐行渐远,相信以"史诗"规模"总结"见长的家族小说会得到更广阔的空间。

三 "家族小说"与"中国现代性"

(一)"中国问题"

如果整体观照一下中国近现代史,就会发现以鸦片战争为标志的中西对抗以中国完败告终的意义极其重大。"中国失败"在现实和理论的不断阐释中,变成一个集体"精神创伤性"事件,它不仅使中国陷入"半封建半殖民地社会",还决定了以后数百年思想史上的思维模式。

在对 20 世纪中国"历史"的把握中,一个关键词不容忽视,那就是"中国问题"。

本书是把"家族小说"放在 20 世纪中国思想史的背景下研究的。对于百年中国思想史来说,也许最难以绕开的一个词就是"现代",数代思想家殚精竭虑,最终要解决的问题只有一个,那就是中国如何才能"现代"起来。刘小枫以"中国问题"来概括思想史上的这种倾向:

> 何为"中国问题"?简扼地说,它指晚清士大夫看到的中国所遇"三千年未有之大变局";中国的社会制度和人心秩序的正当性均需要重新论证。这种论证需求是由西

方现代性逼出来的。可以从三个不同的层次来看"中国问题"的具体定位：在历史事功层面，问题是中国作为一个民族国家单位如何富强，在国际（国族）间的不平等竞争中取得强势地位；在生活秩序的价值理念层面问题是，中国传统的价值理念与西方价值理念的冲突如何协调，民族性价值意义理念和相应的知识形态如何获得辩护；在个体安身立命的层面，问题是如何维护中国传统终极信念的有效性，设想其解放性力量不仅对中国有效，也对西方有效。①

"中国问题"并非刘小枫论著论述的重点，他后来也没有再持续论述过这个问题。这里想要指出的是，刘小枫的上述概括很有启发性，准确地切中了传统中国转型期的"要害"部位：几乎近代以来的思想问题都是围绕着所谓的"中国问题"展开的。

"中国问题"的提出，与近代以来中国内忧外患的历史境遇紧密相关。从国内的情况看，清王朝的统治到了嘉庆、道光年间已经明显衰败。统治集团内部奢侈腐化，贪污贿赂成风。军备废弛，军官克扣兵饷，士兵纪律败坏，武器装备落后，国防力量虚弱。土地兼并日趋严重，阶级矛盾激化，白莲教、天地会发动的农民起义遍及湖北、四川、河南、陕西、甘肃等省。清王朝的统治如大厦将倾，危机四伏。而19世纪60年代是国际资本主义迅猛发展的时期。② 中国和西方，原本"井水不犯河水"的两个板块，不可避免地发生了碰撞。西方资产阶

---

① 刘小枫：《现代性社会理论绪论》，上海三联书店1998年版，第195页。
② 关于国内外的经济和政治情况，本书不再赘述，参见虞和平主编《中国现代化历程》（第一卷）第一编中的有关论述。《中国现代化历程》，江苏人民出版社2001年版。

级由于工业化取得的成就，已使自己强大到这样的地步："它迫使一切民族——如果它们不想灭亡的话——采取资产阶级的生产方式。它迫使它们在自己那里推行所谓文明制度，即变成资产者，一句话，它按自己的面貌为自己创造出一个世界。"①马克思生动地勾画了西方资本主义殖民时期的行为。而百年后，吉登斯在描述同一现象时说："现代性指社会生活或组织模式，大约十七世纪出现在欧洲，并且在后来的岁月里，程度不同地在世界范围内产生着影响。"② 比较一下不难看出，吉登斯从现代性的角度，更愿意把马克思描述的这个单向过程看成是互动的。所谓"中国问题"，正是在这样一个互动的结构中产生的。

敏锐的政治家很早就意识到了这一问题并对其意义进行了描述。清末名臣李鸿章提出了著名的"三千年未有之大变局"的说法。他在同治十一年（1872）五月"筹议制造轮船未可裁撤折"中反对取消福建造船厂，并且说："臣窃惟欧洲诸国，百十年来，由印度而南洋，由南洋而中国，闯入边界腹地，凡前史所未载，亘古所未通，无不款关而求互市。我皇上如天之度，概与立约通商，以牢笼之，合地球东西南朔九万里之遥，胥聚于中国，此三千余年一大变局也。"③ 此后，李鸿章的"变局说"被频频引用，用来指晚清时期中国从传统向现代的转型。梁启超在1901 年的《李鸿章传》中也曾征引这段话。在后来的思想史中，说晚清面临"两千年之大变局"或"千年之大变局"的都有，但无疑是从李鸿章那里衍生出来的。

---

① 《马克思恩格斯选集》第 1 卷，人民出版社 1995 年版，第 225 页。

② ［英］吉登斯：《现代性的后果》，译林出版社 2000 年版，第 1 页。

③ 李鸿章：《李文忠公全集·奏稿》第 2 卷，海南出版社 1997 年版，第 676页。

龚自珍、魏源是近代率先考虑"中国问题"的思想家,他们至少在三个方面对"中国问题"产生了深刻影响:(1)形成了近代知识分子的入世传统。清代学术以"乾嘉学派"为代表,形成了注重考据的学风。龚自珍、魏源对此提出了激烈批评。其中,魏源对当时占统治地位的宋学与汉学的批评更为深入系统。他批评宋学家"动言万物一体,而民瘼之不求,吏治之不习,国计边防之不问","无一事可效诸民物"。①他们只会满口"心性"、"礼仪",空发议论,而人民的疾苦、国家大事、社会现实问题却不闻不问,都是一些"腐儒"。他批评汉学家整天钻在故纸堆中,进行名物、训诂等繁琐的考证,醉心于追求功名利禄,结果"锢天下聪明智慧使尽出于无用之途",脱离社会与现实。龚自珍在晚清时期首倡经世济用之学,是开晚清议政风气的一代宗师,他曾说自己是"但开风气不为师"。梁启超在谈及龚自珍的影响时说:"晚清思想之解放,自珍确与有功焉;光绪年间所谓新学家者,大率人人皆经过崇拜龚氏之一时期;初读《定庵文集》,若受电然。"②因此,把龚自珍称为连接古代和近现代的思想家应不为过。(2)提出了"更法"主张。鸦片战争前后,中国的民族危机和社会政治危机十分严重,威胁着社会各阶层的生存和发展。针对此状况,龚自珍提出了"更法"的主张。龚自珍认为社会变革是历史发展的必然,"自古及今,法无不改,势无不积,事例无不变迁,风气无不移易"。他进一步提出,要主动积极地进行"自改革",不要等群众起来反抗的时候才被迫进行"劲改革":"一祖之法无不弊,千夫之议无不靡,与其赠

---

① 魏源:《默觚·治篇一》,见《魏源集》,中华书局 1976 年版,第 36 页。
② 梁启超:《清代学术概论》,见《梁启超全集》第 5 册第 10 卷,北京出版社 1999 年版,第 3096 页。

来着以劲改革，孰若自改革？抑思我祖所以兴，岂非革前代之败耶？"① 同样，魏源也积极提倡变法改制，他说："天下无数百年不弊之法，无穷极不变之法，无不除弊而能兴利之法，无不易简而能变通之法。"虽然龚、魏的"更法"主张是从传统"穷则变"的思想中产生的，但是，催生这一主张的情境已经不同了。
（3）形成了近代以来思想史上思考问题的基本方法。龚自珍认为，虽然清王朝还维持着表面的"太平"，其实已经是日薄西山，如同患了"瘰疬之病"的病人，行将就木了。② 龚自珍是第一个把中国比喻为"病人"的思想家，他在当时可能没有意识到，这个"有病—诊病—开药方"的思路竟成为了思想界近代以来思考问题的基本套路。龚自珍奠定了现代知识分子的品格：即将自己的学术研究与探求中国道路结合起来。与此同时，也形成了把学术作为"经世致用"的工具的传统。龚自珍后，中国思想界一扫沉闷，进入了一个异常活跃的时期，不同的社会力量和派别按照他们对中国问题的理解，纷纷提出了自己的理论主张并进行了实践。

因此，寻求"中国问题"解决的方案就成为了中国进入"现代"的必由之路。为什么"中国问题"必须解决？有论者认为，近代以前，通过历代文物典籍，在中华民族的内心中积淀了深厚的中心化情结。鸦片战争后，"面对中心幻想破灭这一灾难性事实，中国人渴求找到一种中心话语体系，以便在此基点上重建中国在世界话语格局中的中心权威形象。如果说，中心幻觉的破灭和对中心幻觉的追认可以作为中国的古典性的

---

① 龚自珍：《乙丙之际箸议第七》，见《龚自珍全集》，上海人民出版社1975年版，第6页。

② 同上。

终结的话，那么，中心破灭中的重建则成为中国的现代性的核心话题"。①

这段话准确表述了百年来朝野在中国现代化进程中的心态。也就是说，中国现代化的目的在很大程度上是为了恢复中国在世界话语体系中的位置。因此，"中国问题"是"西方"催生出来的，如果没有"西方"作为参照，就不会有"中国问题"。

我们现在需要重新审理的是，中国当时遇到的是什么问题？换言之，"中国问题"的实质是什么？从龚自珍和魏源起，思想界充满了一种"危机"意识，一直持续到 20 世纪 50 年代。② 这种危机来自于对"亡国灭种"的恐惧。虽然以前历史上中国也曾遭外族入侵，但是，这次思想界要显得更为焦虑。因为，历史上无论是蒙古族南下还是满族入关，汉族面对的是弱势文化，所以从心理上并无被吞掉之感。而现在面对的是明显强势的西方文化，就显得不够从容了。究其原因，中国这次面对的是来自"现代性"的冲击。有论者认为，西欧发端于 14 世纪，正式展开于 18 世纪至 19 世纪的现代转型是从中世纪的母胎内自然孕育而成的，是"自发内生型"；而西欧外的其他地区的转型虽有各种不同的内在动因，却都是在西欧现代文明的影响下发生的，是"外发次生型"。其中，外发次生型大略可以分成两种类别，一种是北美和澳洲，由于土著文化落后，其现代文化就是西欧模式的全盘移植；另一种类别是，当地早已形成悠久深厚的文明传统，如埃及、波斯、印度、中国、日本，都有数以千年计的文明

---

① 张法、张颐武、王一川：《从"现代性"到"中华性"》，《文艺争鸣》1994 年第 2 期。收入《90 年代思想文选》，广西人民出版社 2000 年版，第 234 页。

② 中华人民共和国国歌《义勇军进行曲》中就有"中华民族到了最危险的时候"的歌词。

史，欧洲文明来袭之时，虽然这些国家还滞留在"前近代"，却不同程度地拥有与外来的欧洲文明抗衡的物质资源和精神资源。因而，这些国度的现代化，并非欧洲文明的简单位移，而呈现欧洲文明的强劲影响与本土文明对此既排拒又吸纳所构成的错综图景。① 因此，面对"西方冲击"何去何从是"现代中国"的主要问题。

需要甄别的是，中国思想史语境下的"现代"概念与我们现在经常使用的社会学中的"现代"是有所不同的。前者说的"现代"是建立现代民族国家的渴望，与"现代学"中的"现代"相比，无疑要更为中国化一些，所包含的内容也大相径庭。换句话说，在中国思想史上，"中国如何才能现代"——建立"现代"民族国家一直是一个核心问题。②

（二）文学中的"中国问题"

在历史的疾风中，文学不过是一根瑟瑟抖动的稻草，但是却指示着风向。

文学创作就是把一系列虚构的情节按照时间排列，通过剪裁隐显的方式，使其产生"意义"，即对情节的合理解释。在对小说作用的无数个表述之中，本书最中意王德威的解释。王德威在谈到当代小说的作用时，称"小说之类的虚构模式，往往是我们想像、叙述'中国'的开端"，"谈到国魂的召唤、国体的凝聚、国格的塑造，乃至国史的编纂，我们不能不说叙述之必要，想像之必要，小说（虚构）之必要"。因此，他颠倒"中国"和"小说"的关系："如果我们不能正视包含于国与史内的想像层

---

① 冯天瑜：《转型间学人评传书系·序》，湖北教育出版社 2000 年版。

② 汪晖：《现代性问题与中国当代思想状况》，《文艺争鸣》1998 年第 6 期。

面，缺乏以虚击实的雅量，我们依然难以跳出传统文学和政治史观的局限。一反以往**中国**小说的主从关系，我因此要说**小说**中国是未来我们思考文学与国家、神话与史话互动的起点之一。"①从小说来考察中国，不只是文学研究者放大自己"对象"的奇思妙想，对中国社会的存在也有着旁敲侧击的意义。王德威以此为理论基础，指出小说对中国的独特作用：

> 小说夹处各种历史大叙述的缝隙，铭刻历史不该遗忘的与原该记得的，琐屑的与尘俗的。英雄美人原来还是得从穿衣吃饭做起，市井恩怨其实何曾小于感时忧国？梁启超与鲁迅一辈曾希望借小说"不可思议之力"拯救中国。我却以为小说之为小说，正是因为它不能，也不必担当救中国的大任。小说不建构中国，小说虚构中国。而这与中国现实的如何实践，息息相关。②

王德威的意思是，从小说对中国的虚构中，可以看到历史叙述中缺席的东西。"比起历史政治论述中的中国，小说所反映的中国或许更真切实在些。"③ 当然，这不是一种普遍的情况，这句话并不严密，但是至少，文学并不是对历史的补充，而是从另一个角度发掘着历史。不过，我们知道，在很多时候，文学和历史其实是一回事。王德威的观点或许受到新历史主义批评的影响。海登·怀特就认为历史与文学有许多共同的地方："虽然历史学家坚持认为自己是在事件本身中'找到'自己的

---

① 王德威：《序：小说中国》，见《想像中国的方法——小说·历史·叙事》，三联书店 1998 年版，第 1—2 页。黑体字为原文所有。

② 同上书，第 2 页。

③ 同上书，第 1 页。

叙事模式，而不是像诗人那样把自己的叙事模式强加在事件身上，但是这种自信其实是缺乏语言自我意识，没有意识到对事件的描写就已经构成对事件本身的解释。"① 在海登·怀特看来，历史与文学一样都需要在书写时建立一种"模式"，这里的"叙事模式"是一种先验的意识形态，就此来说，文学与历史有共通之处。

从"解释"事件的角度看，历史和文学都是"虚构"。但是，二者之间还有不同。循此思路，我们可以知道，虚构"家族史"的小说应该更能展现出与中国的"历史"不一样的东西，家族小说中的"家族史"就是对 20 世纪中国的"想象史"。因此，笔者以为，从此视角研究"家族"小说，可以看出知识分子对 20 世纪中国的想象不断变化的过程。这个不断"变化"和"过程"的背后，隐藏着"历史"中无法找到的秘密——"历史"是如何被建构的才是"历史"的真相。历史大厦建立起来之后，原先的图纸就被弃之一旁，而其中曾被涂抹删改的痕迹，也一并消失，重新还原其中的某些过程，可以见到历史的另一幅嘴脸。作家构筑一个宏伟的家族历史的时候，常常有自己的想法，即使是同时代的作家也迥然不同。这个"前理解"决定了一个家族的历史走向和家族中人物的命运，而作家的"前理解"必定受到他对一个时代的基本看法的影响。无法想象一个作家写家族史时忽略时代背景是什么样子，这样的小说当然也从未出现过。综观 20 世纪家族小说，作者对"历史"和"现实"的认识随着时间进程不断变化。每个家族小说的作者都按照自己的想象构筑了一个以 20 世纪

---

① ［美］海登·怀特：《作为文学虚构的历史文本》，见张京媛编《新历史主义与文学批评》，北京大学出版社 1993 年版，第 175 页。

历史为背景的"家族史"。① 更为有趣的是,同一段历史投射在不同作家的笔下,在不同的时期、不同的家族中,呈现的映像并不相同甚至大相径庭。这当然不是"幸福的家庭都是相似的,不幸的家庭各有各的不幸",而是文学在20世纪中国的畸形变化,而透过这面哈哈镜,正可以看到中国现代性的展开和自我建构的过程。

作家往往也是一个思想家。作家在"家族小说"中提出的对这个问题的见解和解决方案同思想家相比,有两点不同:(1)小说是从一个感性的角度来提出这个问题的。即使是从观念出发,小说家也是通过故事说话的,故事中肯定包含了其自身的逻辑,其中,也必然会存在超出小说家设想之外的内容。思想家是从理性的角度来理解这个问题的,要更清晰直露一些。笔者感兴趣的地方恰在这里,究竟有些什么东西溢出了作家的思考?这些东西对我们今天思考问题能提供些什么?(2)如果把这个问题作为一个动态的过程来看的话,"家族小说"中描写的一个个家族构成的正好是中国现代百年的一幅幅生动、鲜活的图景,这显然比思想史能够带来更多的"细节"——也许思想家忽略的地方,就被小说家无意中捕捉到了。一个问题是,文学史上"家族小说"研究与思想史上"关于中国如何现代"的研究怎样才能统一起来?家族小说中隐含着国家现代化的基因,这是毋庸置疑的。有论者就曾经研究过中日家族制度的不同,并说:"目的

---

① 巴金认为,自己小说写的是"一个正在崩坏的资产阶级家庭的全部悲欢离合的历史"(《初版后记》);梁斌写《红旗谱》的目的在于说明"中国农民只有在共产党的领导下,才能更好地团结起来,战胜阶级敌人,解放自己"(《漫谈〈红旗谱〉的创作》);莫言说写"红高粱家族"是以自我的感受为中心的:"好歹我在这本书里留了很多伏笔,这为我创造了完整地表现这个家族的机会,同样也是表现我自己的机会"(《红高粱家族·跋》);高建群说《最后一个匈奴》"旨在描述中国一块特殊地域的世纪史"(《最后一个匈奴·后记》)。

在于探求中日两国近现代化成败的原因",最后的结论是"中国的家族文化造就了中华民族重亲情,尊老爱幼等传统美德,另一方面,它又太过沉重了,沉重得束缚了人们的创造力和社会发展的步伐。而在日本就比较轻一些,儒学虽然也对日本社会发生了重要影响,但它毕竟属于舶来品,不像在中国那样根深蒂固,有些与日本本土文化有抵触的东西还被拒绝接受,所以日本受其束缚比较轻,实行变革的阻力也就比较小,因而易于吸收西方文化,使变革取得成功"。① 当然这个观点有待商榷,但是该书将家族制度的不同作为中日现代性过程中成败的重要原因,还是颇有见地的。

同任何类型小说一样,家族小说也有一个不断"生长"的过程,而且这个过程还在继续。从《金瓶梅》记叙家族生活开始,家族小说就一直是文学史中的重要一类。家族小说本身也在不断寻求超越,但是,正如罗兰·巴特所说的那样:"革命在它想要摧毁的东西内获得它想具有的东西的形象……文学的写作既具有历史的异化又具有历史的梦想。"② 《金瓶梅》、《红楼梦》等以家族故事为主线的长篇小说可以使我们看清楚父权家长制和大家族制度的面貌,但并不是提出"中国问题"的作品。前者侧重家族内部的矛盾冲突,而后者却与中国近代历史密切相关。中国由传统向现代转折的过程为家族小说提供了巨大的空间。日本学者山口守认为:"一般说来,对'家'的存在方式的追问多半发生在时代的转变期,这是因为'家'从个人角度来看是扩大了的自己,同时又是缩小了的国家。而且,'家'在作为历史

---

① 李卓:《中日家族制度比较研究》,人民出版社 2004 年版,第 6 页。

② [法]罗兰·巴特:《写作的零度》,载《符号学原理》,三联书店 1988 年版,第 98 页。

的连续体这一点上,与历史有着最难以区别的联系。如果是这样的话,那么在内乱外患导致帝制崩溃、传统文化与西洋文化冲突正在孕育新文化的近代中国这一时代的转变期,出现追问'家'的存在方式的文学作品,也许就是理所应当的了。"① 山口守在这里提出一个家的"存在方式"的概念,但并没有特别阐明。实际上,追问家的"存在方式",就是追问"中国问题"。谁也没有料到,这一追问一直持续到当下,还未得出答案,这也意味着问题仍将继续延续。

---

① [日]山口守:《巴金试论——〈家〉的结构》,收入《日本学者中国文学研究译丛》第一辑,吉林教育出版社 1986 年版,第 170 页。

第 二 章

宏大叙事:家族小说大厦中的"构件"

第一节 叙事程序

"叙事程序"是本书生造的概念,因为不是严格叙事学研究,所以避开了"叙事功能"这个仅用于一定范围的专有概念,而使用了"叙事程序"。但是,沿用的思路还是来自叙事学领域,"叙事程序"是一个宽泛化了的"叙事功能"概念。

"叙事功能"是普罗普在 1928 年完成的《民间故事形态学》中提出的概念。30 年后该书才出了英译本。列维·斯特劳斯、布雷蒙、格雷玛斯等人对叙事学的研究都是建立在普罗普的理论和实践基础上的。何为叙事功能?在研究民间故事的时候,普罗普认为,故事的基本成分是"功能"。普罗普是在对俄国民间童话的整理和分析中提出叙事功能概念的。他首先比较了下面的例子:

(1)沙皇赏赐给主人公一头苍鹰,苍鹰负载主人公至另一国度。

(2)老人送给苏什科一匹骏马,骏马负载苏什科到另一国度。

（3）巫师给了伊凡一只小船，小船载运伊凡到另一
国度。

（4）公主给了伊凡一个指环，从指环中跳出来的年轻
人背负伊凡到另一国度。

普罗普指出，比较上面四个故事，从中可以发现变与不变两种因
素。其中，角色的姓名、身份、属性在发生变化，可是这些角色
的行动和功能是不变的。我们看到，虽然主人公不断变化，但是
"有人给了主人公一件东西，这个东西使主人公到了另一个地
方"这个叙事功能是没有改变的。"与大量的人物相比，功能的
数量少得惊人。这一事实说明了民间故事的双重特征：它既是多
样态的，丰富多彩的，又是统一样态的，重复发生的。"① 因此，
普罗普认为，故事是由角色和角色的功能构成的，角色的功能才
是故事构成的不变的、基本的要素。在此基础上，普罗普概括出
俄国民间故事的叙事功能共有 31 项，故事中的人物共有 7 种
"行动范围"。② 研究小说的叙事功能有何意义？从一个基本叙事
结构中来观察世界上所有的故事是结构主义叙事学家的理想，他
们从佛经中所说的一粒豆中看大千世界的说法中得到启发，想要
建立一个无所不包的叙事结构。这并非是无稽之谈。结构主义者
认为，人类的文化现象也是一种语言，也有自己的构成单位
（字词）和操作规则（语法）。正如语言学家们从复杂多变的词
句中总结出了一套语法规律，叙事学家们也相信，他们能够从纷

---

① 普罗普：《民间故事形态学》，见叶舒宪编《结构主义神话学》，陕西大学出
版社 1988 年版，第 7 页。

② 参阅罗钢《叙事学导论》的第二章《叙事功能》，云南人民出版社 1994 年
版。

繁复杂的故事中抽象出一套故事的规则。

本书并不想做成一个以"叙事学"为理论背景的研究,正如有论者指出的,民间故事因为情节简单,适合用作"叙事功能"阐述的例子,但是如果硬套在结构和人物都相对复杂得多的家族小说上面,难免会画虎不成反类犬。

在当代文学研究界,已经有了比较好的范例。许子东在研究"文化大革命"小说时,借鉴了普罗普的方法,对本书也有很大启发。许子东在《为了忘却的集体记忆——解读 50 篇文革小说》中指出,"文化大革命"小说中也有一些常见的情节,在不同的人物、不同的遭遇、不同的背景下,情节模式和叙事功能颇为相似。[①] 因此,许子东认为,"至少在 50 个抽样文本的范围内,种种不同的'文化大革命'的小说,虽然故事形态艺术方法各异,但基本叙事模式却是相当接近乃至相通的。这些作品其实都在共同讲述一个有关'文化大革命'的故事"[②]。这个"文化大革命"的故事实际是在建立一种"理解""文化大革命"的"方式与规则"。[③] 虽然并非严格叙事学分析,但是以叙事学视角切入,获得了别开生面的结果,也为叙事学理论的应用提供了可以尝试的思路。

叙事学理论认为,梳理、归纳出小说的"叙事功能"可以

[①] 甲、右派章永璘落难时获马樱花相救,既愿委身,又劝男主角"别伤身体";章永璘平反后却再找不到马樱花(《绿化树》)。乙、干部张思远下乡时得到女医生感情相助,重新做官后想接秋文进京却遭女方婉拒(《蝴蝶》)。丙、访问学者"我"在东京心情烦躁孤独时结识日本女友,却终因信仰不同淡淡分手(《金牧场》)。丁、知青梁晓声在北大荒迷恋女指导员,在"我"获得帮助、鼓舞与爱情之后,李晓燕生病而亡(《这是一片神奇的土地》)。见许子东《为了忘却的集体记忆》,三联书店 2000 年版,第 2 页。

[②] 许子东:《为了忘却的集体记忆》,三联书店 2000 年版,第 3 页。

[③] 同上书,第 10 页。

得到关于一种类型小说的基本结构。做这个工作是一件必要但烦琐的事，但是我不认为做完这个工作就是研究的终结，我以为，在此基础上就可以看出这种类型小说的"恒定不变"的东西，这是我更看中的一种思路。据此，可以说，多部写于 20 世纪的家族小说共同讲述了"一个家族"在 20 世纪中国的命运的故事。这个故事建立了一种理解 20 世纪中国的"方式和规则"。同普罗普和许子东的研究对象相比，家族小说要复杂得多。首先因为家族小说产生的时间跨度大，近百年来层出不穷；其次家族小说内部结构比较复杂，人物众多。但是，这并不是说家族小说不适合做叙事研究的分析对象，相反，因为家族故事是按时间展开的，家族总是由相对固定的成员角色组成的，所以家族小说是比较适合做叙事研究对象的类型小说之一。不同的是，本书不做"叙事功能"需要的数学般精确对位，而是按照家族命运的起伏先梳理对家族小说的"程序"从叙事学角度做一个梳理。

一　家族叙事中的"创世纪"

家族小说第一个叙事程序就是溯源，家族的"起源"主要是讲大家族是如何形成的，换言之，是讲家族"创世纪"的过程。在家族小说中，关于第一代人的奋斗的故事自成体系。

（一）叙事程序 1：第一代人天赋异秉

能成大事之人，必有异相在《尸子》中就记载有"黄帝四面"，即黄帝有四张脸孔。[①] 尧有"八眉"、舜是"重瞳"、禹则

----

① 参阅叶舒宪《黄帝四面》，《中国神话哲学》，中国社会科学出版社 1992 年版。

是"耳有三漏"，或者是夸张，或者是以讹传讹，大人物的相貌肯定不凡。古代先贤是如此，后代帝王也不遑多让。秦始皇的外貌是"蜂準、长目、鸷膺、豺声"，即蜜蜂形的鼻子、长长的眼睛、鹰般耸起的肩膀、豺狼般的声音。一代暴君，活灵活现。刘邦的长相："隆準、龙颜、美须髯、左股七十二黑子。"在异相之外，又加上了神秘的"七十二黑子"。在《三国演义》中，说孙权长得"方颐大口，目有精光"，加上黄发碧眼，英武之气咄咄逼人。他的父亲孙坚"异之，以为有贵相"。他的哥哥小霸王孙策也自愧不如，几次当着部下们的面对孙权说，这些文臣武将今后都是你的。该书也说刘备"臂垂过膝、顾见其耳"，令人生疑。朱元璋长得最奇特之处是"奇骨贯顶"，一根"奇骨"从眉间一直延伸到头顶。大概就是靠了这根奇骨，使朱元璋从贫农到和尚，从和尚到强盗，后来又揭竿而起，从士兵到将军，从将军到元帅，最后登上皇帝的宝座，成为中国历史上最富有传奇色彩的人物之一。异则怪，则不同，则非寻常。这些异相或者异秉，都有"奉天承运"的意思，多为当时宣传需要或事后追加。

《金瓶梅》中的西门庆在作者笔下是一个"风流子弟"，"生得状貌魁梧，生性潇洒，饶有几贯家资"，张道深评点说这是"三个病根"。如果西门庆不是有这样的条件，也不能在脂粉堆中所向披靡。潘金莲就是看到他"张生般庞儿，潘安的貌"才属意他的。《红楼梦》的状况略微复杂些。在冷子兴的描述中，贾家自东汉贾复以来一直繁盛，但是到了贾赦的儿子，却出了衔玉而生的奇人宝玉。因此，家族创始人是空缺的，但是从贾家的繁盛可以看到他的丰功伟业。宝玉承担的不是开辟家业的功能，而是作为家族史中的"另类"出现。他的"异秉"不能印证他的超凡能力，而是他"行为乖张"的注解。

20世纪家族小说中，家族创始人在家庭中的地位犹如庙堂中的牌位,庄严神圣。能建立一个大家族,显然也非普通人,因此,家族小说中,创业的一代往往天赋异秉。作者对"异秉"的描写,有各种情形:

(1)描述手法是现实主义的,主人公并无"异"处,但是特点鲜明。

20世纪的现实主义小说,描写太过分的"异相"已经不太可能,但是第一代创业者还是有一种威严的霸气,家族中的其他人不可能与之并论。

《家》中的高老太爷曾经"相貌庄严",令人"崇拜、敬畏"。①《财主底儿女们》中的蒋捷三有"高大而弯曲"的身影,"秃顶,头角银白,有高额,宽颚,和严厉的,聪明的小眼睛"。② 因此,家中子侄,莫不畏惧。

(2)描述生理上的与众不同。

生理上的"异"是描写家族创始人的常用手段,不同的仅仅是把"异"描写到什么程度。

《白鹿原》的第一句话就写"白嘉轩后来引以为豪壮的是一生里娶过七房女人"。什么使白嘉轩后来引以为"豪壮"?是因为他娶了"很多"房女人。在这里,"七"是个量词,代表数目众多。从小说中看,小说中前六位妻子是谁并不重要,她们是怎样一个个死去的也并不重要。重要是事件本身说明了白嘉轩有过人的性能力:

> 这时候,远远近近的村子里热烈流传着远不止命硬的关
> 于嘉轩的生理传闻,说他长着一个狗的家伙,长到可以缠腰

① 巴金:《家》,人民文学出版社1981年版,第58页。
② 路翎:《财主底儿女们》,人民文学出版社1985年版,第78页。

一匝，而且尖头上长着一个带毒的倒钩，女人们的肝肺肠肚全被捣碎而且注进毒汁。①

显然，这样的说法是违背生理学常识的，但是家族小说正是借此来给第一代创业者蒙上神秘面纱。白嘉轩自己当然不相信，不过，他对这种神秘现象也无法解释，只好找人看宅基和祖坟。

还有，《欲望家族》中倪家三兄弟的祖父倪三轳辘子，他的"异"令人咋舌，是一位残疾人士："生下来就是个轳辘子，也就是说，没胳膊没腿，从上到下就一根肉棍儿。"更是奇特，这样的人生存都是问题，但是倪三轳辘却建立了一份家业。

（3）描述胆识上的过人之处。

作为创业者，胆识无疑是必备的素质，为了目的不惜采取极端手段是家族小说第一代身上经常发生的故事。第一代往往具有过人的魄力，这也是他们能够创业成功的条件。

在《旧址》中，李氏家族最早可以追溯到老子李耳的第十二代子孙李轶，但是到族长李乃敬手中时，已经衰落下来了。因此，"接过九思堂之后，李乃敬终日所想的就是如何才能中兴家业"。而这时，李紫痕为了弟弟妹妹的学业，不惜自己毁容出家。她的行为令人震惊：

> 可眼见得家族里的子弟们除去钱财享乐四字之外，竟没有一个省事的，没有一个晓得坐吃山空的。倒是三公家里的姐妹三个，无父母来娇惯，无钱财可挥霍，反倒长出些志气来。六妹紫痕为了让紫云、乃之求学上进，为了守住三叔公

① 陈忠实：《白鹿原》，人民文学出版社1993年版，第4页。

残留下来的这点家业,竟能下得毁容吃斋这样的狠心。李乃敬震惊之余,一扫往日紫痕对自己拂逆不从的不满,他决心成全这个女人,替她分担紫云、乃之的学费,也算是不辜负十六年前那个托孤人的一片苦心。日后说不定还要靠九弟乃之学成之后来振兴九思堂的家业。[①]

从生理角度看,李紫痕不是一个天赋异秉的人,但是,她有着其他女性无法比拟的胆略和魄力,因此从叙事功能角度看,也可以算做有天赋异秉的人。

《白鹿原》中的白嘉轩在发现白鹿精灵后,决意要用自己家的水地换鹿子霖的山坡地,接着又率先种罂粟,攫取了第一桶金,成功发家。这都应该归功他的办事方式:"办法都是人谋划出来的,关键是要沉得住气,不能急急慌慌草率从事。一旦把万全之策谋划出来,白嘉轩实施起来是迅猛而又果敢的。"

（4）命相奇异。

命相学是传统文化的一支,不论是否科学,其影响不容忽视。"古代星命学家认为,人的命运是由人所禀赋的阴阳五行而决定的,这种理论源自汉代董仲舒'天人感应'的学说","星命家正是以天人感应说为依据,认为人身是一个'小天地',通过测算一个人出生的年、月、日、时干支所涵的阴阳五行的气质和变化,便可推知其一生之命运"。[②] 到现在,算命师还是很有市场的一份职业,即使是在发达的地区也没有销声匿迹。笔者以为,只要人生之谜不能穷尽,这门古老的学问就不缺乏市场。

---

①　李锐:《旧址》,上海文艺出版社1993年版,第22页。

②　郑小江主编:《中国神秘术大观》,百花洲文艺出版社1993年版,第14页。

家族小说中，关于创始人命相的叙述也很多，总的说来，还是为了衬托了其"异"。《科尔沁旗草原》中，李寡妇借"仙姑"的口说："丁老四那老头子本是白虎星转世哪！"① 在村民们看来，这似乎是丁四太爷富贵发达的理论基础。《古船》中，张王氏来向父亲借钱，父亲不要她还了，于是：

> 　　张王氏什么都看在眼里，这会儿就对隋迎之说："要不这样吧，我白拿钱也不好意思，今个就给你看看相吧。"父亲苦笑着点头，茴子哼了一声。张王氏凑上前来，端坐着看起来。父亲被看得嘴角打颤。张王氏看了一会，把手伸进另一只衣袖里，手指捏弄着。她说父亲左肩后有两个红痣。茴子手里的汤勺掉在了桌上。张王氏又看了一会，眼珠就滑到了上边去，于是抱朴见到的只是一双白色的眼睛。她拉着长腔叫道："生日、时辰、报上来。"父亲这时早已顾不得吃饭，声音涩涩地回答了。张王氏的身子立刻抖了一下，一双黑眼珠飞快地从眼皮里掉出，紧紧盯着父亲。她抄起两手，说："我走了，我走了……"说着慌促地看一下茴子，迈出了门去。②

这里用了很细致的笔法来交代父亲身上的痣和生辰的奇特，采取的也是第三者的视角。其中，张王氏的心理故意略去不写，更增添了传奇色彩。

家族小说中为什么要把第一代人塑造成具有异秉的人物？首先从小说情节设置的因果关系来看，第一代的天赋异秉是保证他

---

① 端木蕻良：《科尔沁旗草原》，人民文学出版社1981年版，第32页。

② 张炜：《古船》，作家出版社1996年版，第47页。

们以后振兴家业的关键。如果不是有着过人的某方面才华,他们
是不能担当起建立一个家族荣誉这样的重任的;其次对小说中第
一代人的描述往往是通过小说中其他人物的视角来写的,所以常
常会带上某些非现实主义色彩;最后,后代在叙述祖先的功绩
时,在心理上常常会带有崇敬心理。因此,采取神话对方的态度
也就可以理解了。

　　不过,也有例外的情况。在 80 年代的所谓新历史小说中,
常常有对祖先崇拜心理的"解魅"的细节。在谈歌的《家园笔
记》中,这样描写姥爷:

　　　　我有幸没见过姥爷古鸿光。但我听妈妈说过姥爷极凶的
　　样子。妈妈说,姥爷很威武,高高的个子,粗壮的四肢,一
　　脸大胡子。他总提着一条鞭子在山坡上逛,看谁不顺眼,扯
　　过来就是两鞭子,无人敢惹,是个恶霸。①

　　虽然也是谈祖先,但是却失去了以前的敬畏,变得比较客观
甚至挑剔。"我有幸没见过……"这样的语式就表达了情感上对
祖先的疏离而不是认同。不过,从塑造第一代形象的意义上说,
即使是选取了一些负面的材料,却并不妨碍承认祖先有天赋异
禀,上述"姥爷"的"凶恶"也可以被理解为生命力顽健的
表现。

　　20 世纪 80 年代中期以前的家族小说在叙述第一代人时,总
是抱着崇敬的目光,因此更愿意把传说中的关于第一代的天赋异
禀的故事继续讲下去。在《红高粱》之后,这种叙述语气被颠
覆,代之以揭露历史真相的态度。谈歌在《家园笔记》的"开

---

　　①　张炜:《古船》,作家出版社 1996 年版,第 87 页。

场白"中谈到了这个变化:"或许我害怕什么。多年来我一直认可那些假定的传说。即使是现在,当我决定抛开这些假定时,要把我所知道的家族故事告诉读者的时候,我还是感到了某种迷茫。历史原本是一潭清水,却常常被人为地搅浑。死者不再辩解,后人任意编排,或褒或贬,于是变成了演义。更悲哀的是,四十多年来,我听到了许许多多关于我那毁誉参半的父辈们和祖宗们的传说,诱使我花去了整整十年的时间到处查阅关于他们的史料,能印证些什么的却极有限。历史渐渐忘记他们,传说却丰富他们。"① 虽然说要揭示"历史真相",但是,最后又否定了这种可能性。既然说者没有根据,那么听者也不信,所以家族小说中第一代人的天赋异秉就成了传说,这也是增添小说可读性的一种策略。没有读者会去追究事情的真实性。狄德罗早就幽默地说过:"如果我们叫我们悲剧里的英雄从坟墓里跑出来,他们倒很难在舞台上认出自己的形容;假使布鲁图、卡底里奈、恺撒、奥古斯都、加图站在我们的历史画前,他们必然会惊诧,画里画的是些什么人物。"②

可见,天赋异秉和"历史真相"是两回事。

(二) 叙事程序 2:在第一代人身上有异兆出现

叙事程序 2 是叙事程序 1 的延伸,相比起来,它有推动叙事的功能,所以另论。异人出现必有异兆。在古代,一般有此记载的都是一些引人注目的大人物,这显然是古代帝王为了愚民而玩弄的"君权神授"的把戏。如《河图停佐辅》中说,黄帝告诉

---

① 谈歌:《家园笔记》,人民文学出版社 1999 年版,第 11 页。
② [法] 狄德罗:《绘画论》,《西方文论选》上卷,上海译文出版社 1997 年版,第 392 页。

天老:"余梦见两白龙挺白图以授余。"《周公解梦书》中说"文王梦见日月照身六十日为西(伯)"。《史记》载刘邦之母在大泽之陂休息时梦与神相遇而孕,遂生刘邦。《史记》另载汉武帝母孝景王皇后怀武帝时曾"梦日入怀"。这是历史上比较靠前的皇帝们的说法,后世帝王不甘示弱,花样翻新,龙、日、天等异相层出不穷。渐渐地,这个观念被民间广泛接受。

《红楼梦》的框架结构注定了主人公必定不是凡人,当然他的出生也伴随着不凡的事件。宝玉的"本身"是大荒山无稽崖青埂峰下的石头,为女娲补天所遗,后来得了灵性,才被带到人间游历,因此出生时含着"通灵宝玉"。由于作者提前交底,读者也心知肚明,宝玉的"不通"之处就可以理解了,这也是曹雪芹为宝玉设置的"护身符"。

在家族小说的第一代身上,当他们出生、死亡或命运发生重大转机的时候,往往会发生许多异兆。其中包括天气异常、异物出现、做带有预言性质的梦等。用唯物主义的观点来看,这些说法纯属迷信。但是,中国历来没有宗教,民间也对类似内容津津乐道。在家族小说中,尤其是80年代中期以后的家族小说中,对此类问题的渲染有很多。

在《白鹿原》中,这些异兆还不止出现一次。奇遇是从白嘉轩发现神奇的白鹿精灵开始的:

白鹿已经溶进白鹿原,千百年后的今天化作一只精灵显现了,而且是有意把这个吉兆显现给他白嘉轩的。如果不是死过六房女人,他就不会急迫地去找阴阳先生来观穴位;正当他要找阴阳先生的时候,偏偏就在夜里落下了一场罕见的大雪;在这样铺天盖地的雪封门坎的天气里,除了死人报丧谁还会出门呢?这一切都是冥冥之中的神灵给他白嘉轩的精确绝妙的安排。①

后来，他又做梦梦到父亲要求迁坟。阴阳先生把坟地果然选在了
他发现白鹿精灵的地方，千方百计得到这块土地后，白嘉轩的命
运从此就改变了。因此，白嘉轩后来的发迹就是必然的了。

《欲望家族》中，倪三轱辘子死的时候，大雨沉沉下了三天
三夜，第四天电闪雷鸣持续了一夜：

> 临近五更时分，突然狂风大作，有人看到一条发着紫光
> 的巨龙从古城的西北角腾空而起，径直往东南上空去了。轰
> 隆隆的雷声追随在后面，也跟着远去了。②

巨龙的归去显然象征着倪三轱辘子的离开人世。预兆是天人感应
宇宙观的产物。当人无法为自己的行为寻找到"意义"的时候，
只好将其列为"天意"了事，省去苦苦思索的烦恼。

在80年代中期以前的家族小说中，出现"预兆"的频率并
不是很高。究其因，是因为作者笔下的人物的行为都被赋予了
"意义"，其行为原因并不是不可解释的。

为何80年代后的家族小说中有这么多关于第一代人的预兆？
首先是来自于中国文化中对家族祖先的崇拜，认为祖先身上具有
神赐的力量。莫言在《红高粱家族》的扉页写道："谨以此书召
唤那些游荡在我的故乡无边无际的通红的高粱地里的英魂和冤
魂。我是你们的不肖子孙，我愿扒出我的被酱油腌透了的心，切

---

① 陈忠实：《白鹿原》，人民文学出版社1997年版，第30页。

② 刘方炜：《欲望家族》，人民文学出版社2000年版，第2页。

碎,放在三个碗里,摆在高粱地里。伏惟尚飨!尚飨!"① 这种追慕祖先的观念在中国文化中是很普遍的。正如有的论者所指出的:"祖先崇拜开始并不普遍,它只限于英雄的世家或托名为英雄后裔的家族。原则上,只是'有姓氏等级'的特权。但后来,随着姓氏的普及,每个新近获得姓氏的人,也都觉得有必要追寻自己的家系和'根',以便为自己的存在找到一个更有意味的必然(血统)形式。这样,对祖先的崇拜和权力意志、自我意识的增长,奇特地融合到一起,逐渐普及到新权贵、新富豪,甚至一般平民中,成为中国传统心理中最为根深蒂固的意识形态。"② 在中国文化中,对英雄的崇拜并不普遍,而对家族中祖先的崇拜却很发达。因此,80 年代"寻根"文化思潮也是家族小说中家族创始人被披上神秘面纱的重要原因,不如此,"根"的文化含量就不够充分。中国人往往赋予家族一个无限荣光的开始,如同中国现代性问题,起源于民族强盛,终结于民族复兴的愿望。

其次,预兆出现也显示出当代作家没有"家族"归属感的焦虑。作家无法找到真正的家族文化,只能通过各种神示、梦境、启示录的方式来招魂。就像莫言在《红高粱家族》结尾写的那样:

可怜的、孱弱的、猜忌的、偏执的、被毒酒迷幻了灵魂的孩子,你到墨水河里去浸泡三天三夜——记住,一天也不能多,一天也不能少,洗净了你的肉体和灵魂,你就回到你的世界里去。在白马山之阳、墨水河之阴,还有一

① 莫言:《红高粱家族》,解放军文艺出版社 1987 年版。
② 谢选骏:《神话与民族精神》,山东文艺出版社 1986 年版,第 407 页。

株纯种的红高粱，你要不惜一切努力找到它。你高举着它
去闯荡你的荆棘丛生、虎狼横行的世界，它是你的护身
符，也是我们家族的光荣的图腾和我们高密东北乡传统精
神的象征！①

这段话隐喻色彩虽浓，却再清晰不过地表达了希望用"纯种红
高粱"来拯救"孩子"的愿望。不过，这株红高粱找得到吗？
即使找到了，它可以作为护身符吗？中国现代性在 80 年代，表
现出对立的观点，也是"摸着石头过河"理论在文学思潮中的
回响。

（三）叙事程序（3A）：第一代人白手起家，依靠个人才干致富

家族小说中，肯定会写到第一代人的发家史，应该说，这是
一部家族小说的逻辑起点，否则，也不会有后来的家族的繁盛和
衰落状况。

实际上，西门庆在《金瓶梅》中的所作所为已经是一部标
准的个人发家史。小说开头就说："西门庆生来禀性刚强，作事
机深诡谲，又放官吏债，就是那朝中高、杨、童、蔡四大奸臣，
他也门路与他浸润，所以专在县里管写公事，与人把揽说事过
钱。"再到后来，西门庆依然用此方法，赚得无数钱财。后来的
家族小说，在写发家方面还没有超过《金瓶梅》的。原因之一
是《金瓶梅》的笔墨主要用在西门庆身上，而其后家族小说大
部分是把第一代发家故事作为背景写的，笔力厚薄不同；原因之
二是西门庆的发家经历生动鲜活，带有很强的概括性。总的说

---

① 莫言：《红高粱家族》，解放军文艺出版社 1987 年版，第 453 页。

来,家族小说中第一代人的发家过程虽然各式各样,但不外乎巧取豪夺两种。

《科尔沁旗草原》中,丁四太爷勾结知府扳倒了北天王之后:

> 北天王的田产在"啸众篡反、图谋今上"的罪名之下,某一个黑夜就记在了丁四爷的府库地册上了。铁打的衙门流水官,知府只要现钱……其余的就都归到太爷名下。①

这样的资本原始积累方式与西门庆时代差别不大。

《白鹿原》中写白嘉轩在白鹿村第一个依靠种罂粟发了财,翻修了四合院,扩建了马号。在白嘉轩的影响下,接着,"三五年间,白鹿原上的平原和白鹿原下的河川已经成为罂粟的王国"②。白嘉轩不但个人致富,还带动了乡邻。不过,种鸦片发家显然并非"正道"。

也有走"正道"致富的,《欲望家族》中的倪三轱辘子也具有非凡的眼光和胆略,虽然他是个残疾人,但是极有眼光,"他把能够订到的报纸各自订了一份,在家里观察外面的世界,研究世事行情"。几年后,他决定将家里大部分土地卖了,办一家银行:

> 倪三轱辘子凭着自己在报纸上学到的一些零星的金融知识,又让人抬着他上下火车到省城去了几趟,竟真的在古城办起了一家倪记民生银行,并把业务扩展到了周围的一十八个县。

---

① 端木蕻良:《科尔沁旗草原》,人民文学出版社1981年版,第25页。
② 陈忠实:《白鹿原》,人民文学出版社1997年版,第50页。

> 一时间,古城倪家名动四方,到处都传诵着古城倪家三
> 掌柜的大名。①

应该说,这是最不可能的一种致富方法,近代中国的银行制度不
会让人如此轻易获得成功。所以,倪三轱辘子的发家史是作者虽
正面写来却最简略的。

同样写发家,《旧址》中白瑞德依靠高斯的帮助经销美孚的
产品,"左右逢源","如鱼得水";而李乃敬则是靠一个偶然的
机会(通海井凿通)才保住了股份,是写民国时代发家最"逼
真"也是放在故事中显得最和谐的。

相比起来,《家园笔记》中古鸿光的发家方式则比较残忍。
古鸿光是光绪三十年的武举人,他先是用五百两银子换取了曹满
川发现的异宝"狗头金",接着杀死了曹满川并血洗了可能有金
矿的韩家寨:

> 后来有人统计,韩家寨百余户人家,五百余口人,只逃
> 出去二百七十余人,余下的都被古鸿光凶残地杀戮了。②

完全是一点技巧都没有的拦路抢劫。

虽然发家的过程五花八门,但是在叙事上只承担一个把家族
送上繁荣之路的功能。可以说,大部分的发家故事都经不起严格
的经济学分析。另外值得注意的是,第一代人由于是靠自己的个
人才干发家的,所以以后就名正言顺地成为他缔造的这个家族的

---

① 刘方炜:《欲望家族》,人民文学出版社 2000 年版,第9—10页。
② 谈歌:《家园笔记》,人民文学出版社 1999 年版,第18页。

至高无上的主宰。他的成功为他带来了权威，同时也使他迷信自己的成功，不欢迎家族中出现新事物。这就为他同第二代人之间的矛盾展开提供了一个比较可信的性格基础。

20世纪家族小说中，这段发家史的时间大约是在民国时期。因为在当时，正是中国传统农业社会崩溃，现代资本主义萌芽出现的时期，依靠个人才干，很快就可以完成庞大的原始资本积累。同时，这是一个意识形态分歧并不严重的时期。因此，在20世纪的所有家族小说中，没有任何小说在写第一代发家时涉及意识形态。

（四）叙事程序（3B）：第一代人奋斗失败，并非由于个人才干的原因

在20世纪家族小说中也有另外一种情况，就是叙述第一代人个人奋斗失败的经历。这类小说往往是1949年后到"文化大革命"结束期间的作品。应该说，1949后的文学与之前主流文学不是一个传统，1949年后的文学秉持的是延安文学传统，而1949年前的文学传统基本是在五四时期奠定的。对家族小说来说，一是在阐释20世纪革命史时，需要第一代人"革命"失败，然后第二代人找到了正确的道路，"革命"成功；二是需要塑造时代"新人"形象，也就是配合新的时代而涌现的新的人物。所谓"新人"，显然要有"旧人"来做对比，因此家族小说中的第一代人就成了"旧人"。综合上述两种情况，1949年后到"文化大革命"结束的家族小说中的第一代人与新中国成立前的正好相反，他们并不是发家的致富的能手，而是这方面的失败者。

在《红旗谱》中，开头就写到了朱老巩与冯兰池的矛盾。冯兰池想要"砸钟灭口"，"霸占河神庙前后那四十八亩官地"，

而朱老巩不顾别人劝告，准备"和狗日的们干"。① 结果反抗不成，被冯兰池暗算。他临终前对儿子说：

> 儿啊，土豪霸道们，靠着银钱、土地，挖苦咱庄稼人。他们是在洋钱堆上长起来的，咱是脱掉毛的光屁股骨碌鸡，势不两立。咱被他们欺负了多少代，咳！我这一代又完了，要记着，你久后一日，只要有口气，就要替我报仇……②

实际上，朱老巩的目的也是想发家，但是没有成功。

《创业史》中的梁三也是如此，他一直有"创立家业"的愿望，可是到了五十多岁，家业还是没有创起来。梁三老汉终于失望了："这是命运的安排，梁三老汉既不气愤，也不怎么伤心，好象境况的这一发展是必然的一般，平静而且心服。看破红尘的老汉，要求全家人都不必难受。他认为和命运对抗是徒然的。"③朱老巩和梁三是1949年后家族小说的第一代人的代表，他们的命运与其他家族小说第一代人相反，是发家失败的一代。

那么，是什么原因使他们失败了呢？是他们没有其他的第一代人精明能干吗？不是。"朱老巩，庄稼人出身，跳达过拳脚，轰过脚车，扛了一辈子长工！这人正在壮年，个子不高，身子骨筋条，怒恼起来，喊声像打雷。"④ 除了强壮有力，朱老巩还有许多朋友。按说，他有着致富的能力。梁三老汉也是如此：

> 梁三是个四十岁上下高大汉子，穿着多年没拆洗过的棉

---

① 梁斌：《红旗谱》，中国青年出版社1957年版，第34—35页。
② 同上书，第35页。
③ 柳青：《创业史》，中国青年出版社1960年版，第15页。
④ 梁斌：《红旗谱》，中国青年出版社1957年版，第35页。

袄，袖口上，吊着破布条和烂棉花絮子。他头上包的一块头巾，那个肮脏，也象从煤灰里拣出来的。外表虽然这样，人们从梁三走步的带劲和行动的敏捷上，一眼就可看出：他那强壮的体魄里，蕴藏着充沛的精力。①

从小说的逻辑中可以看出，他们这一代人不能够发家成功，完全不是个人素质的原因——他们的素质都非常好——小说中有特别交代，而是另有其他。在《红旗谱》中，这个原因说得比较明确，就是因为被"土豪霸道欺负"，而在《创业史》中则比较隐晦，归结为"命运"。不过，《创业史》在其他地方也写了梁家被地主欺负的细节。②

　　如果家族小说写到第一代的发家史的话，后面的情节就是家族在第二代的衰败史。这是1949年前家族小说的主要叙事模式。之后一个时期的家族小说正相反，先写第一代人发家失败的历史，从这个起点出发，家族小说就走上了另一条道路，也就是说，用第一代的失败反衬第二代的胜利。那么，为什么起点会发生变化呢？这个起点有没有问题呢？

　　首先我们看作者对这个问题的解释。《红旗谱》的作者梁斌说：

　　　　从锁井镇农民的革命斗争方式，可以明显看出一代比一代进步，朱老巩是赤膊上阵，拿起铡刀拼命。朱老明他们采

---

　　①　柳青：《创业史》，中国青年出版社1960年版，第2页。
　　②　在《创业史》中写到，梁生宝在地主家扛长工，吃饭时碗里被地主的儿子洒了土，饭被财东倒进了猪槽。妈妈教育他说："你不懂事哎！咱穷人家，低人一等着哩。要得不受人家气，就得创家立业，自家喂牛，种自家地……"《创业史》，中国青年出版社1960年版，第11页。

取所谓对簿公堂，和地主打官司，这注定要失败的，就像冯贵堂说的："好像吃炸焦肉，蘸花椒盐儿。吃不完咱们的炸肉，就把他们那几亩地蘸完了！"到了朱老忠和江涛，他们接触了党，党教导他们要团结群众，走群众路线的道路，于是所发起的反割头税的斗争，就取得了很大的胜利。这说明中国农民只有在共产党的领导下，才能更好的团结起来，战胜阶级敌人，解放自己。①

而柳青在《创业史》的扉页引用毛泽东的话说：

　　　　社会主义这样一个新事物，它的出生，是要经过同旧事物的严重斗争才能实现的。

可以看出，家族小说的内在"意义"发生了变化，这是新中国成立后一个时期家族小说的叙事功能变化的主要原因。因此，家族小说中的第一代人的发家行为失败就是"注定"的。

这类家族小说还有一个重大变化。以前家族小说的矛盾冲突主要发生在家族内部，因此小说多是展开对一个家族命运的描述。而现在，则需要两个相互对立的家族，第一代人失败就是意识形态加入小说叙述的必然结果。1949 年后到"文化大革命"结束期间的家族小说一般都有两个家族，一个"红色家族"，从受压迫到革命胜利；一个"反动家族"，虽然使尽手段也难以摆脱覆亡的命运。

---

① 梁斌：《漫谈〈红旗谱〉的创作》，《人民文学》1959 年第 6 期。

二 家族中的矛盾

家族中的矛盾冲突是家族小说展开的发动机,不同时期的家族小说,矛盾并不相同。家族目前的状况是家族命运变化的前提,主要是对"家"的铺陈和家族矛盾的展开。家族命运将向作者叙述的状况的相反方向转化。

(一) 叙事程序 4:他人眼中或口中的家族状况

家族小说对家族盛况的介绍都不是直接描述,往往是通过第三者之口来叙述的。《金瓶梅》开头写"西门庆热结十兄弟"时,按年纪应伯爵居长,西门庆尊他为兄,他却说:"爷可不折杀小人罢了!如今年时,只好叙些财势,那里好叙齿?"一定要让西门庆做大哥。这一笔无异于从外人眼光交代了西门庆财富骄人。《红楼梦》奠定了写家族繁盛状况的手法。未写贾家的盛况之前,冷子兴先远距离地"演说"了一番荣国府。后来刘姥姥进荣国府,又对之进行近距离展示。最后才通过兴建大观园等情节深入描写贾家的繁盛。

这种写法被家族小说广为借鉴。其中,张爱玲的《金锁记》摹仿痕迹最浓,开端也是借丫鬟小双和凤箫的口介绍姜家和七巧的。"三季衣裳,就只外场上看见的两套是新制的,剩下的还不是拿上头人穿剩下的贴补贴补!"写出了姜家当年的繁盛和时下的没落。

出于祖先崇拜的心理,家族小说对家族繁盛状况的描写往往不遗余力。除了对经济上的奢华进行铺陈之外,还注意营造文化氛围。有趣的是,通过不同时期的家族文化氛围,可以看出作家对典型的家族文化的想象。

在现代文学史上的家族小说中，家往往是一个牢笼的象征。《狂人日记》中，整体氛围是"黑漆漆的，不知是日是夜"。渲染了一幅黑暗、绝望的图景。这也为现代文学史上的家族小说中的家族氛围定下了一个基调。在《家》中，家的门像"一只怪兽的大口"，而且：

> 门墙上挂着一幅木对联，红漆底子上现出八个隶书黑字："国恩家庆，人寿年丰"。两扇大门开在里面，门上各站了一位手执大刀顶天立地的彩色门神。①

在这里，所谓的"国恩家庆，人寿年丰"与"手执大刀"对比，无疑带有很强的反讽色彩。"家"是一个"可怕的阴影"。

靳以《前夕》中的"家"也是这样：

> 家安静得像一座坟墓，夕阳把最后的残辉投在那座灰色的建筑上，纵然也闪着光彩，却使人想到不久就要沉到黑夜的怀抱里。②

《财主底儿女们》中，蒋家的后花园是苏州和中国"最好的古色古香的建筑之一"，但是"对于蒋家全族的人们是凄凉哀婉的存在"。③ 因此，虽然现代文学史上的作家铺陈了许多大家族的奢豪场面，但是基本上都是把家当作一个压抑个性的象征来演绎的。

---

① 巴金：《家》，人民文学出版社1981年版，第5页。
② 靳以：《前夕》，文化生活出版社1942年版，第198页。
③ 路翎：《财主底儿女们》，人民文学出版社1985年版，第85页。

在"十七年"家族小说中,对家族状况的叙述与现代文学史上的家族小说相反。《红旗谱》、《创业史》中的家则是贫穷、艰苦的。朱老忠闯关东回来后,以前的房子已经成了"烂砖堆"。在严志和的帮助下,盖了"三间土坯小屋","新打了一圈土墙"。① 而严志和住的住处也十分寒碜:"土坯门楼","白茬子小门"。两家可谓一贫如洗。但是,朱老忠说这样的家进来"浑身热乎"。两下对比,地主冯兰池的住处则是:

> 冯家大院,是一座古老的宅院。村乡里传说,冯家是明朝手里财主,这座宅院也是在明朝时代,用又大又厚的古砖修造起来。经过二百年以上的风雨的淋洒,门窗糟朽了,砖石却还结实。院子里青砖铺地,有瓦房、有过厅、有木厦。飞檐倾塌了,檐瓦也脱落下来,墙山挺厚,门窗挺笨,墙面上长出青色的霉苔。青苔经过腐蚀,贴在墙上,像一片片黑斑。一进冯家大院,你就闻着腐木和青苔的气息。据说,冯家大院里有猫一样大的老鼠,有一扁担长的花蛇,把那座古老的房舍,钻成一个洞一个洞的。院里一棵老藤萝,缠在红荆树上,老藤倒长得挺旺盛,倒把红荆树给缠黄了。老藤的叶子,又密又浓,遮得满院子阴暗。大瓦房的窗格棂挺窄挺密,屋子里黑古隆冬的。②

显然,这里对"家"的描述都带有隐喻色彩,农民阶级的家再简陋,也是敞亮、热乎的;而地主阶级的家再豪华,也是黑暗、阴森的。

---

① 梁斌:《红旗谱》,中国青年出版社1957年版,第110页。
② 同上书,第97页。

80 年代中期以后的家族小说中,"家"的形象具有了很强的文化气息,"家"变成了传统文化的象征。因此,一个家族的家族文化往往被当作传统文化来缅怀。这可以从家的主人的文化追求表现出来。

在《旧址》中,这样写李乃敬的书屋:

> 绿天书屋原来并没有这个雅致的名字,原来也是一幅雕梁画栋的富贵气,李乃敬做了九思堂总办掌管了家族事务之后,便把书屋拆了重新翻修成现在的样子。一律的白墙灰瓦,所有的檐柱,梁椽都不上漆着色,除去做工精细之外,一切唯求朴素清淡。①

这是由绚烂回归自然的典型,与李乃敬追求合拍的是,绿天书屋上的中堂联句是:"日月两轮天地眼,诗书万卷圣贤心。"这显示着李乃敬不凡的个人性格和文化品位。

而白嘉轩是这样做的:

> 他把祖传的老式房屋进行了彻底改造,把已经苔迹斑驳的旧瓦揭掉,换上在本村窑场订购的新瓦,又把土坯垒的前檐墙拆除,安上了屏风式的雕花细格门窗,四合院的厅房和厢房就脱去了泥坯土胎而显出清雅的气氛了。春天完成了厅房和厢房的翻修和改造工程,秋后和冬初又接着进行了门房和门楼的改建和修整。门楼的改造最彻底,原先是青砖包皮的土坯垒成的,现在全部用青砖砌起来,门楣以上的部分全部经过手工打磨。工匠们尽着自己最大的心力和技能雕饰图

---

① 李锐:《旧址》,上海文艺出版社 1993 年版,第 23 页。

案，一边有白色的鹤，另一边是白色的鹿。整个门楼只保留了原先一件东西，就是刻着"耕读传家"四字的玉石匾额。那是姐夫得中举人那年，父亲专意请他写下的手迹。经过翻新以后，一座完整的四合院便以其惹人的雄姿稳稳地盘踞于白鹿村村巷里。①

在这里，"耕读传家"既是一条常见的匾额，同时也是白嘉轩的理想。

对家族状况的介绍是对家族政治、经济、文化地位的鸟瞰。它的叙事功能在于建构一个处于鼎盛时期的"家"的形象。这个"家"显然是某种文化的象征。有论者认为，"家"的形象在20世纪经过了一个从"牢笼"向"舟船"的转变。② 其实，无论是"牢笼"还是"舟船"，鼎盛时期的"家"都是一个马上要发生变化的形象。

（二）叙事程序 5：第一代人生日及各种节日，在热闹中含着转机

节日场景描写是家族小说中比比皆是的情节。巴赫金曾经这样论述节庆宴饮的功能："在其历史发展的一切阶段上，节庆都是同自然、社会和人生的危机、转折关头相联系的。死亡和再生、交替和更新的关头始终是节日世界感受的主导因素。正是这些关头——通过各种节日的具体形式——造成了节日特有的节庆

---

① 陈忠实：《白鹿原》，人民文学出版社 1997 年版，第 49—50 页。
② 邵宁宁：《牢笼抑或舟船——二十世纪中国文学中"家"的形象演变》，《西北师范大学学报》1999 年第 5 期。

性。"① 按照巴赫金的看法，节日之中包含着历史更替、转型等寓言化色彩很强的内容。

在《红楼梦》五十三回中，除夕快到了，乌进孝前来送礼，说收入差，贾珍也大吐苦水说："外头不知里暗的事。黄柏木作磬槌子——外头体面里头苦。"这是一派热闹气氛中的不和谐音符。另外，《红楼梦》还多次写到了过生日，贾母、宝玉、黛玉、宝钗的生日，更是浓墨重彩地描写。

在现代文学史上的家族小说中，第一代人的生日是家族小说中比较常见的叙事功能。首先，可以展示家族的繁华和在社会上的地位，为家族衰落的情景提供一个落差；其次，家族中人物会同时登场，在大的场面中可以通过比较展示人物的性格；第三，生日往往也有推动情节进展的功能。因此，在家族小说中频频出现第一代人过生日的情节就不难理解了。为什么只写第一代人的生日呢？当然是由他们在家族中德高望重的地位决定的。

生日如此重要，因此第一代人对此也非常看重。《四世同堂》的开篇就说："祁老太爷什么也不怕，只怕庆不了八十大寿。"② 他担心的是世道的不稳。按祁老人的经验，家里准备了三个月的口粮，不料旷日持久的抗日战争爆发。在小说的结尾，八年后抗战胜利，大家一起庆祝，瑞宣对他说："等您庆九十大寿的时候，比这还得热闹呢。"③ 小说中还写到了两次祁老人过生日的情景。一次是在抗战前夕，山雨欲来。"祁老人的脸上没

---

① ［俄］巴赫金：《弗朗索瓦·拉伯雷的创作与中世纪和文艺复兴时代的民间文化》导言，《巴赫金文选论》，中国社会科学出版社1996年版，第104页。

② 老舍：《四世同堂》，《老舍文集》（四），人民文学出版社1983年版，第1页。

③ 老舍：《四世同堂》，《老舍文集》（六），人民文学出版社1983年版，第280页。

有一点笑容。很勉强地,他喝了半盅儿酒,吃了一箸子菜。大家无论如何制造空气,空气中总是潮湿的,象有一片儿雾。雾气越来越重,在老人的眼皮上结成两个水珠。他不是个多愁善感的人,但是在今天他要是还能快乐,他就不是神经错乱,也必定是有了别的毛病。"① 一次是在生活异常艰难,"有钱也买不到面"的时候,英国人富善派人送来一袋面,他让孙媳妇蒸了很多白馒头。"他好象是决定要硬着心肠高兴一天。他把那些伤心的消息当作理当如此,好表示出自己年近八十,还活着,还有说有笑的活着!尽管日本人占据北平已有好几年,尽管日本人变尽了方法去杀人,尽管他天天吃共和面,可是他还活着,还没有被饥荒和困苦打倒——也许永远不会被打倒!"② 到了生日那天,来的人很少,大家见到馒头都仿佛见到了"奇珍异宝"。因此,生日是否能够过"好"关系重大,是家族是否保持稳定和兴旺的主要标志。

过旧历新年的景象是家族小说中反复出现的一个场景。《红楼梦》详细描绘了家族在除夕祭宗祠的情况:

贾荇贾芷等从内仪门挨次站列,直到正堂廊下;槛外方是贾敬贾赦,槛内是各女眷。众家人小厮皆在仪门之外。每一道菜至,传至仪门,贾荇贾芷等便接了,按次传至阶下贾敬手中。贾蓉系长房长孙,独他随女眷在槛里,每贾敬捧菜至,传于贾蓉,贾蓉便传于他媳妇,又传于凤姐尤氏诸人,直传至供桌前,方传于王夫人;王夫人传于贾母,贾母方捧

① 老舍:《四世同堂》,《老舍文集》(四),人民文学出版社1983年版,第154页。
② 老舍:《四世同堂》,《老舍文集》(六),人民文学出版社1983年版,第131页。

放在桌上。邢夫人在供桌之西，东向立，同贾母供放。直至
将菜饭汤点酒茶传完，贾蓉方退出去，归入贾芹阶位之首。
当时凡从"文"旁之名者，贾敬为首；下则从"玉"者，
贾珍为首；再下从"草头"者，贾蓉为首：左昭右穆，男
东女西；俟贾母拈香下拜，众人方一齐跪下，将五间大厅，
三间抱厦，内外廊檐，阶上阶下，两丹墀内，花团锦簇，塞
得无一些空地。鸦雀无闻，只听铿锵叮当，金玲玉珮微微摇
曳之声，并起跫靴履飒沓之响。①

从中可以看出，按照序齿排列的严格的等级制度是家族文化
最重要的特征。《家》中也写到了过新年，在座位的排序上，充
分体现了家族文化的特点：

　　上面一桌坐的全是长辈，按次序数下去，是老太爷，陈
姨太，大太太周氏，三老爷克明和三太太张氏，四老爷克安
和四太太王氏，五老爷克定和五太太沈氏，另外还有一个客
人就是觉新们的姑母张太太，恰恰是十个人。下面的一桌坐
的是觉新和他的弟妹们，加上觉新的妻子李瑞珏和琴小姐一
共是十二个：男的是觉字辈，有长房底觉新，觉民，觉慧，
三房底觉英，四房底觉群；女的是淑字辈，有长房的淑华，
三房的淑英，四房的淑芬和五房的淑贞，年纪算淑英最大，
十五岁，淑贞十二岁，淑芬最小，只有七岁。这都是照旧历
算的。还有三房底觉人和四房底觉先、淑芳，都还太小，不
能入座。觉新底孩子海臣是上了桌子的，老太爷希望在这里
吃年夜饭的应当有四代人，所以叫觉新媳妇把海臣也带上桌

---

① 　曹雪芹：《红楼梦》，人民文学出版社 1957 年版，第 670 页。

子来，就让他坐在瑞珏的怀里随便吃一点菜，坐一些时候。①

这样一幅数世同堂、烘托家族中第一代人的场面正是家族文化追求的理想境界。老太爷——家族的最高统治者对这个情景很满意："老太爷端起酒杯，向四座一看，看见堂屋里挤满了人，到处都是笑脸，知道自己有这样多的子孙，明白他的'四世同堂'的希望已经实现，于是脸上浮出了满足的微笑，喝了一大口酒。"② 高老太爷希望的是："一家人读书知礼，事事如意，像这样兴盛、发达下去，再过一两代他们高家不知道会变成一个怎样繁盛的大家庭……"③

但是，在这样的气氛内部，却出现了某些不和谐的、颠覆性的因素。《红楼梦》中，在除夕祭祀前，乌进孝来府里送东西，与贾珍、贾蓉在一起谈话，言谈中就暴露了家业衰落的状况。而这种暗示正好与规模宏大、庄严祭祀发生在同一回。无疑，两者相互衬托，共同营造了热闹中的悲凉气氛。在《家》中，也有类似的场面。在除夕和家欢乐的场景描写过后，写了觉慧走到门外："街上是一片静寂。爆裂了的鞭炮的残骸凌乱地躺在街心，发散他们的最后的热气。不知道从什么地方传来一阵低微的哭声。"原来，是一个"穿着一件又脏又破的布衣"的讨饭的小孩在哭。觉慧感到"一种奇怪的、似乎从来不曾有过的感情控制了他"。④ 同样是对比的写法。不过，虽然都是写家族在全盛时期的危机，作者的用意显然是不同的。《红楼梦》中，曹雪芹是

---

① 巴金：《家》，人民文学出版社 1981 年版，第 95—96 页。
② 同上书，第 96 页。
③ 同上书，第 97 页。
④ 同上书，第 101 页。

写浮华场面下的根基已经不稳,大厦将倾,而巴金则是突出不公平的社会问题。

在"十七年"的家族小说中,传统节日的喜庆功能被弱化。类似的功能被入团和入党代替。正月十四,灯节的晚上,"人们在街上耍着狮子、敲着锣鼓",江涛讲了"共产党是谁们的党"、"一个共产党员的权利和义务",然后:

> 找了一张写年联的纸来,剪了个红旗贴在墙上,举行了入党的仪式。从这一天起,朱老忠、朱老明、严志和、伍老拔、大贵,成了中国共产党的党员。①

两下对比,入党或入团的喜悦要远大于节日。江涛入团的时候,心情十分激动。唱完国际歌后,江涛的心情是这样的:

> 这时候,周围非常静寂,静得连心跳的声音都听得出来。他的心情,是那样激动,身上的血液,在急烈的奔腾……②

接着,他"举起右手","颤着嘴唇说出誓词"。在阶级斗争为纲、政治生命高于一切的年代,出现这样的情节也在情理之中。

在 80 年代以后的家族小说中,基本已经不依靠节日等活动来推动情节的发展。主要原因是,以前的家族小说有强烈的时间感,作者主要是通过时间变迁来推动故事发展,因此,节日成为划分时间段的重要标志。而 80 年代以后的家族小说则主要考察

---

① 梁斌:《红旗谱》,中国青年出版社 1957 年版,第 367 页。
② 同上书,第 186 页。

家族文化对家族的影响,这是节日场面在80年代以后家族小说中出现较少的主要原因。

三 家族命运的转折

家族命运往往经过一个转折,通过转折前后的对照,作者试图展示其背后的"深意"。

(一) 叙事程序6:出现异兆

家族的衰落必然有异兆出现。这里的"异兆"多转化为带有暗示和象征意味的抒情性语言。《红楼梦》中,早在第五回,就有许多预言。"好似飞鸟食尽各投林,落了片白茫茫大地真干净",就是对家族衰落图景的表述。《红楼梦》中家族衰落的原因是轮回:盛极必衰。这是中国古代宿命观念观照下的家族命运的必然结局。

现代家族小说中也有许多暗示家族结局的预兆。《家》中写道:

> 夜死了。黑暗统治着这所大公馆。电灯光死去时发出的凄惨的叫声还在空中荡漾。虽然声音很低,却是无处不在,连屋角里也似乎有极其低微的哭泣。欢乐的时期已经过去,现在是悲泣的时候了。①

这里明显在渲染一种阴暗、悲苦的气氛。

"十七年"的家族小说中,也有预兆。在《红旗谱》的结

---

① 巴金:《家》,人民文学出版社1981年版,第19页。

尾，朱老忠准备成立抗日武装：

> 这时，朱老忠弯腰走上土岗，倒背着手儿，仰起头看着
> 空中。辽阔的天上，涌起一大团一大团的浓云，风云变幻，
> 心里在憧憬着一个伟大的理想，笑着说："天爷！象是放虎
> 归山呀！"

作者然后明确地说："这句话预示：冀中平原上，将要掀起波澜
壮阔的风暴啊！"① 通过对比可以发现，现代家族小说的异兆大
部分出现在小说的开端部分，这使小说一直被笼罩在悲凄的氛围
内；而"十七年"的家族小说则喜欢把预兆放在结尾部分，显
示未来的前景将更加美好。不过，无论是现代的还是"十七年"
的家族小说，其预兆都是针对某个家族的盛衰而言的，换言之，
现代家族小说中的家族肯定是要衰落的，而"十七年"的家族
小说中的家族则肯定是要兴盛的。

到了80年代中期以后，家族小说中的预兆显示出复杂的变
化。往往预兆不是针对个别家族的兴衰，而是试图从中展示更为
广阔的人性内容。在《旧址》中作者如此描写：

> 透过眼前这满厅摇动的笑脸，李乃敬分明看见一派
> "古道西风瘦马"的凄凉；李乃敬心中分明是一派刻骨铭心
> 的旷古的荒凉；此生此世，李乃敬永远会回忆起1928年旧
> 历正月二十九这一天。②

---

① 梁斌：《红旗谱》，中国青年出版社1957年版，第471页。
② 李锐：《旧址》，人民文学出版社2000年版，第51页。

这里，"旷古的荒凉"是超越了家族命运的情感，表现出作者对家族命运背后的更深邃内容的思考。受马尔克斯《百年孤独》的影响，许多家族小说中还出现了很多超现实、魔幻的细节。《白鹿原》中的白鹿精灵的神秘出没等都带有不符合逻辑的内容。

家族命运的转折总是从异兆中透露出来的，这表明作者相信有一种注定的宿命在安排家族的兴衰。可是，这与作家的创作本意正好矛盾。现代家族小说的作者把家看作是一座牢笼，"十七年"的家族小说把家看作是战斗的堡垒、80年代以后的家族小说把家看作是文化传统的象征，这种意识形态显然是决定家族兴衰的主要原因。但是，凭空出现的异兆却颠覆了这个"意识形态"。这个矛盾显然表明，没有一种理论可以完全解释家族兴衰的原因。

（二）叙事程序 7：第一代人去世

在家族小说中，第一代人死去往往意味着家庭中出现比较重大的转折。在现代小说中，第一代人去世的叙事功能有两个：（1）展现家族衰落的状况，营造悲凉气氛；（2）暴露家族中人事、经济上的矛盾。因为第一代人有过人的凝聚力，一旦他去世，新的家族核心无法一下子形成，就会面临一个分裂的局面。

《金瓶梅》中西门庆的死去是全书的关节点，从此西门家族败落下来，树倒猢狲散。《红楼梦》中第一代人的代表贾母的死去也是全书的转折。在第一百一十回"史太君寿终归地府，王凤姐力诎失人心"中，贾母死后，连鸳鸯都要求丧事"体体面面"地办一办，可是家中经济已经很拮据，贾琏说："谁见过银子！""现在外头棚杠上要支几百两银子，这会子还没有发出来。我要去，他们都说有，先叫外头办了，回来再算。你想，这些奴才，有钱的早溜了。按着这些册子造去，有说告病的，有说下庄子去了的。剩下几个走不动的，只有赔钱的能耐，还有赚钱的本事么？"① 第一代人去世，家族在大办丧事过程中矛盾重重。

在《财主底儿女们》中，蒋捷三的死意味着一个时代的终结。路翎写道："这个英雄的生命底结束来临了。在这个最后的瞬间他有了什么欲望，心理有了某种光明，他在挣扎，眼光炽热。这里到来了英雄的生活底交响乐的回响。"以"英雄"来称呼他，可见蒋捷三在家族成员中不可替代的地位。蒋捷三死后，蒋蔚祖认为，"家破人亡"，"一切都完了"。② 之后，蒋家儿女陷入争夺遗产的纷扰中，彻底败落了。

在《家》中，高老太爷的死也有这种功能："众人都忙着死人的事情，或者更可以说忙着借死人来维持自己的面子，表现自己的阔绰。"③ 第一代人去世往往要花费掉大量的钱财来维持面子，但是这中间产生的问题恰恰是以后家族走下坡路的原因。事实上，在葬礼中，这种现象已经显露出来：

> 觉民两兄弟在这一天的确比较苦些。在别的日子他们可以实行消极抵抗的办法，就是说，完全不管。但是在"成服"的日子，他们却不得不出来"维持场面"（这是他们自己的说法）。不用说他们自己不愿意，不过他们也不太重视这件事情。他们被安排在外面答礼，换句话说，就是陪着每一个客人磕几个头。每当礼生唱到"孝子孝孙谢"时，他们已经磕了不少的头。他们每次看见叔父们和哥哥觉新头上

① 曹雪芹：《红楼梦》，人民文学出版社1957年版，第1415页。
② 路翎：《财主底儿女们》，人民文学出版社1987年版，第328页。
③ 巴金：《家》，人民文学出版社1981年版，第326页。

戴着麻冠、脑后拖着长长的孝巾、穿着白布孝衣和宽大的麻背心、束着麻带、穿着草鞋、拿着哭丧棒、低着头慢慢走路的神气，总要暗暗地发笑。他们看到了看滑稽戏的那种心情。[①]

现代文学史上的家族小说中，第一代人的死大部分出现在小说的中间，前面叙述家族的繁华，后面叙述家族的败落，正好可以体现作者的意图。不过，《四世同堂》中的祁老者活到了小说的结尾也没有死，这是因为，他代表着中国人的民族生命力。

家族小说中第一代人的死与不死，以及在小说中死的时间都是有规律可循的。"十七年"的家族小说中，第一代人大部分是在小说开头就死去的。从叙事功能看，这样可以表现阶级斗争的残酷性。《红旗谱》中，朱老巩与冯兰池争夺官地失败，恨恨而死。去世前，他要求儿子小虎子为自己报仇。朱老忠其实是介于第一和第二代人之间的人物，他在没有党的领导之前的反抗，都肯定是要失败的。在这里，朱老巩的失败和朱老忠在没有找到党以前的失败是一脉相承的。

80 年代中期以后的家族小说中，第一代人的死的叙事功能不再像以前那么明显。人物的死更多地意味着他在现实中无法存身。《白鹿原》中写到了许多人的死，都是非死不可。朱先生是白鹿原上"最好的先生"，他把县志编好，感觉到"不是白鹿原走到了毁灭的尽头，就是主宰原上的生灵的王朝将陷入死辙末路"，他"再不能有一丝作为了"，因此，从容死去。[②]黑娃是家族争斗的牺牲品，白灵的死是党的路线错误所致，鹿三死于内心

①　巴金：《家》，人民文学出版社 1981 年版，第 327 页。

②　陈忠实：《白鹿原》，人民文学出版社 1993 年版，第 629 页。

矛盾冲突，田小娥被蹂躏而无力反抗，鹿兆海死于杀敌疆场……在小说中，这些人都不能存在，必须死去。人物的悲剧烘托出了作品的悲剧气氛，众多主人公无路可走的结局从整体上构成了《白鹿原》对历史的追问的姿态。

（三）叙事程序8：第二代中出现不肖者

在家族衰落的原因中，后继无人也是一个重要因素。富不过三代，在第一代人的荫蔽下，第二代人中常常出现不肖者。

家族中第二代不肖者的主要表现是：

（1）在创业精神上明显不足，甚至骄奢淫逸。这样的人物形象也自成谱系。在《红楼梦》中，家族第二代没有能接班的。贾琏不务正业，偷娶了尤二姐后，"一月出十五两银子，做天天的供给"，接着，"又将自己积年所有的梯己，一并来给二姐儿收着"。① 结果，只好把家事交给王熙凤打理。家族小说一般把不肖者作为类型人物来处理，开掘不深，没有深入到其内心世界。相比之下，《科尔沁旗草原》对此类人物心态的把握有独特之处。小说这样描写不肖者："小爷是父亲辈，盛朝的喜悦和末世的哀感正丛集于他一身。"② 这是他放荡的主要原因。总的来说，家族小说对不肖者是持批判态度的，这些不肖者的不学无术直接导致了家族经济上的崩溃和事业的中断。

（2）在个人道德上不符合礼法。在《秋》的结尾处，觉民痛斥他的叔叔克安、克定的诸般丑事：

> 你们口口声声讲礼教，骂别人目无尊长。你们自己就是

---

① 曹雪芹：《红楼梦》，人民文学出版社1957年版，第844页。
② 端木蕻良：《科尔沁旗草原》，人民文学出版社1981年版，第61页。

礼教的罪人。你们气死爷爷,逼死三爸。……你们只晓得卖
爷爷留下的公馆,但是你们记得爷爷遗嘱上是怎么说的?你
们讲礼教,可是爷爷三年孝一年都没戴满,就勾引老妈子公
然收房生起儿子来! 你们说,你们哪一点可以给我们后辈做
个榜样?①

　　我给你们说,靠了祖宗吃饭,不是光荣的事情。总有一
天会吃光的。我就不象你们,我要靠自己挣钱生活。②

觉民主要针对的是叔叔们"败家"的行为。需要区别的是,同
样是反抗家族中的统治者,为什么觉慧就没有被指责呢?因为觉
慧在个人道德上没有问题,虽然鸣凤因爱他而死,但是他们的关
系毕竟符合"规矩"。

　　第二代的肖与不肖,其标准是看他是否维护了家族荣誉和发
展了家族事业。"新人"觉民在指责叔叔们的时候,用的理论还
是爷爷遗留的,在这一点上,他与爷爷保持了一致。正如有论者
指出的:"准则是礼教的准则,权威是爷爷的权威,产业是先辈
的产业,支撑'严辞'的正义并非来自叛徒们信奉的'新思
想',而是他们深恶痛绝的传统礼教。"③ 由此可见,无论是
"新思想"还是"传统礼教",在其最根本的层面上——振兴
家族——并没有什么冲突,甚至可以说,是一致的。

---

① 巴金:《秋》,《巴金全集》第3卷,人民文学出版社1986年版,第638—
639页。

② 同上书,第639页。

③ 黄子平:《命运三重奏:〈家〉与"家"与"家中人"》,《读书》1991年第
12期;另见王晓明主编《二十世纪中国文学史论》(2),东方出版中心1997年版,
第394页。

因此，虽然家族中的出走者也是"不肖"的，但是他们与真正的不肖者还是有区别。觉慧、觉民反抗高老太爷，最终的目的还是振兴家族，这与克字辈挖墙脚的行为不可同日而语。所以，他们与家族的冲突是"正义"的，不仅被原谅，而且被支持。

四　家族的"未来"

家族的"未来"主要是由出走者体现的，是作者对家族命运的思索。

（一）叙事程序 9：家族中的出走者与家族产生冲突

现代文学史上，家族中的出走者与家族中其他成员的关系始终是紧张的。他向往着外面的生活，认为家族礼法制度压抑了他，因此要走出家庭去寻求自己的理想。与他们发生冲突的，是两类人。一类是家族的统治者，他们利用自己的权威要求出走者就范；一类是家族秩序的维护者，他们虽然也有反抗的愿望，却因为身份所羁绊，没有勇气向家族宣战。

《狂人日记》中的狂人认为自己的大哥"唇边还抹着人油，而且心理装满着吃人的意思"，因此提心吊胆，生怕被吃掉。这是家族小说中出走者普遍的心理状态。

在《家》中，觉慧与高老太爷的冲突最为激烈。当他出去"闹事"被祖父知道后：

> 觉慧把祖父的瘦长的身子注意看了好几眼，忽然一个奇怪的思想来到他的脑子里：他觉得躺在他面前的并不是他的祖父，他只是整整一代人的一个代表。他知道他们祖孙两代

永远不能够互相了解的,但是他奇怪在这个瘦长的身体里面究竟藏着什么东西,会使他们在一处谈话不像祖父和孙儿,而像两个敌人。他觉得心里很不舒服。似乎有许多东西沉重地压在他的年轻的肩上。他抖动着身子,想对一切表示反抗。①

觉慧虽然不明白祖父为什么和自己不一样,也不明白自己究竟要反对什么,但是,他已经明确意识到自己应该反抗。这就是巴金称其为"幼稚而大胆的叛徒"的原因。

无独有偶,《前夕》中,黄静玲说自己也准备出走,原因是"我觉得我的日子过得太舒服","我要磨练自己,准备做一个新时代的孩子——不,你说是一个新时代的人!"②静玲的分不清自己是"孩子"还是"新时代的人"也可以视为一个隐喻,不知为什么而出走或为出走而出走,表明出走者的思想并不成熟。

高老太爷为何如此这样对待觉慧?《家》中没有详写,而《前夕》中作者在剖析黄俭之的心态时说得很清楚:

> 从前他对于儿女是严厉的,他以为那是为他们好,在事业上他极如意,他不愿意他的子弟们骄纵轻浮,受到别人的指摘还是小事,将来一定难得在社会上立足。……他从前以为只有他强毅的魄力能使儿女们好起来,使那个家庭永远兴盛下去。③

---

① 巴金:《家》,人民文学出版社 1981 年版,第 61 页。
② 靳以:《前夕》,文化生活出版社 1942 年版,第 170 页。
③ 同上书,第 205—206 页。

说到底，高老太爷、黄俭之是想让家族兴盛能够维持得长久一点。他们与出走者的分歧在于振兴家族的方法不同。

家族小说中，第二代之间往往也有意见不统一的时候。往往家中的老大虽然有新思想，但试图维护家庭的旧秩序。《家》中的觉慧准备离家出走时，大哥觉新先是反对，说"无论如何你不能走"；当觉慧非走不可时，他又要求"晏两年"。觉慧对觉新的态度也很复杂。他同情哥哥，但是又憎恨他的反抗性不够。因此，他们之间的冲突往往不是那么激烈，而是带着很浓郁的温情。

在《四世同堂》中，瑞宣得知瑞全准备出走后，说："老三你说对了！你就是得走！我既走不开，就认了命！你走！我在这儿焚书，挂白旗，当亡国奴！"这时，他如何再也控制不住自己，落了泪：

> 瑞宣用手背把泪抹去。"你走你的，老三！要记住，永远记住，你家的老大并不是一个没有出息的人……"他的嗓子里噎了几下，不能说下去。[1]

冲突的结果是，叛逆者最终出走，寻找自己的理想去了。老舍对他们的评价相当高：

> 被压迫多年的中国产生了这批青年，他们要从家庭与社会的压迫中冲出去，成个自由的人。他们也要打碎民族国家的铐镣，成个能挺着胸在世界上站着的公民。他们没法有滋味的活下去，除非他们能创造出新的中国史。他们的心声就

---

[1] 老舍：《四世同堂》，人民文学出版社 1983 年版，第 39 页。

是反抗，瑞全便是其中的一个。他把中国几千年来视为最神圣的家庭，只当作一种生活的关系。到国家在呼救的时候，没有任何障碍能够拦阻得住他应声而至；象个羽毛已成的小鸟，他会毫无栈恋的离巢飞去。①

（二）叙事程序 10：第二代人的结局

在家族小说中，第二代人的结局意味着作者对中国在 20 世纪出路的思考。作者往往用他们的选择来昭示一种道路。这种思路与《红楼梦》相同。《红楼梦》中贾宝玉的结局是耐人寻味的，他先是中了第七名举人，接着又失踪了。宝玉中了举人，家道也开始重新振兴起来：贾珍免了罪，仍袭宁国三等世职；贾政袭荣国世职，升工部郎中；所抄家产，全行赏还。——似乎另一个家族故事的循环又开始了。但是，宝玉的出走却给家族的延续留下了一个空缺，虽然交代宝钗"坐了胎"，但是宝玉的结局代表了作者的人生追求："我所居兮，青埂之峰；我所游兮，鸿蒙太空；谁与我逝兮，吾谁与从？渺渺茫茫兮，归彼大荒！"②《红楼梦》是中国社会从传统向现代转型期间的产物，贾宝玉的人生选择正说明了古今交界中的曹雪芹无所皈依的文化心理。从《红楼梦》开始，家族小说中的第二代人就担负了冲出第一代人的束缚，追寻人生理想的职责。《红楼梦》的意义在于，贾宝玉完全是在解决了"色"的状态下思考人生意义和价值的，他的"空"因此就成为当时知识分子的人格理想。

20 世纪家族小说与《红楼梦》不同，如果说《红楼梦》是思考个体人生的价值的话，20 世纪家族小说则是把个体放在了

---

① 老舍：《四世同堂》，人民文学出版社 1983 年版，第 40 页。

② 曹雪芹：《红楼梦》，人民文学出版社 1957 年版，第 1536 页。

现代中国这样一个背景下。因此，往往 20 世纪家族小说的第二代解决的是"中国向何处去"的问题。《财主底儿女们》中的蒋纯祖一生，临死信念也没有改变：

> 他想到，假如他能够活下去，该是多么好。"但这已经很好！"他想，沉默很久，好像生命已经离开了。但他忽然睁开眼睛来，和什么东西吃力地挣扎了一下，向孙松鹤温柔地笑着。
>
> "我想到中国！这个……中国！"他说。①

第二代身上的"中国"情结是 20 世纪家族小说的重要特征。在 1949 年前，家族小说普遍抱有乐观情绪，《四世同堂》借孟良的口说：

> 要是张文和他那一类人继续存在下去，我们的国家就完了。只要中国有了希望，秀莲今后还会得到幸福。她要得到幸福，也许不是件容易的事，不过您我一定要好好为她打算打算，引她走上幸福的道路。②

《四世同堂》以"长江后浪推前浪，一代新人换旧人"作结，展示了作者对未来的信心。

《家》中的觉慧在出走时也是这样：

> 一种新的感情渐渐地抓住了他，他不知道究竟是快乐还

① 路翎：《财主底儿女们》，人民文学出版社 1985 年版，第 1317 页。
② 老舍：《老舍文集》第六卷，人民文学出版社 1984 年版，第 520 页。

是悲伤。但是他清清楚楚地知道他离开家了。他的眼前是接连不断的绿水。这水只是不断地向前面流去，它会把他载到一个未知的大城市中去。在那里新的一切正在生长。那里有一个新的运动，有广大的群众，还有他的几个通信而未见过面的热情的年轻朋友。①

1949 年后的家族小说却重新陷入了迷惘，作者在最后都失去了对未来的信心，反而陷入了一种新的宿命论。《白鹿原》中，在白孝文枪毙黑娃的时候，白嘉轩无法理解其中的原因。"他背抄起双手离开会场，走进关门闭店的白鹿镇，似乎脚腕上拴着一根绳子，绳子的那一头不知是攥在黑娃手里，还是在孝文手上？"② 而他的对手鹿子霖则认为："天爷爷，鹿家还是弄不过白家！"③ 显然，无论是白嘉轩还是鹿子霖，反思都集中在"人事"方面，他们也无法从下一代的命运中看出历史的真正走向。因此，相对新时期以前，80 年代中后期以来的家族小说中的第二代的道路的意义在于：不是去证明一条道路的正确，而是去证明找到一条道路的复杂性。

在《第二十幕》的"尾声"中，针对尚氏家族神秘符号的难解之谜，卓月说：

> 我说不清楚，我现在能说的只是：我们关于这个图案的所有解释，都应该受到怀疑！④

---

① 巴金：《家》，人民文学出版社 1981 年版，第 372 页。
② 陈忠实：《白鹿原》，人民文学出版社 1997 年版，第 675 页。
③ 同上书，第 676 页。
④ 周大新：《第二十幕》（下），人民文学出版社 1998 年版，第 448 页。

虽然意思比较隐晦，但是对"解释"的怀疑却很明白。也就是说，其中包含着强烈的主体反思精神。

相比而言，李锐说得更直白，他在《旧址》的后记中说：

> 中国文人曾经在"西方"还是"中国"，"现代"还是"传统"之间旋转了一个多世纪。我们说这个文化不好，那个文化好。为此，我们锲而不舍，举出各种言之凿凿的论据，在对"好"文化的一百年的追逐中，我们终于发现自己奔波在一条环形跑道上。这个发现有些令人尴尬。①

这样的一种对"寻找出路"的行为的意义的怀疑，正是经历了一个世纪的探索后的家族小说得出的最终结论。

第二节　角色

格雷玛斯把叙事作品中的人物归纳为六种"行动元"。② 这六种行动元是叙事作品的基本要素，他们又可归纳为三组，第一组是 Subject（主角、主体）和 Object（对象、客体），第二组是 Sender（支使者、发送者）和 Receiver（承受者、接受者），第三组是 Helper（助手、援助者）和 Opponent（对头、对抗者）。我们看到，在家族小说中，这些角色同样存在：

---

① 李锐：《旧址·后记》，上海文艺出版社1993年版，第247页。
② 这六个行动元有多种中文翻译方法。本书的两个翻译前面的取自《叙事学导论》（罗钢著，云南人民出版社1999年版，第104页），后面的取自《文学新思维》（中）（朱栋霖编，江苏教育出版社1998年版，第189页）。

主角（S1）＝家族的统治者

主角（S2）＝家族中的出走者

主角（S3）＝家庭秩序的维护者

对象（O）＝家族兴盛

支使者（D1）＝创业理想和信念

支使者（D2）＝阶级解放

承受者（R1）＝家族统治者

承受者（R2）＝家族中的出走者

承受者（R3）＝家族秩序维护者

助手（H1）＝天命

助手（H2）＝党组织

对头（T1）＝军阀、恶霸、天灾

对头（T2）＝另一家族

以上列举基本概括了家族小说中经常出现的"角色"。但是，在不同时期的家族小说中，某一个"角色"是显现还是隐现，是被浓墨重彩地描写还是一带而过都是不相同的，有的时候甚至大相径庭。这种现象显然与作家的"安排"有关。作家总是希望通过笔下的角色表现自己的思考，或者不经意间作家的潜意识会通过角色流露出来。本节并不是传统的对家族小说人物形象的分析，这方面已经有不少成果。本节是从角色在家族小说中的作用和历史变迁来看各个角色的内涵。

一　家族统治者

在家族中，所谓"一家之主"是不可缺少的，他在处理家族日常事务方面有着无上的权威。因此，所有的家族小说都会写到"一家之主"。家族统治者地位的建立有复杂的原因。首先，家族统治者位于家族血缘关系的顶端。一般而言，他们往往是家族中的祖辈。在中国"孝"文化的影响下，他们是家族中合法的统治者，如《家》中的高老太爷、《前夕》中的黄俭之、《财主底儿女们》中的蒋捷三、《四世同堂》中的祁老太爷、《第二十幕》中的尚达志等。如果家族中男性祖辈去世的话，女性也可以代替这个位置，《金锁记》中的曹七巧、《玫瑰门》中的司漪纹就是女性统治者。其次，家族统治者都有着过人的能力。从本书第二章对家族小说第一代人的叙事功能研究可以看出，家族统治者往往是通过某种预兆，经过考验才获得地位的。甚至，在大多数家族小说的描述中，是他们依靠自己的个人能力建立了家族基业，使家族走向繁盛。正是由于这两个原因，家族中的统治者才有难以撼动的权威。因此，从各方面来说，家族统治者都是家族小说描写的中心。家族统治者的生日往往是整个家族兴盛繁华的顶峰，而他们的去世就是家族走向败落的转折点。

通常，"一家之主"的行动代表着一种文化选择。他们身上体现的文化特征就是作者对"旧"中国文化的理解。从作家对20世纪家族小说的统治者的态度变化中，可以看出"旧"中国文化在一个世纪中形象的变迁。家族统治者形象在20世纪家族小说中经历了一个"被弑—被崇—被审"的演变过程。

（一）被弑

五四时期，家族制度成为新文化运动批判的焦点之一。新文化运动兴起之后，以陈独秀为代表的激进民主主义者把矛头直指孔孟之道。这是基于如下思路：（1）儒家思想所宣扬的封建等级制度同资产阶级的民主政治及自由、平等、独立的精神是不能相容的。陈独秀在《新青年》的发刊辞《敬告青年》中说："自人权平等之说兴，奴隶之名，非血气所能忍受。世称近世欧洲历史为解放历史。破坏君权，求政治之解放也；否认教权，求宗教之解放也；均产说兴，求经济之解放也；女子参政运动，求男权之解放也。解放云者，脱离夫奴隶之羁绊，以完其自主人格之谓也。"① 在中国欲求人权、平等，当然必须要废除掉孔孟之道，"三纲之本义，阶级制度是也。所谓名教，所谓礼教，皆以拥护此别尊卑、明贵贱制度也"，"吾人果欲于政治上采用共和宪制，复欲于伦理上保守纲常阶级制，以收新旧调和之效、自家相撞，此绝对不可能之事。盖共和立宪制，以独立自由平等为原则，与纲常阶级制为绝对不可相容之物，存其一必废其一"。② 应该说，儒家思想是一种非常驳杂庞大的意识形态，其中确实包含着封建等级制度因素，但是把其归为独立平等自由原则的对立物，也并非妥帖。③（2）儒家学说是封建专制的精神支柱，必须打倒。李大钊认为，孔子的偶像是"专制制度的灵魂"。④ 陈独秀认为儒家学说是"制造专制帝王之根本恶因"。⑤ 李、陈对儒教的态度是旗帜鲜明的。

　　儒家思想既大而空，批判时不容易入手。五四时期，作为儒家思想的表现形式的家族制度就成为了批判的焦点。1917 年，

---

① 陈独秀：《敬告青年》，《独秀文存》，安徽人民出版社 1987 年版，第 4 页。

② 陈独秀：《吾人最后之觉悟》，《独秀文存》，安徽人民出版社 1987 年版，第 41 页。

③ 在对五四的反思中，有人就提到这一点。余英时认为五四在反传统方面过于"激进"，没有"加以冷静的研究"，"缺乏科学精神"，所以不能"推陈出新"。参见余英时《中国近代思想史上的激进和保守》，李世涛编《知识分子立场——激进与保守之间的动荡》，时代文艺出版社 2000 年版，第 27 页。

④ 李大钊：《自然的伦理观与孔子》，《李大钊全集》，河北教育出版社 1999 年版，第 455 页。

⑤ 陈独秀：《袁世凯复活》，《独秀文存》，安徽人民出版社 1987 年版，第 89 页。

吴虞在《新青年》上发表了《家族制度为专制主义之根据论》，明确指出：

> 盖孝之范围，无所不包，家族制度与专制政治，遂胶固而不可以分析。①

可以说，对家族制度的批判是当时思想界一致的行动。此外，家族制度成为众矢之的还有一个原因，辛亥革命后，又经过了张勋复辟、二次革命、袁世凯称帝事件，民主共和思想已经深入人心。为了对抗一次又一次的封建复辟思想，思想界加强了对专制制度根源的探讨和批判。在这种思想背景下，家族统治者就成为家族小说批判的主要靶子。在1956年写的《谈〈家〉》里，巴金说："在一九二〇年到一九二一年（这就是《家》的年代），虽然五四运动已经发生……可是在高家仍然是祖父统治整个家庭的时代"，"他的专制只会把孙子们逼上革命的路"。② 在巴金一代人的眼里，似乎家族统治者就是一个必须要消灭的暴君。因此，反抗他们的统治——"弑父"——就是早期家族小说的重要主题。

在巴金看来，如果把家庭中的专制者打翻了，整个家庭就有了希望。这似乎是解决问题的关键。不过，作者的设想和实际操作之间还是有些无法弥合的缝隙。无论怎样，作为长辈的家族统治者不是仇人，他们的做法也许僵硬和刻板，但是并不能激起"仇恨"。《家》中的高老太爷死去之后，觉慧认为："他们将永

① 吴虞：《家族制度为专制主义之根据》，《新青年》1917年2月第2卷第6号。

② 巴金：《谈〈家〉》，《巴金全集》第20卷，人民文学出版社1993年版，第416页。

远怀着隔膜，怀着祖孙两代的隔膜而分别了。"① 作者试图说明，觉慧和祖父的冲突是不可调和的。不过，这里的情感还是减弱了许多。觉慧认为二者间不是仇恨，而是一种因互相不了解而产生的"隔膜"——这是完全不同的两种概念。实际上，通观所有家族小说，家族统治者作为暴君而存在的时候并不多。

为什么作为封建专制代表的家族统治者在理论上被口诛笔伐，而在小说中却被网开一面？原因是：（1）把封建专制与家族专制完全对等的观点并不确切。所以打倒家族专制的代表并不能说明反封建的胜利。在《春》和《秋》中，高老太爷已经死去了，但是，仍然有淑芬等青年的幸福被葬送。（2）说到底，家族统治者的目的是将家族荣誉保持下去，为的是集团的利益。高老太爷的临终遗言就是要子孙们"扬名显亲"。《第二十幕》中的卓远把家庭分成"无目标的"、"有一定目标的"和"目标型"的家庭。"目标型"家庭的特征是："通过辈辈相传的教育，让为实现那个固定目标而奋斗的精神深深浸入他们家庭成员的血液和头脑，使实现那个目标成了这个家庭成员活在世上的目的。"② 这种划分当然谈不上科学性。不过，《第二十幕》中的尚家几代人就是为了"霸王绸"而前仆后继地努力了一个世纪。应该说，家族统治者的这一愿望对家族整体来说并无不适当之处，这反而是维持家族兴盛和长远发展的举措。在家族小说中，统治者也常常是站在这个"整体"立场上要求家族成员的。因此，这个"弑父"过程可谓雷声大，雨点小。意识形态的差别也无法抹去家族内部血缘关系。巴金的《憩园》中，原先罪恶

---

① 巴金：《家》，上海文艺出版社1985年版，第376页。收入《中国新文学大系》的这个版本是1933年5月上海开明书店初版，后来，这段话被作者删去了，显然是不愿意写觉新在爷爷死后的"矛盾"心理。

② 周大新：《第二十幕》（上），人民文学出版社1998年版，第348页。

"吃人"的大家庭变成了安抚漂泊者受伤心灵的避风港,因此有论者认为其中有着"归家寻梦的哀伤情调"。[1]

在1949年前的家族小说中,无论外视角的第三人称还是内视角的第一人称,对父亲一代的描述都是追忆性的,他们年轻时的经历没有被正面描写。当他们出场时,已经是家庭中地位最崇高的人,权力的象征。出现这种情况的原因是,当时家族小说的主要目的是展现两代人的冲突和第二代人的追求。所以,第一代人是被当作封建专制的象征来描写的,大多是没有血肉的符号。

(二) 被崇

1949年后,家族小说中的父亲有了复杂的变化。

首先,父亲成了一个创立家业的失败者。从本书第二章的叙事程序分析可以看到,父亲虽然有着成功者的一切素质,但是并不像以前家族小说中的父亲一样获得成功。这种现象产生的原因不难理解。1949年后,对20世纪的历史的阐释变得很清晰。毛泽东在发表于1940年的《新民主主义论》中建立了一个革命史的模式说:"中国革命的历史进程,必须分为两步,其第一步是民主主义的革命,其第二步是社会主义的革命,这是性质不同的两个革命过程。"[2] 按照这样的说法,毛泽东认为从太平天国运动到辛亥革命到土地革命到当时的抗日战争都是在走"第一步"。自觉地,新中国成立到新时期的家族小说都是按照这一历史"规律"来阐释20世纪中国的变化的。为了使家族史更准确地揭示"历史发展规律",作家有意识地使用既定的历史观来指

----

① 钱理群、温儒敏、吴福辉:《中国现代文学三十年》,北京大学出版社1998年版,第267页。

② 毛泽东:《新民主主义论》,《毛泽东选集》第2卷,人民出版社1952年版,第62页。

导自己的创作。梁斌这样说自己在创作前的准备工作:"我在酝酿、创作《红旗谱》和《播火记》的整个过程中,反复学习了毛主席的《湖南农民运动考察报告》、《中国革命战争的战略问题》、《新民主主义论》、《论持久战》、《论联合政府》等著作,认真学习了党在各个历史时期的政策和文件。"① 在此基础上,"反割头税运动"、"保二师学潮"、"四一二政变"、"高蠡暴动"一系列事件被作者赋予了意识形态意义:"中国农民只有在共产党的领导下,才能更好地团结起来,战胜阶级敌人,解放自己。"② 因此,梁斌笔下的家族史是被放在一个规定好了的框架内的,正如黄子平所指出的,梁斌写的家族史的功能是"讲述革命的起源神话、英雄传奇和终极承诺,以此维系当代国人的大希望与大恐怖,证明当代现实的合理性,通过全国范围内的讲述与阅读实践,建构国人在这革命所建立的新秩序中的主体意识"③。也就是说,家族史成为了"规律"的注解。因此,"父亲"只有失败,才能衬托下一代的胜利,进而才能衬托路线的正确性。

其次,在家族小说中出现了另一个"父亲"形象——毛主席(组织)。在"十七年"的家族小说中,毛主席(组织)虽然没有出现,但是他具有父亲般的权威,成为一个不在场的父亲。实际上,"十七年"是家族小说最不发达的时期,除了《红旗谱》、《创业史》、《苦菜花》等不多的几部之外,通过家族命运展示现代中国的作品就很少了。但是,这并不代表当时对

---

① 梁斌:《谈创作准备》,《笔耕馀录》,中国青年出版社1984年版,第311页。

② 梁斌:《漫谈〈红旗谱〉的创作》,《人民文学》1959年第6期。

③ 黄子平:《"灰阑"中的叙述》,上海文艺出版社2001年版,第4页。

"家史"没有热情，相反，出现了一系列的诉说家史的纪实作品。① 这些作品无一例外地表现了家族的兴衰是与毛主席和"组织"分不开的。换句话说，没有毛主席和"组织"，家族兴盛绝无可能。因此，这一时期家族小说中，在个体家庭中的父亲几乎是没有地位的，是一个作为陪衬的失败者。而家族间的亲情关系也比较淡化，个人情感遭到排斥，相对于此，家族成员趋向于直接接受毛主席和"组织"的领导。可以说，在"十七年"的文学中，家族甚至家庭在小说中已经解体，被集体主义的大家庭所取代。毛主席（组织）成为整个大家庭的绝对权威，个人崇拜就这样深入到了家族小说中。《红灯记》是根据小说《自有后来人》改编的，虽然是以京剧而不是家族小说的形式出现的，但是其中不乏我们所说的家族小说的要素，典型体现着"十七年"时期对20世纪中国家族命运的理解：家庭的维系依靠革命信念而不是血缘。《红灯记》中的三代人李奶奶、李玉和和李铁梅并没有血缘关系，他们组成家庭的目的就是共同战斗，争取革命成功。红灯意象是一个"阶级性的图腾"，② 隐喻着马克思主义真理的传递过程。李奶奶正是通过对铁梅"痛说革命家史"，引导她走上了革命道路。

因此，"十七年"的家族小说中，家族统治者是空缺的，血缘上的祖辈一代并没有统治家庭的能力。但是，这并不意味着"父亲"不存在，毛主席和"组织"此时担当了统治家庭的责

---

① 例如：《三代人的脚印：家史》，中国青年出版社编辑，中国青年出版社1963年版；《血泪春秋：家史》，河南人民出版社1963年版；《永远不要忘记：农民家史》，河北人民出版社1964年版；《工人家谱：家史》，河南人民出版社1964年版；《三辈创业记》，农村读物出版社1965年版；《三代人的血泪：天津工人家史》，天津人民出版社编，百花文艺出版社1965年版。

② 李杨：《抗争宿命之路》，时代文艺出版社1993年版，第306页。

任。其实,无论谁是统治者,都有一个目的,就是振兴家族。只不过,毛主席和"组织"认为,只有起来革命,才能真正实现"发家"的愿望。家族兴盛本来是一世俗的目标,在这里,被打上了意识形态的烙印。日常生活伦理被革命伦理整合。此时的家族统治者——毛主席和"组织",是被崇拜的对象,他们是唯一能够帮助家族走上兴盛道路的力量。无疑,这是"左倾"思潮打在家族小说上的印记。

(三) 被审

莫言的《红高粱》在叙述"家族统治者"时换了一个视角:从全知全能的第三人称叙述到限知的第一人称叙述。全知视角是一种稳定的观察事物的方式,而限知视角则带有不确定性。《红高粱》的叙事者的身份是模糊的:"有人说这个放羊的男孩就是我,我不知道是不是我。"[①] 这样做并非故弄玄虚,而是故意削减以前叙事者的权力。这一转换在家族小说史上有重要意义,它使者的叙述在虚实之间徘徊,关于家族史的述说也不像以前那样具有合法性。这样,无形中颠覆了"父亲"的"统治者"地位。以前的"父亲"是权力的象征,无论是在"弑父"还是在"崇父"阶段都是这样。他们被作为一种固定的观念传达出来,但是却得不到理解和同情。这是《红高粱》之前的"父亲"形象干瘪的主要原因。《红高粱》中的"我爷爷"不代表权力,虽然作者口口声声说他是"英雄",但是他的身份却是一个自发抗日的"土匪"。他是蓬勃的生命精神的象征,在"地球上最美丽最丑陋、最超脱最世俗、最圣洁最龌龊、最英雄好汉最王八蛋、最能喝酒最能爱的地方","杀人越货,精忠报国","使我们这

---

① 莫言:《红高粱》,《红高粱家族》,解放军文艺出版社1987年版,第2页。

些活着的不肖子孙相形见绌，在进步的同时"，"感到种的退化"。① 这反映了作者看待"父亲"时视角悄悄地转化，即从政治符号（封建势力、党）的观察转化为文化视角的审视。从此，"父亲"形象的文化内涵变得丰富起来。表现"父亲"们在20世纪选择艰难和面对问题复杂的家族小说此后就越来越多了。

在《活动变人形》中，这一点表现得更为充分。倪吾诚是一个从心理意识到生活习惯都非常西化的人，却生活在最典型不过的中国大家庭环境中，这使他与周围的环境格格不入。他认为中国人"对于人的身体"、"人的肉身"的"无比贬抑"是"愚蠢"和"作践自身"，这种心态的发生"很大程度上是由于缺乏洗澡的设备和习惯"。所以他才经常洗澡，"只有这个时候他才感到自己的身体是文明的。一腔崭新的学问见识，一股热烈的追求向往，一肚子的愤懑、不合时宜、不同政见，如今能付诸实施的，唯有此常常洗澡而已"。② 倪吾诚的命运是一代知识分子的悲剧，他们所有的入世理想只能化作"洗澡"这样并不能解决问题的生活习惯。这显示了他们的尴尬和无奈，他们是找不到道路的迷失者。倪吾诚在儿子倪藻的心目中是这样的人："他一生追求光荣，但只给自己和别人带来过耻辱。他一生追求幸福，但只给自己和别人带来过痛苦。他一生追求爱情，但只给自己和别人带来过怨毒。"③ 倪吾诚的"追求"和"结果"就是这么富于戏剧性。在倪藻的眼光里，"父亲"是一个文化现象，他的存在更多具有文化意义，通过父亲的命运，作者关注更多的是中西文化在20世纪中国的展开和冲突。这也就是本书说的"审父"现

---

① 莫言：《红高粱》，《红高粱家族》，解放军文艺出版社1987年版，第2页。

② 王蒙：《活动变人形》，人民文学出版社1987年版，第75—76页。

③ 同上书，第326页。

象,也就是说,作者走出了对家族统治者单纯否定或肯定的思维模式,开始注意到第一代人选择道路时的心理上复杂的一面。难怪倪藻在"判定父亲的类别归属"时"感到了语言和概念的贫乏":

> 知识分子?骗子?疯子?傻子?好人?汉奸?老革命?唐吉诃德?极左派?极右派?民主派?寄生虫?被埋没者?窝囊废?老天真?孔乙己?阿 Q?假洋鬼子?罗亭?奥勃洛莫夫?低智商?超高智商?可怜虫?毒蛇?落伍者?超先锋派?享乐主义者?流氓?市侩?书呆子?理想主义者?①

倪吾诚都占一部分,但并不全是。他是一个知识分子,但无法得到自己和别人的认可,这正是 20 世纪知识分子的集体悲剧。

从家族小说中统治者形象变化中可以看出,在五四及五四文化影响下的现代文学中,家族统治者是被作为专制的象征来鞭挞的,因此作家都把家庭悲剧的原因归结于家族统治者。但是,思想更敏锐的作家也意识到,把家族统治者推翻顶多可以瓦解一个旧世界,而新世界并不能因此建立。新中国成立至 80 年代中期后,思想界经过教育和清洗,逐渐统一了认识。家族中辈分最高的并不能发挥"统治"作用,也就是说,家族中的一家之主是空缺的。那么,谁来填补这个空缺,成为统治者呢?是毛主席(组织)。可以看到,在革命的名义下,小"家"被"集体"所取代,正常情感和日常生活被忽视、剔除,这只能是一个畸形的家。80 年代中期以后的家族小说中,家族统治者不再是一个象

---

① 王蒙:《活动变人形》,人民文学出版社 1987 年版,第 345 页。

征，而是一个个有自己独立思想的思考者。倪吾诚对中国和西方生活方式的比较、白嘉轩以仁义作为精神信念、尚达志不屈不挠发展实业，他们的探索都代表了作者对现代中国走向的认同与批判。

综上所述，家族小说中的家族统治者形象产生于晚清，正好是中国社会传统向现代过渡的时期。作为家族的核心，他们的命运无疑预示着现代中国的选择。他们形象的演变，也隐喻着20世纪知识分子对传统中国的看法。

二 出走者

出走者是指从家庭体系中脱离出来，走向社会的家庭成员。20世纪家族小说中的出走者分成两类：一是出身封建大家庭，但是思想与大家庭中的统治者不一致，追求个性解放，最终从大家庭中出走的家庭成员，如《家》中的觉慧、《财主底儿女们》中的蒋纯祖、《四世同堂》中的祁瑞全等；二是出身革命家庭，为了追求阶级解放而离家寻找真理的家庭成员，如《红旗谱》中的江涛、运涛等。有的研究者将出走者概括为"逆子"："指出身封建大家庭，又受现代新思潮洗礼，从而反对封建宗法家族，追求个性解放的现代青年"。① 笔者认为"逆子"这个概念值得商榷。实际上，多数所谓"逆子"出走固然有要求个性解放的因素，但是，更多的还是因为寻求某种救国的道路。如果把这类出走者看成一个形象系列的话，"逆子"说更站不住脚。在家族小说中，走出家庭的成员往往是作家展现救国道路的代言人。以觉慧为例，在《家》的结尾，他坐船离开家庭去上海，

① 张伟忠：《现代家族小说逆子形象论》，《东方论坛》1999年第1期。

"在那里新的一切正在生长。那里有一个新的运动,有广大的群众,还有他的几个通过信而未见面的热情的年轻朋友"。① 觉慧的道路意味着希望。在初版后记中,巴金认为《家》写的是"家庭底历史",他还要写"社会底历史",因为他的"主人翁是从家庭走到社会里面去了"。② 因此,说觉慧身上寄托着巴金的理想绝不为过。不止觉慧,家族小说的出走者都承担着类似的叙事功能。因此,从出走者的身上,可以看出 20 世纪解决中国问题的思路变化。总体上看,出走者经历了一个思归、回归、不归的过程。

(一) 思归

思归是指出走者对家庭的思念。五四时期,易卜生的《娜拉》影响很大,娜拉是一个为寻求个性解放的出走者。受其影响,在青年看来,"出走"似乎成了解决问题的最佳办法。但是,这些出走者出走以后怎样了呢?鲁迅一直在关注这个问题。《伤逝》中的子君和涓生就是两个出走者,他们决绝地从大家庭中反叛出来,寻找自己的理想。但是,由于"经济"问题,他们的反抗最终失败。鲁迅更重视的是出走者在出走后的基本生活保障和生活状况。在 1923 年,他专门做了《娜拉走后怎样》的讲演,对这个问题进行了理论上的思考。他认为结局只有两个:"不是堕落,就是回来。" 所以他奉劝青年不要因为"做将来的梦"而出走,出走只是"震骇一时的牺牲","不如深沉的韧性的战斗"。③ 为什么鲁迅对出走者的命运持这样悲观的态度? 实

---

① 巴金:《家》,人民文学出版社 1981 年版,第 372 页。
② 巴金:《初版后记》,人民文学出版社 1981 年版,第 379 页。
③ 鲁迅:《娜拉走后怎样》,《鲁迅全集》第 1 卷,人民文学出版社 1981 年版,第 120 页。

际上，他已经看到，除了一腔激情之外，出走者只是一个做梦的人，对自己的未来还没有进行过深入思考。

鲁迅的思想具有超越时代的深刻。许多与他同时代甚至晚一些的作家都没有思考过"出走之后怎样"的命题。不过，这个问题在小说中还是被暴露了出来。那就是，作家常常对出走以后的主人公的行为缺乏把握，对他们是如何生活的、遇到了什么人等问题，无法正面描述。并不是说作家不想这样做，而是因为作家也不知道自己的主人公该走向何方。1953 年巴金在《新版后记》中说，自己"不是一个说教者"，"不能明确地指出一条路来"。① 1977 年的《重印后记》中也说自己的小说"像个并不高明的医生开的诊断书"，"看到了旧社会的一些毛病，却开不出治病的药方"。② 巴金在新中国成立后关于"出路"的说法无疑是参照毛泽东的思想而言的，毛泽东在《新民主主义论》中提出的观点才被认为是唯一正确的出路。不过，巴金说的当时找不到"出路"却可以相信。因为，在《激流三部曲》的《春》、《秋》中，觉慧并没有在"社会"上大展身手，而是陷入了更深的思想苦闷中。正因如此，现代文学史上的家族小说对出走者都有共同的处理方式，那就是让他们在作品中以隐性的方式出现。觉慧、瑞全出走后的生活，是通过信件的方式交代给读者的。

唯一正视这个问题的是路翎。《财主底儿女们》是"T"字形的结构，上部是对苏州蒋氏家族的生活的展开，下部是对出走者蒋纯祖的经历的正面描述。蒋纯祖在旷野、城镇、乡场上流浪，想挣脱自然的原始的求生本能，追求"真实的生命"。但

① 巴金：《新版后记》，收入《家》，人民文学出版社 1981 年版，第 396 页。
② 同上书，第 397 页。

是，在民族战争的时代他始终寻找不到自己的位置和归宿，因此，他在理想和现实之间彷徨不定，承受着精神的苦刑。最后，他死在追求的道路上。蒋纯祖的命运是出走者共同经历的写照，在那个时代，个性解放和民族解放的双重重担压在知识分子的肩上，他们试图寻找出路，但是失败了。因此，出走者的命运就是一个身体和精神双重流浪的过程。在小说中，蒋纯祖与放弃了理想的哥哥蒋少祖有一个谈话，这应该是路翎内心两种观点的碰撞。已经是"参议员"、"要求社会底恭敬的名人"的蒋少祖对弟弟很不理解："唉，你看你弄得这样潦倒！到底为了什么啊！"蒋纯祖也无法回答。他只能冲着父亲的遗像说：

> 爹爹！我意外地又看见了你！我需要诚实、谦逊、善良！苦难的生活已经腐蚀了我！对广大的人群，对社会，对世界，我有着罪恶！对一个忠实的女子，我有着罪恶！我常常觉得我底生命已很短促，这是很确实的，但我不曾向任何人说，我也不恐惧。我相信我是为最善的目的而献身，虽然虚荣和傲慢损坏了我！我从不灰心！我爱人类底青春，我爱人群、华美、欢乐！①

蒋纯祖是"纯洁"的，不过，他的"爱"空洞而苍白，这并不能帮助他达到自己的目的。应该说，不存在脱离社会和家庭的解决中国问题的出路。

在无处皈依的时候，家仍然是出走者心系魂牵的地方。巴金的一段话可以代表出走者的态度："我离开旧家庭，就象甩掉一个可怕的阴影，我没有一点留恋。……然而理智和感情常常有不

---

① 路翎：《财主底儿女们》，人民文学出版社 1985 年版，第 1238 页。

很近的距离。那些人物、那些地方、那些事情，已经深深地刻在我的心上，任是怎样磨洗，也会留下一点痕迹。"① 这样的情感也发生在《四世同堂》中的祁瑞全身上，他"把中国几千年来视为最神圣的家庭，只当作一种生活的关系，到国家呼救的时候，没有任何障碍能拦阻得他应声而至"。但是，他"永远，永远与母亲在感情上有一种无可分离的关系"。而在旷野中流浪的蒋纯祖，也常常会想到"他底年老的可畏的亲戚，他底甜美的家，他底儿时，他底纯洁"。现代文学中家族小说里的出走者虽然身在家庭外，但是却时时思念着家。实际上，他们的根本目的也是希望找到一个使家中成员幸福的道路，所以，从这种角度来说，他们与大家庭的冲突只是表面上的而已。因此，虽然出走者离开了家，但是并不意味着他们能够斩断与家庭的关系；相反，他们却时刻惦念着家，也知道自己总有"回去"的一天。

(二) 回归

与觉慧和瑞全等出走后在文本中基本隐去不同，"十七年"的家族小说中，出走者则肯定要回归家庭。《红旗谱》中的江涛和运涛、《创业史》中的梁生宝、《苦菜花》中的冯仁义、姜永泉都有出走、回归的经历。

为什么家族中的出走者纷纷回归？与觉慧、瑞全们不同，江涛和运涛们出走后，找到了解决问题的办法，那就是跟随共产党和毛主席闹革命。在《创业史》中，为了避免被抓壮丁，梁三老汉"打发生宝钻了终南山"。突然有一天，"梁生宝不知从什

① 巴金：《关于〈家〉(十版代序)》，《巴金全集》第 1 卷，人民文学出版社1993 年版，第 441 页。

么地方跑回家来了","宣布"解放啦!""世事成咱们的啦!"①
并且,他还给父亲上课说:"图富足,给子孙们创业的话,咱就
得走大伙富足的道路。这是毛主席的话!一点没错!将来,全中
国的庄稼人们,都不受可怜。现时搞互助组,日后搞合作社,再
后用机器种地,用汽车拉粪、拉庄稼……"② 回归后的梁生宝已
经有了一套完整的振兴家族——创业的方案,甚至,这样的方案
考虑到了"全中国的庄稼人"。方案的来源是毛主席,而且"一
点没错",梁生宝成为了毛主席在家庭中的代言人。现在,他的
任务就是把这个方案在家庭中付诸实施。《苦菜花》的冯仁义同
样如此。他因为不堪忍受地主王唯一之辱而出走了,在关外过了
几年"流浪、当伐木工、泥瓦匠的困苦生活"后,"很快明白了
只有跟着共产党、八路军才有活路"。因此,"被人逼走的仁义,
回来后几乎没有一点犹豫,就参加到抗日斗争的行列里","他
下定决心,从此跟着共产党","他认准了这条活命的道路、革
命的道路"。③ 因此,在"十七年"家族小说的作者看来,出走
者是为寻求革命的真理出去的,回来时,已经找到了"正确"
的道路。"十七年"的家族小说就是回归者带领家族成员贯彻
"真理"的过程。不过,此时的回归者已经把振兴一个家族的愿
望改变为了一个"阶级"而奋斗。《创业史》中的梁三老汉和
梁生宝的冲突就在于此。梁三老汉希望自己"发家",而梁生宝
则想的是"中国社会发展的前途",走"大家富裕的道路"。④
这样,重振家族的事情就变为两个阶级的对决。

　　于是,家族小说的叙述重心发生了改变。在 1949 年前的家

---

①　柳青:《创业史》,中国青年出版社 1960 年版,第 19 页。

②　同上书,第 130 页。

③　冯德英:《苦菜花》,解放军文艺出版社 1958 年版,第 389 页。

④　柳青:《创业史》,中国青年出版社 1960 年版,第 128—129 页。

族小说中，两代人的冲突是重心；"十七年"的家族小说中，回归者同其他家族的冲突变成了叙事的重心。出走者出走往往是前一类家族小说的结尾，而出走者归来却是后一类家族小说的开端。这个改变与家族小说冲突的变化密切相关。例如，《家》中主要的冲突是觉慧同高老太爷的冲突，《红旗谱》中的主要冲突是朱、冯两个家族的冲突。五四时期，家族小说的冲突基本是发生在家族内部，是家族中第一代与第二代之间的冲突；新中国成立后，冲突主要发生在家族外部，是无产阶级的和地主阶级的两个家族的冲突。两个冲突的本质不同，第一个冲突的解决是一个很复杂的过程，涉及反封建和现代中国的转型，而第二个冲突的解决则相对比较简单，是一个阶级斗争的问题。

十七年家族小说中的回归者成了家族的脊梁，他们手中掌握了金钥匙，一定可以打开胜利的大门。

（三）不归

20 世纪 80 年代以后的家族小说中的出走者呈现出一个复杂的情况。这同当时作家对"中国如何现代化"的认识分不开。最先打出寻根文学大旗的韩少功认为："万端变化中，中国还是中国，尤其是在文学艺术方面，在民族的深层精神和文化物质方面，我们有民族的自我，我们的责任是释放现代观念的热能，来重铸和镀亮自我。"① 这个"民族的自我"是什么？答案却并不清晰。王安忆后来谈起这个问题时说："到底什么是文学的'根'？俚语？风俗？还是野史？"② 在所谓寻根文学所发掘出的

---

① 韩少功：《文学的"根"》，《作家》1985 年第 4 期。
② 王安忆：《从现实人生的体验到叙事策略的转型——一份关于王安忆十年小说创作的访谈录》，《当代作家评论》1991 年第 6 期。

"民族的自我"中，确实给人留下的是只有表层、没有实质的印象。作家思想的混乱和迷惘必然体现在创作上，因此，体现"出路"的家族出走者发生了一个变化。他们已经在外漂泊，现在找不到自己的家。

从《红高粱》开始，家族小说中就出现了一个叙事者的角色。在以前的家族小说中，这样的叙事者是隐性的，并不在文本中出现。所以家族小说都是全知叙述，作者无所不能。这体现着作家对"历史"解释的权威性，他的叙述就是"真实"的"事实"。《红高粱》是以一个后辈"我"的视角来叙述"我爷爷"和"我奶奶"的故事的，所以是限知视角。"我"所叙述个故事也是不全面的，甚至有的地方是模糊不清的。比如，"刘罗汉大爷是我们家历史上的一个重要的人物。关于他与我奶奶之间是否有染，现已无法查清，诚然，从心里说，我不愿承认这是事实。"①在谈歌的《家园笔记》、王安忆的《纪实和虚构》中，这个叙事者时常出现，议论品评，把原先家谱般清晰的家族史弄得支离破碎。

这个"叙事者"是谁？笔者认为他是家族小说中出走者的变种。他是家族的第二代乃至第三代，游离于家族命运之外，成为一个审视者。这个位置决定了他不仅是一个叙述者，而且是一个思考者。在《纪实与虚构》中，母亲一系的家族史和叙述者个人的成长史被交叉叙述，"我"寻找家族史的过程，也是一个不断追问"我"是谁的过程。"我"根据母亲提供的很少的资料，依靠推理和想象，建立了一个"茹"姓家族的辉煌家族史。不过，实地调查的结果却证明，这种叙述并不可靠。因此，叙述者也是一个不断怀疑自己叙事权威的人。按照加达

①　莫言：《红高粱》，解放军文艺出版社 1987 年版，第 13 页。

默尔的观点:

> 一种真正的历史思维必须同时想到它自己的历史性。只有这样,它才不会追求某个历史对象(历史对象乃是我们不断研究的对象)的幽灵,而将学会在对象中认识它自己的他者,并因而认识自己和他者。真正的历史对象根本就不是对象,而是自己和他者的统一体,或一种关系,在这种关系中同时存在着历史的实在以及历史理解的实在。[①]

因此,历史从来就不是静止的,对历史的叙述也有历史性。在此之前,家族史是作为正典被记叙的,具有神圣的不可侵犯的权威。而这个叙事者是私人记叙,仅从这一点就颠覆了家族史的权威性。于是,作家一方面在建构家族史,一方面却对自己的工作表示怀疑。

因此,在八九十年代的家族小说,尤其是新历史主义思潮中的先锋作家的家族小说中,叙事人就是家族出走者。与以前同类形象不同的是,他们不是出去寻找道路然后回归,而是没有目的不知道自己家在何处的漂泊者。正如《一九三四年的逃亡》中"我"写下的诗句:"我的枫杨树老家沉没多年/我们逃亡到此/便是流浪的黑鱼/回归的路途永远迷失。"出走者形象的变化具有深刻意义。他们显示着,家族史不再有单一的可能性,而是充满了自相矛盾和暧昧模糊。这意味着,新的对 20 世纪阐释的历史即将出现。从某种程度上说,先锋小说的实践为 90 年代《白鹿原》、《旧址》、《第二十幕》、《家园笔记》等一批长篇家族小

---

① [德]汉斯-格奥尔格·加达默尔:《真理与方法》,上海译文出版社 1992 年版,第 384—385 页。

说的出现奠定了理论基础。

80 年代以后的家族小说中的出走者往往不是一个而是两个或多个。这些出走者怀抱着同样的目的却走进了不同的政治阵营。出走者的政治选择再度成为作者关注的问题，这是家族小说无法逃脱的使命意识使然。《白鹿原》的视野比较广阔，家族史与地方志与民国史紧密相连，相互呼应。小说中的鹿兆海、鹿兆鹏、白灵、白孝文、白孝武、黑娃等同辈人都纷纷走出家庭，到更广大空间去寻找"道路"。他们的经历反映了作者对 20 世纪历史的重新思考。在此，人物的身份变得非常重要。鹿兆海和白灵用掷币的方法来决定参加国共两党，这说明在他们心目中，国共身份并不重要，但是，小说中表明，这正是决定他们命运的关键问题。黑娃的身份在国、共、匪、读书人之间不断变换，对他而言，都是自然而然的事，但是，他最后殒命恰是因为这个原因。与以前家族小说不同，作者并不是站在一个意识形态的立场上去表现家族争斗的，而是消泯了这个立场，站在人道关怀的高度，思考各种意识形态对现代中国的影响。体现在小说中，就是朱先生所谓的"鏊子说"。对于家族小说中的出走者来说，选择出路就是选择政治归属，而选择政治归属时的随机性昭示着他们对"出路"并不清楚。作者通过他们的命运，对"正确道路"进行了解构。在《白鹿原》中，没有正确道路可言，因为正确道路的标准并不清楚，相反，家族间的恩怨更深刻地影响了出走者在政治上的选择。无疑，这种描述表明对 20 世纪历史的探讨进入了一个更为深入的阶段。

综观 20 世纪的家族小说，出走者形象系列是其中不可或缺的一类。现代文学史上的这一类人有三种结局：一是经过生活和革命的磨炼，成为对社会、对人生有着成熟认识的新人，像觉慧、瑞全;二是出走以后,徘徊于现实和理想之间,无所适从,最终被残酷的现实消磨了生命意志与性格棱角,重又归来,像蒋少祖;三是自我放逐后,为寻觅一个人生终点与精神家园,成为旷野上的流浪者,并悲壮地死在追求理想的路途中,如蒋纯祖。这三种结局显示了"个性解放"在中国所走过的曲折历程。"个性解放"在中国经历了两次大迂回:一是五四退潮时期,一部分提倡"个性解放"者转向整理国故;二是在抗战时期,"个性解放"潮流为救亡所压倒。

到了新中国成立后的"十七年"时期,出走者成了为家族带来火种的革命者,他们被新思想所武装,回家后成为家族的中坚力量,代表着党和"组织"在家庭中的领导。这是文学意识形态化的结果,并不能体现真正的道路。

80年代后,在新历史主义浪潮中的家族小说里,出走者的重要性更为突出。他们的心灵漂泊无依,欲归家却不得其路,在追溯家族史中寻找自我存在的价值和意义。在90年代的家族小说中,出走者只是代表出路的可能性,并不代表希望和"正确的道路"。

三 家族秩序维护者

在家族小说中,还有一个形象系列,那就是家庭中的长子——家族统治的维护者。典型的长子有《家》中的觉新、《前夕》中的黄静宜(长女)、《四世同堂》中的瑞宣、《财主底儿女们》中的蒋蔚祖等。家族统治的维护者往往是处在矛盾中的一类人,他们有理想和追求却无法付诸实施。他们并不像家族统治者那样具有坚毅的性格,又不像出走者那样具有反抗的激情。赵园将其称为"高觉新型"人物。

家族小说一般认为,性格是导致他们悲剧的主要原因。大多数家族统治的维护者都比较懦弱,虽然处在矛盾痛苦中,却没有改变自己处境的勇气。妻子瑞珏难产死去后,觉新知道"真正夺去了他的妻子的"是"整个制度,整个礼教,整个迷信",他想反抗,"然而同时他又明白他是不能够抵抗这一切的,他是一个无力的、懦弱的人"。①《家》中觉新的原型是巴金的大哥,在后来的回忆中,巴金认为他"在一个短时期也曾为自己创造了一个新的理想",但"拿'作揖主义'和'无抵抗主义'把自己的头脑麻醉了"。② 在《前夜》中,静玲对姐姐静宜为了家庭"牺牲"自我的做法也很不理解:

> 她真不明白静宜是为了什么,她以为人应该有伟大的牺牲的精神,但是像她那样的牺牲是既没有目的,又没有意义。她记得她时常说起这个家,可是这个家有什么值得牺牲的呢?它迟早是要破碎的,要遭遇到最后的命运。难道说她一定要随着这样的家一同走上灭亡的道路?③

在静玲眼中,静宜也是有"性格问题"的。不过,问题并不那么简单,只是用性格原因来解释觉新和静宜是不够的,应该把他们放在更广阔的历史文化背景中考察。赵园在论及觉新时认为:"高觉新式的性格,是在彻底反封建的要求已经提出,而旧的生产方式和生活方式还远未最后退出生活,民主革命在推进中,但传统的思想文化、道德规范依然禁锢着人们的精神这种历史条件

---

① 巴金:《家》,人民文学出版社 1981 年版,第 347 页。
② 巴金:《呈现给一个人》,《家》,人民文学出版社 1981 年版,第 376 页。
③ 靳以:《前夕》,文化生活出版社 1942 年版,第 214—215 页。

下形成的。这一性格，以自己的特有形态，包容着中国民主革命的历史条件，概括着新民主主义革命时期的社会关系，——历史以生动的感性形式活在文学形象中。"① 这段分析就是把觉新置于新旧杂糅的现代中国背景下展开的。

家族小说中的秩序维护者都有一种明知不可为而为之的悲剧意识。《前夕》中，武进黄寓是处在衰败中的大家族。在儿女一代中，只有静宜还在苦苦守着家。弟弟对她说："这个家迟早是要破坏的，难道说你也像父亲守着一个空梦么？"② 妹妹对她说："这个家终归要遇上它最后的命运，你不觉得那一个时代已经过去了么？你把自己放在里面还能有什么用？你还能有那么大的力量把时代挽回来？"然而她却回答："不，我也不那么想，我只希望能变化得平安一点，和平一点，不要都站在两极端上。""所以我想站在两者的中间。"在这里，家族秩序的维护者果断承担了社会转型带来的冲击。其中的甘苦，恐怕比单纯反对或赞成某个主张要难以下咽得多。

对于这个时期知识分子的心理状态，鲁迅阐释得最为到位。他激烈抨击了守旧者："明明是现代人，吸着现代的空气，却偏要勒派腐朽的名教，僵死的语言，辱蔑尽现在，这都是'现在的屠杀者'，杀了'现在'也便杀了将来。将来是子孙的时代。"③ 鲁迅将进化论思想做了具体和切实的发挥，提出了"中间物"的概念。他相信后代一定会比前辈进步、幸福，要求通过自己的奋斗为来者铺路，奉献自己的爱。在《我们现在怎样做父亲》中，他指出："所以觉醒的人，此后应将这天性的

① 赵园：《中国现代小说中的"高觉新型"》，《艰难的选择》，上海文艺出版社 2001 年版，第 289 页。
② 靳以：《前夕》，文化生活出版社 1942 年版，第 158 页。
③ 鲁迅：《现在的屠杀者》，《鲁迅全集》第 7 卷，第 230 页。

爱,更加扩张,更加醇化;用无我的爱,自己牺牲于后起新人。"① 总之,在鲁迅看来,觉醒的父母,完全应该是义务的,利他的,牺牲的。中国觉醒的人,一面想顺随长者,一面想解放幼者,所以就必须一面清结旧账,一面开辟新路。即:"自己背着因袭的重担,肩住了黑暗的闸门,放他们到宽阔光明的地方去;此后幸福的度日,合理的做人。"② 有论者在分析鲁迅自比"中间物"的意义时认为,先觉的知识分子"一方面在中西文化冲突过程中获得'现代的'价值标准,另一方面又处于与这种现代意识相对立的传统文化结构中;而作为从传统文化模式中走出又生存于其中的现代意识的体现者,他们自觉或不自觉地对传统文化存在着某种'留恋'——这种'留恋'使得他们必须同时与社会和自我进行悲剧性抗战"。③ 这正是家族秩序维护者的心态。

事实上,家族小说中家族秩序的维护者就是在进行"悲剧性抗战"的一类人。以觉新为例,他是青年(只有二十六岁),却已历尽沧桑(丧父丧母丧妻儿);他是子辈,却支撑着家业的相当部分(长房长孙);他是痴情的恋人,却又是遏阻这些"爱情"的"同谋";他是新思想的接受者和传播者(觉慧最早读到的《新青年》即由他那里得来),却又兢兢业业维系一切旧的礼数。因此,虽然家族秩序的维护者也是家族小说批判的对象,但是作者却始终对他们保持着敬意。巴金的大哥是觉新的原型,他在诸多方面都对巴金的《家》有影响。在《家》的初版后记中,巴金甚至说这部小说是献给大哥的。④ 静宜同样是这样的"牺牲

---

① 鲁迅:《我们现在怎样做父亲》,《鲁迅全集》第 1 卷,第 174 页。

② 同上书,第 172 页。

③ 汪晖:《反抗绝望》,河北教育出版社 2000 年版,第 183 页。

④ 巴金:《呈献给一个人》,《家》,人民文学出版社 1981 年版,第 375 页。

者",在开家庭会议的时候,"静宜要夹在之间,这样可以消灭许多不快,一眼可以看出来她正是站在父亲和儿女中间的人"。① 这样做的结果是,家族秩序维护者承担了转型期变化给家庭带来的震荡。他们的做法,也是一种文化选择。正如静宜所说:"我什么也没有,我是为了家……"②

家族秩序维护者的形象到了 1949 年后就消失了。原因是知识分子对自我选择的思考已经不是家族小说作者考虑的主要问题。1949 年前,作家是以家族小说的人物来展示自己对知识分子的选择的意见的。他们对走出家庭者的勇气是抱以赞赏的态度的,但是,对留在家庭中承担社会转型的阵痛的家族秩序的维护者,态度则复杂暧昧。1949 年后,知识分子只有一条革命的道路可以选择,维护家族秩序者的复杂心理状态如果再被关注的话,将是"不合时宜"的。因此,这个人物系列就从家族小说中悄悄隐去了。

80 年代中期,家族秩序的涵义在家族小说中发生了变化。以前作为封建主义和专制主义象征的家族秩序转化为传统文化的象征,因此,对家族秩序的批判也转化成为多层面的反思。

有论者谈到 80 年代以来的家族小说时,认为其"穿过了历史斗争的层面,而显示出我们这块土地原有的民族性格、民族精神极其文化灵魂的历史力量,家庭的叙事也才表现出区别于政治的、哲学的、史学的和伦理学的历史内涵"。③ 因此,家族秩序维护者身上的复杂性被凸显得更强烈。此时,家族秩

---

① 靳以:《前夕》,文化生活出版社 1942 年版,第 158 页。
② 同上书,第 207 页。
③ 朱水涌:《当前家族小说的创作倾向》,《文艺报》1998 年 9 月 17 日。

序的维护者与本章讨论的家族统治者合而为一，共同成为传统
文化的象征。

　　《白鹿原》中的白嘉轩就是家族秩序的维护者。辛亥革命之
后，以前旧的秩序倒塌了，新的还未形成，所谓"王纲解纽"。
作为从不读书的农民白嘉轩感到无所适从:"没有了皇帝的日子
怎么过? 皇粮还纳不纳? 是不是还按清家测定的'天时地利人
和'六个等级纳粮? 剪了辫子的男人成什么样子? 长着两只大
肥脚片的女人还不恶心人?"在这个时候，只能寻求自救的途
径。作为家族的领袖，他本能要寻找一种安定"秩序"的方法。
朱先生拟订的一份"乡规民约"填补了价值的真空。该约第一
条是"德业相劝":"德谓见善必行闻过必改能治其身能修其家
能事父兄能教子弟……"第二条是"过失相规":"犯义之过六:
一曰诉酒讼二曰行止俞违三曰行不恭逊四曰言不忠信五曰造谣诬
毁六曰营私太甚。犯约之过六……"① 比较一下就可以看出，乡
规民约的实质，还是从伦理道德规范来要求社会成员，完全是以
《论语》为代表的儒家传统的延续。② 在白嘉轩看来，如果个人
能够把持住自己的道德规范，就可以做到找到"过日子的章法"
了。同时在五四，也都是为了寻找"出路"，白嘉轩选择的是一
条重新加固文化传统的道路。值得注意的是，以前作品中这个人
物的身份一般是家族中的老大，因为他有将家族进行下去的义
务，而到 1949 年后，这个任务就放在了家族主要领导人的身
上了。

---

　　① 陈忠实:《白鹿原》，人民文学出版社 1993 年版，第 93 页。

　　② "乡规民约"中的每一条，都能在《论语》中找到出处。

四 女性

女性始终是不为家族小说正确表现的一群人。在《金瓶梅》中，潘金莲、李瓶儿、庞春梅、吴月娘等人或者是西门庆的性奴隶和性玩具，或者是封建礼教的维护者，基本上都缺少独立人格。《红楼梦》对女性的看法又走上了另一个极端，曹雪芹认为"女儿是水做的骨肉"，虽然写了许多女性，但毕竟是"男人眼中的女性"，大观园中的女性地位之高，文学史中罕见，恐怕也并不真实。

20世纪的家族小说中，女性是继续被忽略的一群。在现代文学中的家族小说里，女性是作为大家庭的牺牲品来写的。这是新文化运动的结果。《新青年》第7卷《本志宣言》中指出："我们相信尊重女子的人格和权利，已经是现在社会生活进步的实际需要；并且希望他们个人自己对于社会责任有彻底的觉悟。"[①] 叶绍钧在《女子人格问题》中更明确地说："男女应该有个共同的概念，我们是'人'，个个是进化论过程中的一个队员；个个要做到独立健全的地步，个个应当享受光明、高洁、自由的幸福。"[②] 发出如此呼吁，正表明着当时女性在家族中地位的低下。鲁迅在《狂人日记》中已经表示"我未必没有吃了妹子的几片肉"，"妹子"已经是被吃掉的形象。而《家》就是展示"妹子"被吃的过程的。《家》中也写到了一群女性，但是命运都非常悲惨。瑞珏因为难产死去了，丫环鸣凤为反抗出卖的命运而投湖自尽，梅表姐在包办的无爱的婚姻中抑郁而亡，淑贞挣

---

① 《新青年》第7卷第1号。

② 叶绍钧:《女子人格问题》,《新潮》第1卷第2号。

扎在死亡的边缘。虽然巴金写女性命运时借鉴了《红楼梦》的许多套路，如梅表姐之死和黛玉，鸣凤之死和金钏，但是叙事功能却完全不同。《红楼梦》表达了"一片白茫茫大地真干净"的历史虚无感，而巴金这么写则是为了控诉封建大家庭的"罪恶"。实际上，巴金的大嫂虽然被迫到城外生产，却并未因此去世；"梅"的原型在有情人未成眷属后成为富家的填房少奶奶，"十几年内她生了一大群儿女……成了一个爱钱如命的可笑的胖女人"；"鸣凤"的原型翠凤亦未投湖，她拒绝做巴金远房亲戚的姨太太，宁愿后来嫁给一个贫家丈夫。① 可见，巴金在写《家》中的女性时，煞费苦心地改写了她们原型的命运。对此，黄子平说："加工证明了意识形态完满性对作家的控制，意识形态的交战杀死了小说的人物。死者封闭了探索爱情作为意识形态神话的途径，或者说，正好标出了'五四'新文化的结构性缺损的位置。"② 虽然作家有权力处理自己笔下的人物，但是也应该符合生活逻辑。为了某种思想而牺牲人物，是现代作家在描写女性时的通病。

1949 年后，家族小说中的女性形象也随之一变。其中一类没有什么价值，完全是男性的附庸，比如《红旗谱》中朱老忠的老婆等。其中一类是被异化为男性的女性，如《红旗谱》中的春兰和严萍，她们与革命紧密相连，甚至参加到斗争中去，完全成了现代"花木兰"。梁斌在谈到春兰这个角色时说：

后来感觉运涛这个人物从出场到入狱写得很不够，才增

① 巴金后来谈到，他笔下的女性都是有一定原型的。但是，这些原型的结局并没有那么悲惨，为了取得控诉的效果，巴金对她们的命运做了改动。见《关于〈家〉（十版代序）》，收入《家》，人民文学出版社 1981 年版，第 389 页。

② 黄子平：《"灰阑"中的叙述》，上海文艺出版社 2001 年版，第 147 页。

写了春兰这个人物。[①]

可见，春兰是可有可无的陪衬"红花"的"绿叶"。即使女性是主要人物，其性别特征也完全被抹杀。对此，王一川提出了"泛家族主义传统"的概念。[②] 他在分析京剧《红灯记》的时候认为，李奶奶、李玉和和铁梅组成的是一个伪家庭，引导铁梅走上革命道路的，并不是她的亲生父亲，而是她的"代父"李奶奶和李玉和。这里的"代父"扮演了两种角色，革命引路人就藏在"代父"的躯壳下。等奶奶诉说完家史后，她终于明白："今日起志高眼发亮，讨血债，要血偿，前人的事业后人要承当！我这里举红灯光芒四放。"实际上，铁梅身上已经没有了女性意识，她同家族中的男性没有什么不同。在"代父"的引导下走上革命道路是"十七年"家族小说女性的主要叙事功能。

80年代中期以后，家族中的女性形象得到更深的开掘。在《古船》中，年轻貌美的隋含章被赵炳看中，在18岁的时候因为"服从和孝顺"而被强占。此后，她陷入了赵炳精心设计的肉欲圈套不能自拔，她在精神上痛恨赵炳，而在肉欲上又难以离去，被"毒人"撕成了灵肉分离的两半。对赵炳来说，这种霸占不仅实现了一个男子对女性的占有，而且实践了自己作为"穷汉子"对富家血脉的占有，这种占有远超过男子情欲的满足，实际上是一种腐朽的封建的权力意志对女性人格尊严的屠戮与侵害。从这方面来说，《古船》在更深层面表现了女性悲剧文化内涵，那就是，女性在男性强势文化氛围中，意欲反抗但又无

① 梁斌：《〈红旗谱〉漫谈》，《人民文学》1959年第6期。
② 王一川：《中国现代卡里斯马典型》，云南人民出版社1994年版，第215页。

法离开，只有屈辱地遵从。

总的来说，因为现代家族小说的目的多是探索中国道路，又因为女性在家族中处于最低下的从属地位，所以在男性作家创作的家族小说中，她们只是展现男人精神和气质的陪衬。比如《白鹿原》中的白嘉轩"最引以为豪壮的是一生娶过七房女人"，在这里，"女人"没有任何意义，完全是为白嘉轩的传奇经历作陪衬的角色。

但是，男作家笔下的女性形象却并不被女性认同。有论者指出：

> 男作家写女性，总是把他们的"自我"投射到笔下女性形象中去，以他们男性感觉系统去突出女性的性别效果。或把女人精神世界写得过于复杂和错乱，或把女人的温柔性情写成对男人的服务与依附，或热衷于烘染女人的肉气而使其成为男人肉欲或观赏的对象。①

不管女性主义者如何批评，女性在家族小说中处于存在但不发出声音的状态是不争的事实。

在女作家那里，则是另外一种景观。从张爱玲的《金锁记》、丁玲的《母亲》、铁凝的《玫瑰门》中可以看出，家族中的女性对男性中心进行了抵抗。《金锁记》中的曹七巧、《玫瑰门》中的司漪纹都以变态疯狂的性格令人震惊。在《金锁记》中，曹七巧引诱儿子吸食鸦片，千方百计破坏女儿的婚姻，扮演了一个十足的恶母角色。司漪纹也是如此，她逼公公就范、设计捉拿大旗和竹西都显示了疯狂和变态的一面。伍尔夫指出："假

---

① 盛英：《中国女性文学新探》，中国文联出版社1999年版，第337页。

使在十六世纪一个女人若是有特殊的天才，一定会发狂，自杀，或是终其生于村落外一所寂寞的小草屋里，半象女巫，半象妖魔，被人怕，被人笑。"① 这句话也可以用在 20 世纪女作家创造的人物形象上。那么，她们这样做是不是仅仅因为"天赋"的原因呢？显然不是。张爱玲这样写家庭："米先生回到客室里，立在书桌前……青玉印色盒子，冰纹笔筒，水盂，钢匙子，碰上去都是冷的，阴天，更显得家里窗明几净。"（《留情》）还有："楼上品字式的三间屋，楼下品字式的三间屋，全是亮堂堂地点着灯，新打了蜡的地板，照得雪亮，没有人影儿，一间又一间，呼喊着的空虚……"（《倾城之恋》）在张爱玲的潜意识中，家庭是华美却没有温暖的所在。那么，家庭中女性的命运就显而易见了：

> 她不是笼子里的鸟，笼子里的鸟，开了笼，还会飞出来，她是绣在屏风上的鸟——抑郁的紫色缎子的屏风上，织金云朵里的一只白鸟。年深月久了，羽毛暗了，霉了，给虫蛀了，死也还死在屏风上。②

与男作家笔下"受害者"的形象不同，在女作家那里，家族中的女性时刻有一种闭塞感，而且，这种感觉还是宿命的。《倾城之恋》中，挤住着一个旧式家庭的白公馆在流苏的眼里"有那么一点像神仙的洞府：这里悠悠忽忽过了一天，世上已经过了千年；可是这里过了一千年，也同一天差不多，因为每天都

---

① ［英］伍尔夫：《一间自己的屋子》，三联书店 1992 年版，第 60 页。
② 张爱玲：《茉莉香片》，《张爱玲典藏全集》，哈尔滨出版社 2003 年版，第 97—98 页。

是同样的单调无聊"。① 同样阴森的空间还有《金锁记》中的"楼上"，阴暗，充满鸦片的烟雾，成为了囚禁曹七巧和他的子女的象征。

在女作家对家族史的叙述中，"父亲"常常是空缺的，是一个"不完全家庭"。所谓不完全家庭是指"缺少父母一方或所有子女"，并且失去其保护、抚养、教育等职能的家庭。② 而"女作家以'不完全'的家庭否定了父权家庭，它以展示家庭本身的缺陷和错误，'寻找'其内部的'裂隙'，从内部打破了父权家庭的神话……表达了她们对充满父爱的非专制压抑的家庭生活的向往"。③ 因此，在女性作家看来，家庭是个压抑闭塞的场所，她们的希望也是建立一个新型的家庭。

综上所述，20世纪实际家族小说中的女性是一个缺席的在场，她们虽然不断出现在文本中，但是却从来没有露出自己的本来面目。

五　智者

在20世纪家族小说中，常常有一类智者的形象，他们仿佛看破了红尘，超然世外。在激烈的家族矛盾和斗争中，他们洞若观火，但是却不参与。家族小说中主人公的思想往往受其影响。作者设计这类形象，常常是为了指出社会发展的方向和主人公的

---

① 张爱玲：《倾城之恋》，《张爱玲典藏全集》，哈尔滨出版社2003年版，第52页。

② ［奥］迈克尔·米特罗尔、［奥］西德尔：《欧洲家庭史：中世纪至今的父权制到伙伴关系》，华夏出版社1987年版，第15页。

③ 陈晓兰：《女性主义批评与文学诠释》，敦煌文艺出版社1999年版，第181页。

出路。《红旗谱》中的贾湘农、《白鹿原》中的朱先生、《第二十幕》中的卓远等都是这类人物的典型。

智者形象的最初原型可以说是《红楼梦》里的一僧一道。他们是茫茫大士、渺渺真人的化身,《红楼梦》正是他们与警幻仙子共同编导的。在太虚幻境孽海情天中,处处都有情孽和烦恼。"故茫茫大士、渺渺真人正是度脱红楼一梦王孙公子聪明杰俊中之痴妄烦恼者。是他们通过将蠢物石头携入红尘让其历尽离合悲欢炎凉世态后,在太虚幻境中孽海情天中打破迷关跳出圈子苦海无边回头是岸,重返西方灵河之中远离三生石畔再现淳、朴、真这大荒山无稽崖青梗峰,那才是真真实现了无烦恼。"① 也可以说,这二人是超脱于故事之外的人物,来无影去无踪,但是,他们却又是整个故事的设计者。在家族小说中,智者的主要功能就是为主人公指点迷津。

20世纪初,早期的家族小说中没有这类人的角色。《狂人日记》中的狂人只是从古书中看出了"吃人"二字,但是却不知道怎样反抗。其本能的抵御却被当成了疯狂的举动。狂人最后病愈,"赴某地候补矣",与"吃人"者妥协,自己也开始"吃人"。这反映了鲁迅并不知道真正的出路在哪里。1925年,鲁迅在给许广平的信中还写道:"我连自己也没有指南针,到现在还是乱闯。"②

《家》中引导觉慧走上革命道路的是比较抽象的角色,如进步刊物和同学等。在《家》中,觉慧经常看的刊物是《新青年》和《少年中国》,并且经常同琴表姐和哥哥觉新、觉民讨论。演戏的学生在万春茶园被打时,觉慧也没有在现场,后来听同学张

---

① 刘晓明:《红楼人物谈》,南京出版社1997年版,第381页。

② 鲁迅:《鲁迅作品全编·两地书》,浙江文艺出版社1998年版,第7页。

惠如描述了当时的情况,就跟着去督军署请愿去了。他离家去上海时,要去寻找的也是"几个通过信而未见面的热情的年轻朋友"。觉慧同自己的"朋友"一样,"热情"又"年轻",但是对自己要走的道路并不清楚。大革命失败后,巴金也在思考出路问题。他认为:"我们觉得我们自己是立在一个浊流滔滔的大海岸边了。我们还有什么路走呢?只有跳上舞台,跳入海里。"①巴金主张到生活中去,干预生活。"他虽然致力于反抗旧制度,但缺乏正确的理论指导和真切的目标",因此,"他的思想上充满着种种矛盾,并经常在这些矛盾中挣扎、呼号,但找不到一个畅通的出路"。②"找不到一个畅通的出路"正是现代家族小说智者形象不发达的原因。

具体的智者的出现是在"十七年"的家族小说中。当主人公遇到困难的时候,总是想到自己心目中的智者。《创业史》中,梁生宝准备带领大家进山之前,对万有说:"我到区委上去,看王书记在家不。咱要进山啊,叫他给咱指示指示。"③而王书记,就是党的化身,他对生宝具有不容置疑的权威。他在下堡乡试办整党时,"给生宝平凡的庄稼人身体,注入了伟大的精神力量。入党以后,生宝隐约觉得,生命似乎获得了新的意义"。④有时候,"智者"的形象又与"父亲"合二为一。"十七年"小说中对这一点并不避讳。张嘉庆离别贾湘农,去第二师范时,两人这样分别:

---

① 巴金:《我们现在该怎样做呢?——答 CA 同志的第一封信》,《巴金全集》第 18 卷,人民文学出版社 1993 年版,第 184 页。

② 李兴芝:《〈平等〉杂志与巴金道路》,陈思和等选编:《解读巴金》,春风文艺出版社 2002 年版,第 342—343 页。

③ 柳青:《创业史》,中国青年出版社 1960 年版,第 257 页。

④ 同上书,第 261 页。

张嘉庆走了一段路，回过头看了看他住了几年的城池。贾老师还独自一人站在土岗上，呆呆的楞着。他要亲眼看着年轻的同志走远。张嘉庆看着他严峻的形象，暗暗的说："父亲……父亲……"①

显然，作者想要说的是，贾湘农除了在精神上是张嘉庆的革命引路人外，还是他感情上的父亲。这位"父亲"是党的代言人，他的功能就是宣传和解释党的政策。梁斌谈这个人物时一段话说得颇为婉转曲折：

写贾湘农这个人物，在我来说，是个新的课题，过去没有写过。写长篇时，就感到把握不大。我明白，领导人物是不易写的，但这样一部书又怎能不写党的领导人物呢？我考虑的结果，打算尽量让他少出场，要出场就得把他写好。现在看来，这个人物所以没有写好，毛病也出在这里。越是信心不足，让他少出场就越写不好，如果让他多出场，写完后再加工修改、适当压缩，也许比现在的形象有力一些。当然，主要问题是对这个人物体会不深，为了弥补这个大的缺点，我将在第二部中着重描写贾湘农。有人认为贾湘农过于书生气，工作不熟练。据我知道，早期革命运动的领导人物，确以知识分子为多。那时候，马克思列宁主义的修养一般还不像现在这样高，工作也不像现在的领导者这样练达，我认为不能把他写得太熟练了。就形象本身来说，如果把他写成像现在的领导者一样，反

① 梁斌：《创业史》，中国青年出版社 1959 年版，第 374 页。

而不对头了。①

梁斌显然在解释一个问题:贾湘农作为一个智者,也作为一个"领导",他的主张究竟是不是正确的。这反映出作者的矛盾心理,一方面要写出斗争的真正领导者是党组织,一方面还要写出为什么党组织没有取得胜利。这是梁斌颇为踌躇的主要原因。在其他类型的"十七年"的小说中,也有这样一个党的代言人形象,如《青春之歌》中的卢嘉川,就是引导林道静走上革命道路的"智者"。

"十七年"家族小说中的智者并没有自己独立的政治主张,作者不能够把自己的看法通过智者表现出来。在意识形态话语的控制下,知识分子没有言说的权力。

80年代以后,"智者"的形象在家族小说中又多了起来。如《白鹿原》中的朱先生、《古船》中的隋不召等。《白鹿原》中的朱先生是一个半人半神似的人物。他上知天文下知地理,能够根据预测的天气来调整农作物的种植,屡试不爽,以致被周围人纷纷效仿。他撰写的"德业相劝"、"过失相规"、"社俗相交"为内容的乡约,成为白鹿原的精神支柱和行为准则,使白鹿原后来以"仁义"著称。他也有很强的道德感和责任感,例如在杭州对知识分子的批评:"为人师表,传道授业解惑。当今世风日下人心不古,吾等责无旁贷,本应著书立论,大声疾呼,以正世风。竟然是白日里游山逛水,饮酒作乐,夜间寻花问柳,梦生醉死……"② 朱先生身上体现着中国"士"的传统,他杭州慷慨陈辞、华山悲歌赋诗、发表抗日宣言、义

---

① 梁斌:《〈红旗谱〉漫谈》,《人民文学》1959年第6期。
② 陈忠实:《白鹿原》,人民文学出版社1993年版,第21页。

赴潼关都显示了作为大儒名士的人格和气节。无疑，作者把朱先生作为了一个人生的智者，他去世时，朱白氏看见前院腾起一只白鹿，掠上房檐飘过屋脊在原上消失。显然，朱先生是白鹿原精魂的象征。

在《白鹿原》中，朱先生是白嘉轩的精神导师。白嘉轩碰到什么困难，总是向朱先生请教，而朱先生也总是毫无保留地指点。当朱先生去世的时候，他感叹："白鹿原上最好的一个先生谢世了……世上再也找不出这样好的先生了！"虽然朱先生在指导别人，其实他内心也有自己无法解释的困惑。朱先生的心理正反映了作者遇到的一个无法绕开的问题：谁是真正的智者？对此，有论者说："沉醉于朱先生的飘逸，欣赏朱先生的高蹈，召唤朱先生的退藏，连同他的神秘主义，作为审美对象固然是不错的，但毕竟不是中华文化的当代出路。"[1] 如果文本中的朱先生已经失语的话，那么正说明作者对这个问题的困惑。

那么，智者的目的是什么呢？他们希望主人公能够顺利地实现自己的理想。在现代家族小说中，智者的形象是模糊的。在"十七年"的家族小说中，智者就是党的代言人。在80年代以后的家族小说中，智者带有一层神秘的面纱，他们对主人公的指导也充满了暗示和隐喻，这正反映出作者对命运的敬畏。前文已经论述过，主人公的目的是复兴"家"，因此，智者在这里就充当的是一个帮手的功能。

本节抽取家族小说中五类人物进行了分析。从对家族统治者、家族秩序的维护者、出走者、家族中的女性和智者的分析中可以看出，他们承担的叙事功能都是一致的，那就是希望家族能

---

① 雷达：《废墟上的精魂》，《文学评论》1993年第6期。

够兴旺发达下去。这是对 20 世纪的基本判断给作家思想打下的烙印。

第三节 叙事模式

叙事模式是指某一类小说固定的在叙述上的套路。家族小说叙述的是一个家族在 20 世纪的中国的命运变迁,作者试图通过家族历史来思考近代以来的"中国问题"。经过长期积累,形成了几个固定的模式,这也是 20 世纪解决"中国问题"的几个代表性的观点。由于叙事的年代不同,制约了叙事作者对"中国问题"的理解,因此,不同年代的家族小说在这一叙事模式下又有或多或少的变化。在上两节的基础上,本节打算归纳三类家族小说的叙事模式,并阐释其形成原因、做出评价。

一 大家族的衰落:家族小说叙事模式之一

现代文学史上的家族小说有一个模式,即大家族的衰落模式。这类小说的叙事程序是:

(1) 第一代人威严,没有特异禀赋。

(2) 有象征意味的预兆表现家族命运。

(3) 第一代人靠个人能力发家。

(4) 家族繁盛。

(5) 新年等场景中出现不和谐。

(6) 悲剧性征兆。

(7) 第一代去世。

（8）第二代中出现不肖者。

（9）第二代与家族冲突。

（10）第二代出走。

叙事程序（1）—（5）是家族繁盛阶段。在家族振兴阶段，作者都采取了现实主义的描写手法。因此，家族中的第一代人的容貌很威严，但是并没有太过独异的地方。如《家》中的高老太爷、《前夕》中的黄俭之、《财主底儿女们》中的蒋捷三、《四世同堂》中的祁老人等都是见之令人肃然的老人，并无异相。这说明，作者并不是把他们当作祖先来崇拜的。他们表现出众的地方是坚强的性格。在这里，作者还是追求细节和整体的真实性。至于他们发迹的过程，有的详细，有的简略，这并不重要。这一点的叙事功能在于让读者知道家族统治者的权威地位是如何建立起来的。在整个现代文学史上，家族统治者和他们统治的家都是旧中国形象的象征。靳以在《前夕》中借静玲之口明确指出了家国互喻关系："我们的家真跟我们的国一样，有自由的形式，没有自由的实际，有形的压迫，无形的压迫……"① 在作者的笔下，"家"是罪恶的渊薮。《狂人日记》中的家族统治者大哥是一个吃人者，家是一个"吃人"的世界。《家》中的高老太爷是思想守旧、专制的代名词，家是一个"狭的笼"。不过，在情感上，他的做法并没有引起反感，因为他的所作所为其目的是为了家族基业的保持和振兴。《财主底儿女们》中的蒋捷三更重视家族亲情。到了《四世同堂》中的祁老太爷，转化为不屈服的民族精神的象征。这正是家族文化在 20 世纪上半叶的真实写照。

毋庸置疑，家族文化在五四时期是受到不公正对待的。巴金

---

① 靳以：《前夕》，文化生活出版社 1942 年版，第 153 页。

说:"我出身于四川成都一个官僚地主的大家庭。在二三十个所谓'上等人'和二三十个所谓'下等人'中间度过了我的童年,在富裕的环境里我接触了听差、轿夫们的悲惨生活,在伪善、自私的长辈们的压力下,我听到年轻生命的痛苦呻吟。我感觉到我们的社会出了毛病,我却说不清楚病在什么地方,又怎样医治,我把这个大家庭当作专制的王国,我坐在旧礼教的监牢里,眼看着许多亲近的人在那里挣扎,受苦,没有青春,没有幸福,终于惨痛地死亡。他们都是被腐朽的封建道德、传统观念和两三个人一时的任性杀死的。我离开旧家庭就象摔掉一个可怕的黑影。我二十三岁跑到人地生疏的巴黎,想找寻一条救人、救世,也救自己的路。说救人救世,未免有些夸大,说救自己,倒是真话。"①巴金对"家"的这种看法并没有保持多久,在《憩园》中已经有所改变。换言之,与其说巴金的上述一段话是在诅咒家,不如说是在诅咒当时的"中国"。在五四一代人看来,中国积弊日久,沉疴难医。巴金的做法与鲁迅的"逃异地、走异路"是如出一辙的选择。

叙事程序(6)—(8)是家族衰落阶段。在作家的心目中,大家族是肯定要灭亡的,他们写作的目的也在于展示这个灭亡的过程。这就是小说中频频出现一些黑暗、阴森等象征物的原因。这个模式形成的原因是:(1)《金瓶梅》、《红楼梦》和《狂人日记》的影响。《金瓶梅》和《红楼梦》奠定了家族小说的基础,其主要的叙事功能在这两部古典小说中都已经具备。比如第一代人生日、家庭宴会等,在现代家族小说中也反复出现。《狂人日记》则奠定了现代家族小说"旧制度吃人"的主题。(2)中国传

① 巴金:《文学生活五十年》,《巴金全集》第20卷,人民文学出版社1993年版,第560页。

统宗法制社会下的大家族解体也是历史的必然。18 世纪末到 19 世纪初，是传统大家族解体的时期。随着生产力的逐步提高，传统的聚族而居的生活和生产方式逐渐变化，核心家庭成为社会主要生活和生产单位。（3）对旧家族形象的批判。旧家族和旧家庭在现代家族小说中始终是被批判的对象。因为它们本身是"传统"的典型，对他们的批判态度也是五四以来思想界的主流。

叙事程序（9）—（10）是家族振兴阶段。家族中的出走者的行动是作者开出的解决问题的药方。不过，在此类家族小说中，智者形象并不发达，这也意味着作家对未来道路的思考并不成熟和坚定。

比起鲁迅的悲观来，深受无政府主义思潮影响的巴金对未来抱有更大的希望。1921 年，巴金在《爱国主义与中国人到幸福的路》中，把政府、私产和宗教当作是必须要打倒的对象："政府是一种强权机关，是保障法律的"，"它只有杀害我们，掠夺我们的衣食住，又能侮辱我们，帮助资本家杀害贫民的"；"私产是掠夺的结果。财产本来是人类共有的，乃有一二强有力的人，用他们的强力同知识，把公有的财产据为己有，遂使一般较弱的人流离失所，又用金钱收买别人劳力，替他们生产，所生产的物品，劳动者却丝毫都不能用，他反享尽快乐"，"政府之所以能维持久远，都是有私产的缘故"；"宗教是束缚人群思想，阻碍人群进化的东西"，"一般耶教徒说：'上帝是万能的，上帝是真理、正直、善良、美好、势力、生机；人类是诈伪、不平、罪恶、丑陋、无能、死。上帝是主人，人类是奴隶。人类不能自己找公正和真理，永久的生机只可由神力暗示之'"。① 这些关于

---

① 巴金：《爱国主义与中国人到幸福的路》，《巴金全集》第 18 卷，人民文学出版社 1993 年版，第 16—17 页。

政府、私产和宗教的观点与无政府主义是一脉相传的。巴金认为,为了打破这样不合理的社会制度,应该着手社会革命。社会革命的主要职责是废除政治的统治与经济的不平等,分配之机关收归社会公有。生产、分配与交通乃是生存之基本,如果把这个权利从统治者手中夺去,统治者就会成了和你一样的人。因此社会革命之最基本最重要的职务便是在完成这个。在《从资本主义到安那其主义》中,巴金还详细叙述了社会革命的过程。① 巴金的这些主张并没有什么独创之处,只不过是蒲鲁东的工人要解放自己的主张和巴枯宁的以工人总罢工为社会斗争的主要方式的统一。

　　显然,巴金并不只执著于这些原理,他考虑的更多的是实际问题。他在 1927 年的《无政府主义与实际问题》中,认为"原理不是死板的","应该应用到实际问题上,由实际问题来证明它。假若原理不能解释实际问题时,我们也不妨修正它"。② 可能是对工团主义的有些主张有看法,巴金在《从资本主义到安那其主义》后,再没有写过工团主义的文章。这说明,巴金不再把工团主义当作解决问题的方法。但是,巴金并没有停止对"中国问题"的思考。1938 年,他在《国家主义者》中说,中国的抗战是为着抵抗日本帝国主义和法西斯主义的侵略而引起的,"中国的抗战是为着求自己的生存,谋自己的独立"。③ 巴金在抗战中写作了《火》,想要探讨人们要具有怎样的意识形态才

---

　　① 《从资本主义到安那其主义》1930 年 7 月在上海自由书店出版,署李芾甘著。不过,巴金在《序》中说,大部分观点是从柏克曼《安那其主义 ABC》中"抄袭"来的。《从资本主义到安那其主义·序》,《巴金全集》第 17 卷,人民文学出版社 1991 年版,第 6 页。

　　② 巴金:《无政府主义与实际问题》,《巴金全集》第 18 卷,第 112 页。

　　③ 巴金:《国家主义者》,《巴金全集》第 13 卷,人民文学出版社 1990 年版,第 240 页。

能达到理想社会的问题。40 年代，巴金与赖诒神甫进行了关于人生哲学问题的论战，他在《怎样做人及其他》里说，自有人类以来，人走的总是这样一条道路：把个人的命运联系在群体的命运上，将个人的希望寄托在群体的繁荣中，这是唯一生活的路。从哲学、从生物学、从人类学等观点看，道德是为帮助人类谋幸福、发达与繁荣而存在的。他引用法国地理学家邵可侣的一段话说："我从不曾让我的感情征服了我自己，只有那对于一个大的祖国内所有居民的尊重与同情的感情，才可以支配着我。我们的地球这么快地在空间旋转，好像大无穷中的一颗沙粒，难道在这个圆球上面，我们还值得花费时间来彼此相恨么？"① 巴金有火一样的激情，但是，他解决问题的方法在中国近于空谈。抗战爆发后，民族矛盾空前尖锐，家族内部的冲突就不是重要的了。

鲁迅在《狂人日记》中不仅指出了制度"吃人"，也反思了自己，认为自己也是"吃人"环链中的一节。如果说《家》是对前一种思想的延伸和扩展的话，《财主底儿女们》就是知识分子对自我的剖析和反省。胡风认为，《财主底儿女们》试图表现的是"以青年知识分子为辐射中心点的现代中国历史地动态"。② 蒋家三个儿子的生活道路是当时青年知识分子的选择的概括。蒋蔚祖是封建大家庭秩序的维护者，他是一个不觉悟的牺牲品。蒋少祖和蒋纯祖都曾经是封建大家庭的叛逆者，不过，到后来终于分道扬镳。蒋少祖是一个新的落伍者，他重新反思了自己的叛逆行为，并选择了回归，"他相信中国文化是综合的，富于精神性的，西洋文化是分析的，充满着平庸的功利观念的，他相信中国

---

① 巴金：《怎样做人及其他》，《巴金全集》第 18 卷，第 529 页。
② 胡风：《财主底儿女们·序》，人民文学出版社 1985 年版，第 1 页。

文化是理性的,西洋文化是感情的——他记得,在年轻的时日,这种文化激动过他底感情——他相信,除非理性时代的光临,人类将在人欲底海洋里惨遭灭顶"。因此,"他愿意和他底祖先们安宁地共处,相亲相爱"。① 蒋纯祖在从南京向武汉、重庆的流亡途中,看到了人民的苦难和互相残害的愚昧,同时,也与自身追求物质和情欲的堕落性搏战。"这个人物从社会层面上可以看作是在伟大的抗日民族解放斗争中仍未能与人民结合,没有找到光明出路的知识分子的典型;同时表达了作者于极度动乱的世界上对生命不可重复的深刻体验。"② 应该说,无论是蒋少祖的"找到了出路"和蒋纯祖的"没有找到出路",这种"深刻体验"才是知识分子在 20 世纪的永远记忆。

这个叙事模式的形成显示了现代思想界对待"传统"的简单态度。鲁迅的《狂人日记》具有忧郁深广的思想内涵,它对家族制度的揭露鞭辟入里,提出了"吃人"的重要命题,但是,后来的家族小说只是抓住了这一点,忽视了《狂人日记》中对待传统的复杂情感。比如,在小序中,弟弟最后"候补"某缺去了,实际上意味着反叛者最终对传统的皈依。而《家》等家族小说简单地把家族和传统视为"吃人",必然会出现对待家庭的矛盾心理。一方面,作者把家庭视为地狱,另一方面,却斩不断对家庭的温情。正是由于现代家族小说对"家"的认识较为一致和简单,所以往往可以不假思索地提出解决问题的办法——离家出走。在现代家族小说中,第一代人和第二代中的叛逆者的冲突是主要矛盾。究其实质,是家族专制与个性解放的冲突。这

---

① 路翎:《财主底儿女们》,人民文学出版社 1985 年版,第 1228 页。

② 钱理群、温儒敏、吴福辉:《中国现代文学三十年》,北京大学出版社 1998 年版,第 506 页。

个问题，并不仅仅发生在现代。应该说，这是中国从传统向现代转型的长期任务和矛盾。从离家出走者的境遇可以看出，无论出走者怎样挣扎，也无法摆脱"家"的阴影。这并不是一条可以解决"中国问题"的道路。这正是知识分子在启蒙运动后的心态反映。五四以降，知识分子寻找"中国道路"的愿望更加迫切，他们也坚信自己可以完成这一历史使命。

二　两个阶级的斗争：家族小说叙事模式之二

1949 年后，对家族命运的叙述又演变为一种新的模式。这类家族小说的叙事模式是：一个是无产阶级家族，第一代人饱受地主阶级的压迫，虽然有本领，但是无法发家；第二代接受了马克思主义，通过跟地主阶级家族的斗争，终于战胜了敌对家族，实现了振兴家族的愿望。而另一个地主阶级家族在无产阶级家族没有接受马克思主义之前，作威作福，但是，在无产阶级阶级家族接受马克思主义之后，最终难逃覆亡的命运。其叙事程序如下：

（1）第一代人威严，无特殊禀赋。
（2）有象征意味的预兆表现家族命运。
（3）第一代人发家失败。
（4）家族生存困难。
（5）入党、入团仪式。
（6）喜剧性征兆。
（7）第一代人去世。
（8）第二代决心复仇。
（9）第二代出走得到家族支持。

（10）第二代回归，取得胜利。

叙事程序（1）—（5）是家族的受压迫阶段。对于家族第一代来说，他们都有良好的素质和发家的愿望，但是由于被另一家族压迫，不能成功。这种叙事模式背后的"内容"是被规定的，因此，作家并没有多少发挥的余地。叙事程序（1）—（5）是"叙事模式一"的主要内容，在"叙事模式二"中却被简单一笔带过。《红旗谱》中，朱老巩的反抗和失败仅仅是一个引子，朱老忠在党的领导和帮助下走上革命道路才是作者题中的应有之义。当然，这与意识形态的要求分不开。毛泽东在批判《武训传》时说："我们的作者们也不去研究自从一八四〇年鸦片战争以来的一百多年中，中国发生了一些什么向着旧的社会及其上层建筑（政治、文化等等）作斗争的社会经济形态，新的阶级力量，新的人物和新的思想。"[1] 因此，"新的"内容就成为作家关注的重点，家族小说的叙事程序虽然没有变化，但是，给予各个程序的重视程度却完全颠倒了过来。

这种叙事模式形成的原因是：（1）受意识形态对近代以来历史阐释的制约。毛泽东认为，近代以来中国陷入了半封建、半殖民地社会；孙中山领导的辛亥革命是不彻底的资产阶级革命；只有共产党才能救中国。这种叙述历史的框架是不容置疑的，文学家也自觉地把阐释这个框架作为自己的任务。柳青在谈到《创业史》的写作目的时说："《创业史》这部小说向读者回答的是：中国农村为什么会发生社会主义革命和这次革命是怎样进行

---

① 毛泽东：《应当重视电影〈武训传〉的讨论》，《人民日报》1951 年 5 月 20 日。

的。"① 明显是对意识形态叙事的图解。（2）阶级斗争观念支配了小说中人物的设置。梁斌说："我写这部书，一开始就明确主题思想是阶级斗争。"② 在阶级身份代表人物性格的背景下，同一家庭中成员之间的冲突被忽视，不同阶级的家族的冲突上升为主要矛盾，家族小说从叙述一家的兴衰转变为叙述两家的兴衰。

这种叙事模式完全限制了作家的自由思考。现在指责当时的作家放弃自己的人格和操守去俯就意识形态话语固然正确，但没有多少意义。有论者在谈到对"革命文学"的研究态度时指出应该避免将"复杂历史现象的研究简单化"。"避免简单化的关键之一是去发掘潜伏在文艺为工农兵服务的政治口号之下的不同话语，不同文化传统之间的摩擦、互动，乃至相互渗透的历史。"③ 从这样的角度出发，才可以更多地对"文化大革命"时期的作家给予"同情地理解"。

叙事程序（6）—（8）是家族抗争阶段。与"叙事模式一"不同，此时的家族并不是中国整体的象征，而是阶级的代表。那么如何描述两个阶级间的斗争呢？家族小说借鉴了民间视角。有论者指出，"从民间文化的视角来表现现代革命战争，也是当时的战争小说家对战争文化审美模式的一种新的探索"，虽然作品中的"艺术结构、道德观念和审美模式含有传统封建意识的因素"，但是也渗透着"劳动人民"的"文化心理积淀"。④ "民间文化"是一个歧义颇多的概念，本书在这里是指传统文化

① 柳青：《提出几个问题来讨论》，《延河》1963 年第 8 期。
② 梁斌：《漫谈〈红旗谱〉的创作》，《人民文学》1959 年第 6 期。
③ 孟悦：《〈白毛女〉演变的启示》，收入王晓明编《中国现代文学史论》，东方图书中心 1997 年版，第 203 页。
④ 陈思和、李平编：《中国当代文学》，中国广播电视大学出版社 2000 年版，第 61 页。

中与"士大夫"文化相对的，表现下层阶级情绪、为下层阶级熟悉的艺术内容和形式。其中"复仇"是民间文化的主题之一。"十七年"的家族小说中，就包含着这样一个隐形结构。两个阶级的矛盾，首先体现在家族压迫和仇杀上。出于复仇意识，家族中的第二代起而抗争，寻找出路。这既契合书写阶级斗争的要求，又满足了文艺大众化的要求，因此，"复仇情结"就是家族小说中不可缺少的情节推动因素。

叙事程序（9）—（10）是家族走向胜利的阶段。由于党的领导，家族复仇和阶级复仇的任务同时实现。"叙事模式一"中的出走者往往是不回家的，因为他们的出走本身已经完成了自己的使命。但是，"叙事模式二"中的出走者一定要回来，他们只有回来后，才能把掌握的真理贯彻起来，最终在真理的指导下取得胜利。

家族小说的"叙事模式二"试图以"新人"形象来代表百年以来国人苦苦寻求的道路，但是，情况并不如此简单。由于对"对立、冲突和斗争"的阶级斗争哲学的信仰，"新人"往往忽视了日常世俗生活。这个对比甚至出现在两个恋人之间。《红旗谱》中，春兰对今后生活的设想是：

> 黎明的时候，两人早早起来，趁着凉爽，听着树上鸟叫，弯下腰割麦子……在小门前点上瓜，搭个小窝铺，看瓜园……她也想过，当他们生下第一个娃子的时候，两位老母亲和两位老父亲，一定很高兴……①

而她的恋人运涛则想：

---

① 梁斌：《红旗谱》，中国青年出版社 1959 年版，第 157—158 页。

运涛也有无限的希望：他倒不想和春兰的事……他想革命成功了，一家人……不再受人欺侮。在他的思想上，认为那些贪官污吏、土豪劣绅们都该杀头……也想到，像贾湘农说的，工人、农民掌握了政权。那他，也许在村公所里走来走去，在区里、县上做起工作来，他想，那时就要出现"一片光明"……①

在这里，春兰和运涛对未来的设想完全属于两个话语系统。一旦革命话语"深入生活"，两者无法对话的矛盾就会显现出来。最突出的表征就是，操着这一套话语的"新人"已经完全被排斥在了生活之外。严家炎在一篇文章中批评了塑造新人物过程中的问题："新英雄人物的塑造可以提高和需要提高，这自然并不是说提高可以无规律地随意进行。主观任意、随心所欲的'提高'，是会破坏艺术的规律，招致创作的失败的。"②

三 "家族精神"的变迁：家族小说叙事模式之三

80年代中期以后，家族小说的叙事模式又发生了新的转变，出现了《红高粱》、《纪实与虚构》、《一九三四年的逃亡》等作品。这类家族小说的叙事模式是：以家族后代的视角追溯家族故事，后代的叙述和家族故事同时进行。这个时期的家族故事意在对既成的家族叙事模式进行颠覆。这类家族小说出现的原因是：

① 梁斌：《红旗谱》，中国青年出版社1959年版，第158页。
② 严家炎：《梁生宝形象和新英雄人物创造问题》，《文学评论》1964年第4期；另见洪子诚编《二十世纪中国小说理论资料》（五），北京大学出版社1997年版，第492页。

（1）对以往历史观的重新思考。80年代中期以后，随着改革开放的进程，思想领域的坚冰也开始渐渐消融。思想界开始重新思考20世纪的中国道路的得失。（2）对家族生存状态的关注。这一时期的家族小说不再考虑意识形态的影响，而是从人性的角度，关注家族成员伴随家族命运的沉浮遭际。这类家族小说的意义在于，它从人性的角度对以往从阶级角度提出的对20世纪的阐释进行了质疑。在这类家族小说中，出现了一个叙事者的形象。以往的家族小说，这个叙事人是隐藏在故事后面的，以便增强家族史的真实性。叙事人的出现使家族史也变成了一种叙事游戏。这类家族小说是过渡性的，很快，就出现了以《白鹿原》、《旧址》、《第二十幕》为代表的家族小说又一高峰。

90年代，家族小说的生产出现了一个高潮。这个时期家族小说的叙事模式为：家族中有一种文化传统，这个传统在现代、当代都受到了考验。其叙事程序如下：

（1）第一代人天赋异秉。

（2）有怪异征兆出现。

（3）第一代人发家成功。

（4）家族繁盛。

（5）历史年代与个人命运互动。

（6）出现异兆。

（7）重要的人物去世。

（8）第二代的选择。

（9）第二代出走。

（10）第二代的结局。

叙事程序（1）—（5）是家族兴起阶段。在"叙事模式三"中，没有明显的家族从强盛走向衰落的轨迹。这类小说关注的是代表家族精神的某种文化。《红高粱》中，作者盛赞了祖先的蓬勃强悍的生命力，为这种生命力在今天的缺失而招魂。虽然莫言的灵感来自寻根思潮，但是，他对传统文化中强劲有为的一面的展现确实令人耳目一新。《古船》中也着重写了"老隋家"的精神。这种精神可以用父亲给隋抱朴写的"毋意、毋必、毋固、毋我"来概括。《穆斯林的葬礼》写了梁亦清、韩子奇、韩新月三代人在宗教召唤下与命运的抗争。《第二十幕》写了尚家四代人为光大"霸王绸"而做的不懈努力。从中可以看出，"叙事模式三"并没有把家族的兴衰寄于封建大家庭的崩溃，而是着意探讨家族精神在 20 世纪风浪中的浮沉。家族中的传统象征着中国文化的精神。作家跳出了以往家族小说的窠臼，从传统文化精神的角度去看 20 世纪中国历史。

在此不能不提到海外新儒家思潮的影响。海外新儒家在 90 年代风行一时，他们对传统文化的看法令人颇受鼓舞。海外新儒家针对"中国问题"的基本想法是"开新必须返本"，注重从传统中挖掘新的内容以适应现实需要。其鼻祖梁漱溟认为传统是"老根子"：

> 老根子不能要，老根子又不能不要。中国老根子里所蕴藏的力量很深厚，从此一定可以发出新芽来。①

贺麟的观点与梁漱溟如出一辙："从旧礼教的破瓦颓垣里，去寻找不可毁灭的永恒的基石。在这基础上，重新建立起新人生、新

---

① 梁漱溟：《精神陶炼要旨》，《梁漱溟教育文集》，江苏教育出版社 1995 年版，第 162—164 页。

社会的行为规范和准则。"① 他还认为,"民族复兴本质上应该是民族文化的复兴。"这个思路比较容易让人接受,但是这个"永恒的基石"是什么呢?这正是许多家族小说都曾经关注过的问题。

受加西亚·马尔克斯《百年孤独》的影响,"叙事模式三"制造了很多非现实色彩的细节。《白鹿原》中白鹿精灵不断出现,使白鹿原笼罩在神秘的氤氲中。《古船》则善于使用反常的事件。在洼狸镇码头干废的时候,老庙被巨雷击中,着起火来。在承包制开始的时候,这片古老的土地抖动起来,发生了地震,把全镇人都从沉睡中摇醒,"接着就是沉闷的一声钝响,镇城墙塌下了一个城垛"。类似的"先兆"在"叙事模式三"中不断出现,这意味着对家族命运的解释的呈现多元化倾向。

叙事程序(6)—(8)是写家族命运的波动。家族命运波动的原因是什么?相对于"叙事模式一"和"叙事模式二"对必然性的强调,"叙事模式三"更注重其中的偶然性。在《旧址》中,李氏家族的厄运似乎是它的命定,陈旧落后的手工业生产方式竞争不过近代机器生产。然而,它总能在失败无可挽回的情景下起死回生,起作用的并不是"历史规律",而是某些偶然因素。第一次危机中,九思堂费时多年的通海井在李乃敬走投无路之时骤然被锉通,李氏家族转危为安。第二次危机中,供职30年的九思堂老师爷赵朴庵,有感于自己不能帮助李氏家族,自裁谢罪,结果激起银城盐业界群起支持李家,又逃过了一劫。一个偶然的事件就可以改变历史的进程,这是对历史决定论的反拨和否定。

---

① 贺麟:《五伦观念的新探讨》,《文化与人生》,商务印书馆1988年版,第62页。

叙事程序（9）—（10）是家族中第二代人的结局。与"叙事模式一"和"叙事模式二"不同，"叙事模式三"中的第二代的结局更为多变。在"叙事模式一"中，第二代除了在家做牺牲品，就是离家出走，到广阔的社会生活中寻找出路。其中，觉新、瑞宣、蒋蔚祖代表着第一条道路，而觉慧、瑞全、蒋纯祖走的是第二条道路。在"叙事模式二"中，第二代仅有找到党和真理，回来"革命"一条选择。江涛、运涛、梁生宝就是这条道路的代表。在"叙事模式三"中，设计了许多"此路不通"的道路。仅从《白鹿原》看，黑娃、白灵、兆鹏、兆海、孝文的人生经历表明，他们的道路都被某些"偶然"的因素改变了。

从第二代人的结局中，透露出作家悲天悯人的情怀。在书写第二代人的结局时，作家并不注重他们与代表的"道路"的关系。这是对以前家族小说注重"指出出路"的说教方式的反拨。也就是说，作家关注的不是这场家族比拼中的胜利者，而是从更高的视角出发，认为在历史中，没有人能够真正获胜。李锐把自己写作《旧址》当成是同"祖先"和"亲人"的"对话"："我没有想到当这场对话结束的时候，剩下的只有我自己"，"小说结尾的时候我一直沉浸在寒冬之中，真冷，是那样一种心脾寒彻的冰冷……看着我的人物一个个的在笔下死去，看着我惨淡的故事在冬天的寒风中结束，难禁的悲哀深深地浸泡在时间的冷水之中……"①"祖先"和"亲人"的命运引发的苍凉感在"叙事模式三"中是常见的。

这为解决"中国问题"提供了一个广阔的平台。这个时期的作家已经不再简单地看待 20 世纪以来的中国历史。正如陈忠

---

① 李锐：《旧址·后记》，上海文艺出版社 1993 年版，第 246 页。

实所说:

> 当我第一次系统审视近一个世纪以来这块土地上发生的
> 一系列重大事件时,又促进了起初的那种思索进一步深化而
> 且渐入理性境界,甚至连"反右"、"文化大革命"都不觉
> 得是某一个人的偶然的判断的失误或是失误的举措了。所有
> 的悲剧的发生都不是偶然的,都是这个民族从衰败走向复兴
> 复壮过程中的必然。这是一个生活演变的过程,也是历史演
> 变的过程。我不过是竭尽截止到 1987 年的全部艺术体验和
> 艺术能力来展示我上述的关于这个民族生存、历史和人的这
> 种生命体验的。①

陈忠实在这里特意强调了一个"1987"的时间段,显示了他对
待这个"生命体验"的审慎态度。这里还包含着这样一个判断,
随着时间的演进,他对这个问题的看法也许还会变化。

离开 20 世纪已经越来越远,但是,20 世纪在中国历史上的
重要性却越来越明显。可见,对 20 世纪历史的思索还必将深入
下去。

---

① 陈忠实:《〈白鹿原〉创作漫谈》,《当代作家评论》1993 年第 4 期。

第 三 章

小叙事:家族小说抽样分析

第一节 《狂人日记》:与写作
"初衷"的一次错位

  把《狂人日记》作为"家族小说"来讨论,可能会招致一些非议,因为名震20世纪中国文学史的《狂人日记》的内涵已经远远超越了鲁迅写作的初衷,但是,我们从"家族小说"角度来解读,也还是可以获得另外的"发现",而这一工作以前一直未有人认真做过。这种解读从一定程度可以说是"还原",因为鲁迅想解决的问题并不是如后世分析得那样"深广"。由于种种原因,鲁迅的《狂人日记》不像其他"家族小说"动辄是几十万字的鸿篇巨制,但是却能够"以少胜多",直接面对中国家族文化的本质,《狂人日记》达到的高度,至今很难被超越。如果在讨论"家族小说"时忽略鲁迅,不仅是损失一篇文章,而是损失了承前启后的转捩点,以至于现代家族小说传统将失去关键的一环。

一　写作"初衷"

"石破天惊",除此之外不能有其他词更确切说明《狂人日记》的意义,这篇于 1918 年发表在《新青年》第 4 卷第 5 号上的小说是中国现代第一篇白话小说,被公认为是新旧文学的分水岭。与鲁迅同时代的张定璜早在 20 年代就指出,鲁迅是"新文学的第一个开拓者,事实是在一切意义上他是文学革命后我们所得到的第一个作家。是他在中国文学史上用实力给我们划了一个新时代"。通过与早《狂人日记》四年发表的《双枰记》的比较,他认为,它们表现了"两种的语言,两样的感情,两种不同的世界!"接着,他说道:"读了它们我们再读《狂人日记》时,我们就譬如从薄暗的古庙的灯明底下骤然间走到夏日的炎光里来,我们由中世纪跨进了现代。"① 张氏在文学批评史上无甚名气,但是他对《狂人日记》的判断和推崇显示了他的独到眼力,的确不同"凡响"。

《狂人日记》以耀眼的光辉登上文坛,其意义也是多方面的,但是,鲁迅在动笔写它时,却没有这样高的期望值。鲁迅曾经谈论过他写《狂人日记》的"初衷",与后来研究者给予它的赞誉并不吻合,这正验证了"作家没有对自己作品的最终解释权"这一文学理论。在《中国新文学大系·小说二集序》中,鲁迅说《狂人日记》"意在暴露家族制度和礼教的弊害"。② 鲁迅的说法是可信的,但是多少有些出乎预料,因此很多研究者对

① 张定璜:《鲁迅先生》,《鲁迅论》,北新书局 1930 年版。转引自朱寿桐编《中国现代主义文学史论》,江苏教育出版社 1998 年版,第 224 页。
② 鲁迅:《中国新文学大系·小说二集序》,《鲁迅全集》第 6 卷,人民文学出版社 1981 年版,第 239 页。

此视而不见。鲁迅在构思小说的时候，是把《狂人日记》放在对"家族制度"的批判的背景下思考的。一个有趣的问题是，不论是在当时还是以后，从这个角度阐释《狂人日记》的研究作品极少。原因是，《狂人日记》承载的"意义"要远大于作者起初的想象，以至于作者原先的创作动机竟被忽略了。

本书讨论的是"家族小说"，因此将《狂人日记》作为重要作品分析，当然是在"家族小说"的框架体系内。那么，为何本书把《狂人日记》作为现代家族小说的滥觞呢？这并非牵强附会，理由如下：其一，《狂人日记》从"家族史"的角度描写了中国历史的"本质"。小说把故事放在由母亲、哥哥、小妹和"我"组成的典型的中国传统家庭中，其中，妹妹已经被"吃"掉了，"我"正处在被"吃"的边缘。作者的结论是，中国历史的本质就是"吃人"："凡事总须研究，才会明白。古来时常吃人，我也还记得，可是不甚清楚。我翻开历史一查，这历史没有年代，歪歪斜斜的每叶上都写着'仁义道德'几个字。我横竖睡不着，仔细看了半夜，才从字缝里看出字来，满本都写着两个字是'吃人'！"这一段的引用率相当高，原因之一，恐怕就是对中国"历史"入木三分的总结。反观以前的对"家族史"描写的小说，如《金瓶梅》、《红楼梦》等，其历史观多是"报应"、"宿命"或"人生无常"之类，是针对人生泛泛而言的，并没有明确的对"中国"历史的看法。① 五四时期的鲁迅一代人，才可以说真正了解了一些西方，也具有了更广阔的视野，在对中西文化全面衡量的基础上考虑"中国"。其二，《狂人日记》提出了"问题"。在小说的结尾，鲁迅借狂人之口，指出了解决

---

① 参阅刘卫东《〈金瓶梅〉〈红楼梦〉与现代"家族小说"叙事模式的关联》，收入章培恒等主编《中国文学古今演变研究·论集二编》，上海古籍出版社2005年版。

问题的出路在于挽救"孩子":"没有吃过人的孩子,或者还有?救救孩子……"这样的哀鸣出自鲁迅决非偶然。鲁迅早期就形成了"立人"思想,希望通过对"国民性"的改造来解决中国社会问题,"救救孩子"是他对"启蒙"失败后自己思想的救赎,也是他的思想在五四时期的必然发展。鲁迅早年留日期间追求的是"人的超越性",推崇卡莱尔、尼采、拜伦、易卜生、雪莱等"无不函刚健抗拒破坏挑战之声的"的"摩罗诗人",① 回国经历了十年的思考,他终于在《狂人日记》中承认了理想主义的失败,把希望暂且寄托在"孩子"身上——从字面的表述也可看出怀疑和犹豫,但是这毕竟是一种希望。虽然鲁迅一直不愿意承认自己有希望,但他能够参加新文化运动,就是仍存在希望的表现,至于为什么不肯承认,可能是怕经受不住失望的打击吧。

《狂人日记》是一篇寓言性很强的作品,鲁迅借助了家族史的形式,巧妙地把自己的思想通过"狂人"的"狂话"表现了出来,表达了鲁迅对"中国问题"的思考。中国哲学自近代以来有一个转型,关注的问题从"天下"到了"国家","坚船利炮"的威力促使天朝大国心态轰然瓦解。梁启超反复撰文批评中国人没有民族国家意识,所以"中国"没有凝聚力,"中国人"如一盘散沙,当然,他也是在同西方对比的意义上谈这个问题的。不过,中国哲学在近代以前,确实不考虑国家问题,在他们眼中,其他国家都是没有进化的"蛮夷",不值得与我"天朝"相提并论。也不能说此前描写家族生活的小说没有提出"问题",如《红楼梦》的"谁解其中味"的"味"就是一个问

---

① 鲁迅:《摩罗诗力说》,《鲁迅全集》第 1 卷,人民文学出版社 1981 年版,第 73 页。

题，但是，那样的问题的"本质"是和人生命运的变化有关，是"人的问题"，而鲁迅在《狂人日记》中提出的问题是把人生命运变化放在"中国"的层面思考的，是"中国人的问题"。因此，从这个意义上说，现代家族小说始于鲁迅的《狂人日记》。有人这样评价鲁迅对现代文学的影响："几乎所有的中国现代作家都是在鲁迅开创的基础上，发展了不同方面的文学风格体式，这构成了中国现代文学的一个独特现象。"① 这段话也适用于鲁迅的《狂人日记》对现代"家族小说"的奠基作用，尤其是"吃人"主题，是现代文学史上家族小说的必备内容。

《狂人日记》并不是一篇标准的家族小说，如果非要在概念上较真，就是混淆了文学研究和科学研究的不同之处。与其他家族小说不同，《狂人日记》的寓言性强，写实色彩较弱，篇幅也不长，但是，它却为家族小说建立了一个相当高的起点。综观家族小说史就可以发现，《狂人日记》是极其独特的，不可摹仿的，是鲁迅天才般的创造。为什么把这样一个不"标准"的家族小说看作是家族小说的巅峰？并不是本书故作惊人之语，而是根据实际状况做出的结论。当时文学运动的发展状况和鲁迅的才情都无法使鲁迅用一个较大的篇幅来展示他对"中国问题"的思考，所以，当时不可能出现后来"激流三部曲"这样的鸿篇巨制。在当时，对这个问题更为直接的表现的方式是论文，但是，由于文学特殊的"形象大于思想"的特点，可能在提供真实细节的情况下比理论更生动、鲜活。显然，《狂人日记》做到了这一点。

鲁迅在 1918 年 8 月 20 日给许寿裳的一封信中，谈到了写作

---

① 钱理群、温儒敏、吴福辉：《中国现代文学三十年》，北京大学出版社 1998 年版，第 37 页。

《狂人日记》的思想动机："偶阅通鉴，乃悟中国人尚是食人民族，因此成篇。此种发现，关系亦甚大，而知者尚寥寥也。"①中国文化一贯推崇礼义，但是鲁迅发现了它残忍的一面，这是鲁迅目光的"毒辣"之处。检点《烈女传》等古书可以发现，封建文化以道德为幌子，怂恿人们为之牺牲，其实从人性的角度看毫无必要，但是这样的情况却绵延了很久。鲁迅读这些书时，从人的生命立场出发，坚决反对"杀人"的道德，这也是启蒙思想的题中应有之义。为什么鲁迅要说他的发现关系甚大呢？这同鲁迅当时思考的问题有关。他把整个社会比作"安排这人肉的筵宴的厨房"。② 这样的发现，并非惊世骇俗，因为对中国传统文化的弊端，对传统文化戕害人性的事实的论述，在当时可谓比比皆是。如果要表现这一点的话，鲁迅完全可以选择做一篇论文，但是，他却选择了用小说的手段。至于为什么要选择这样一个寓言性极强的小说文体，那就更显鲁迅运思的高明。他使自己的思想深藏于小说之内，焕发出长久的艺术魅力。1923 年，茅盾就给予《狂人日记》这样的赞誉："那时我对于这古怪的《狂人日记》产生了怎样的感想呢？现在已经不大记得了；大概当时亦未必发生了如何明确的印象，只觉得受着一种愉快的刺戟，犹如久处黑暗的人们骤然看见了绚丽的阳光。这奇文中冷隽的句子，挺峭的文调，对照着那半蓄半吐的意义，和淡淡的象征主义的色彩，便构成了异样的风格，使人一看就感着不可言喻的悲哀的愉快。"③茅盾的感觉是敏锐的，他抓住了《狂人日记》"异

---

① 鲁迅：《鲁迅书信集》，见严家炎编《二十世纪小说理论资料》第二卷，北京大学出版社 1997 年版，第 58 页。

② 鲁迅：《灯下漫笔》，《鲁迅全集》第 1 卷，人民文学出版社 1981 年版，第 216 页。

③ 茅盾：《读〈呐喊〉》，《时事新报·学灯》1923 年 10 月 8 日。

样的风格",这正是鲁迅把自己对"中国问题"的思考放在了这样一篇4000余字的寓言体小说中的缘故。对于《狂人日记》，鲁迅自己也有评价，那就是"比果戈里的忧郁深广，也不如尼采的超人的渺茫"。①鲁迅毫不谦虚，而这也正说明了他对"中国问题"的执著关注。

二 "大恐惧"

从开篇起，《狂人日记》中就贯穿着一种无所不在但又无影无踪的恐惧，如同飘忽不定的鬼魅，把人逼迫得无法呼吸，正如无数研究者已经指出的，这是极具"现代"感的体验。鲁迅在小说中将其解释为"强迫症"，显然是他基于医学知识进行的概括，仅仅是为了"合理"地说明"狂人"的行动，并不代表作者真的认同这个结论，当然，也没有读者从医学角度去看待"狂人"。这是读者与作者之间的一个惊人的默契。"狂人"怀疑自己即将被"吃"，继而对周围的一切事物都产生了幻觉，于是"群狼环伺"的场面就发生了。"狂人"的怕被"吃"，正是"礼教吃人"的活生生的现实版本，而且，更可怕的不是被"吃"，而是一幅"互吃"的图景。本来是一个"吃人"的筵宴，但是却被重重"道德"包裹，没有人能够看破，否则，便被视为有病的"狂人"，正如小说中所说"你说便是你错"，这个逻辑是《狂人日记》的高妙之处。在"新文化"对传统文化的批判声浪中，《狂人日记》不是言辞最激烈的，但是却用政论文章无法企及的笔力，用寓言的形式直抵问题根部。

---

① 鲁迅：《中国新文学大系·小说二集序》，《鲁迅全集》第6卷，人民文学出版社1981年版，第239页。

新文化运动明确的"假想敌"是中国封建传统文化，它们无疑是西方人文主义思潮的对立物，新文化倡导者们相信，毫不犹豫地抛弃它们是中国走出困境的唯一出路。实际上，这是"急病乱投医"，也是无奈中的选择，因为其他的方法都已经被现实宣布为"此路不通"。在洋务运动和戊戌变法失败后，思想界逐步意识到中国"人"的问题比其他问题更为要紧，或者说，这是一条还没有试验过的"革命"之路。

新文化运动兴起之后，以陈独秀为代表的激进民主主义者把矛头直指"孔孟之道"。他们认为，儒家思想所宣扬的封建等级制度同资产阶级的民主政治的及自由、平等、独立的精神是不能相容的，也是人们没有独立人格的主要原因。中国思想界的革命，是由熟悉西方的学者发起的，也是以西方为参照的，这是他们全然否定中国传统的重要原因。他们认为，在中国欲求人权、平等，当然必须要废除掉孔孟之道，"三纲之本义，阶级制度是也。所谓名教，所谓礼教，皆以拥护此别尊卑、明贵贱制度也"，"吾人果欲于政治上采用共和宪制，复欲于伦理上保守纲常阶级制，以收新旧调和之效，自家冲撞，此绝对不可能之事。盖共和立宪制，以独立自由平等为原则，与纲常阶级制为绝对不可相容之物，存其一必废其一"。① 应该说，儒家思想是一种非常驳杂庞大的意识形态，其中确实包含着封建等级制度因素，但是把其归为独立平等自由原则的对立物，也并非妥帖。② 不过，

---

① 陈独秀：《吾人最后之觉悟》，《独秀文存》，安徽人民出版社1987年版，第41页。

② 在对五四的反思中，有人就提到这一点。余英时认为五四在反传统方面过于"激进"，没有"加以冷静的研究"，"缺乏科学精神"，所以不能"推陈出新"。参见余英时《中国近代思想史上的激进和保守》，李世涛编：《知识分子立场——激进与保守之间的动荡》，时代文艺出版社2000年版，第27页。

也应该理解，新文化主将们如此决绝的态度也非本意，而是一种吸引听众的策略，其实他们在生活中大多都是旧道德的模范。既然儒家学说是封建专制的精神支柱，那就必须打倒。李大钊认为，孔子的偶像是"专制政治之灵魂"，陈独秀认为儒家学说是"制造专制帝王之根本恶因"。在新文化运动倡导者看来，儒家文化问题多多，必须清理。

儒家思想是"无物之阵"，而新文化主将把攻击点定在了"家族制度"，这一选择颇具战略性和操作性。1917 年，吴虞在《新青年》上发表了《家族制度为专制主义之根据论》，明确指出："盖孝之范围，无所不包，家族制度与专制政治，遂胶固而不可以分析。"[1] 家族制度因此成为新文化运动批判的靶子。作为新文化运动的主将之一，鲁迅也对家族制度进行了猛烈的抨击。在《我之节烈观》中，鲁迅对男尊女卑、"妇者服也"、"饿死事小，失节事大"、男子可以多妻、妇女必须守节等一类"畸形道德"进行了尖锐的揭露和抨击。值得注意的是，鲁迅在此已经流露出"道德杀人"这一思想。他指出，所谓"节烈"，事实上是一种"无主名无意识的杀人团"，使许多妇女"不幸上了历史和数目是无意识的圈套，做了无主名的牺牲"，"这一无主名无意识的杀人团里，古来不晓得死了多少人物"。[2]《狂人日记》中的妹妹已经死去，她的肉也被"哥哥"、"母亲"和"我"吃掉了，为什么正值青春年华的妹妹会死，小说中虽然没有交代，但是上述引文已经是绝佳注脚了。

在《我们现在怎样做父亲》中，鲁迅从进化论的角度指出

---

① 吴虞：《家族制度为专制主义之根据》，《新青年》1917 年 2 月第 2 卷第 6 号。

② 鲁迅：《我之节烈观》，《鲁迅全集》第 1 卷，人民文学出版社 1981 年版，第 124 页。

了家族制度对年轻一代的压抑:"生命何以必须继续呢?就是因为要发展,要进化……所以后起的生命,总比以前的更有意义,更近完全,因此也更有价值,更可宝贵;前起的生命,应该牺牲于他。但可惜的是中国的旧见解,又恰恰与这道理完全相反。"①认为青年胜过老年,这是鲁迅早期的进化论观点,后期的他已经不再坚持这种看法,但是从中不难看到,鲁迅反对压制青年的生命活力。

虽然鲁迅也对家族制度进行了攻击,但是,应该指出的是,鲁迅与其他五四时期的思想家还是有区别,那就是鲁迅对待传统文化的独特态度。正如他在论及"国粹"时所说:"保存我们,的确是第一义。只要问他有无保存我们的力量,不管他是否国粹。"②面对西方咄咄逼人的文化挑战,"传统"是否可以从容应对,是它能否获得信任的主要因素,但是在西方的"民主"、"科学"面前,传统一败涂地。传统已经在竞争中失利,无力保护中国,无疑使中国人陷入一种"大恐惧"之中,至少对于鲁迅来说是这样。对于鲁迅来说,反对传统文化基于强烈的危机感,是与近代以来的"中国问题"一脉相承的:

> 现在许多人有大恐惧;我也有大恐惧。许多人所怕的,是"中国人"这名目要消灭;我所怕的,是中国人要从"世界人"中挤出。③

---

① 鲁迅:《现在我们怎样做父亲》,《鲁迅全集》第 1 卷,人民文学出版社 1981 年版,第 129—130 页。

② 鲁迅:《随感录·三十五》,《鲁迅全集》第 1 卷,人民文学出版社 1981 年版,第 306 页。

③ 同上书,第 307 页。

《狂人日记》中的"狂人"一直生活在恐惧之中,他忧虑自己被"吃","健康的人"也许认为他不过是杞人忧天,但殊不知,整个"家族"毁灭的命运正等在不远的前方。

在中国传统文化当中,鲁迅找不到解决问题的工具,实际上,近代思想已经形成了一个传统,那就是:中国问题解决的方案肯定不在中国传统文化中。魏源所说"师夷长技"的主张的核心就是向西方学习,至于"体用"之分,只不过是为了听起来让国人容易接受些罢了。鲁迅不能不受到这种观点的影响,"别求新声于异邦",他"正因为绝望于孔夫子和他的之徒",所以到日本"去寻找别样的东西",显然,鲁迅是因为对传统文化绝望才去寻找西方的价值理想的。但是,结果如何呢?鲁迅认为救国先要"立人",拯救国民性。他试图以"超人"和"精神界之战士"为榜样去实现自己的理想,但遭到了失败。用他自己的话说:"我感到未尝经验的无聊","叫喊于生人之中,而生人并无反应,既非赞同,也不反对,如置身毫无边际的荒原,无可措手的了","这经验使我反省,看见自己了:就是我决不是一个振臂一呼应者云集的英雄。"① 鲁迅写《狂人日记》,参加新文化运动的时候已经过了激情燃烧的年龄,对新文化的前途也不抱多大希望,因为此前他曾经努力过,均告失败,已经绝望地把中国看作"铁屋子"了。但是,他还是"听将令",不愿意相信自己的判断,新文化运动使鲁迅成为划时代的精神偶像,实在是阴差阳错。写《狂人日记》时,鲁迅的心态可谓"寂寞",对自己"解决"问题似乎不抱希望了,但是中国问题时刻萦绕在他脑海里。

---

① 鲁迅:《呐喊·自序》,《鲁迅全集》第1卷,人民文学出版社1981年版,第417页。

鲁迅在《狂人日记》中对中国家族制度的批判,源于民族危机,或者说,是他对民族危机做出的本能的反应,这也是中国现代家族小说的独特之处。在近代思想史中,这是一次解决"中国问题"的尝试,鲁迅及许多与他同时代的人都考虑过这一问题。至于家族制度是否如他们夸张得那么黑暗,或者是否可以被人为的力量瓦解,还是需要讨论的新课题,而后来的家族小说,也责无旁贷地涉及了这些问题。新文化运动落潮后,随着民族矛盾的加剧,"救亡"压倒了"启蒙",使上述问题的提出和解决更为迫切。在 1949 年之前,众多的方案随着政治局势的变化和作者的理解不断变化,但是都不脱离家族向何处去的题旨。因此,现代家族小说的主题实际是以"家族叙事"为主线探讨"民族"问题。换言之,以家族的命运来写民族的命运就是现代作家的必然选择,《狂人日记》后的《家》、《财主底儿女们》、《前夕》、《四世同堂》等小说无不是如此思路。

三 删掉"小序"会如何

如果想要知道《狂人日记》小序的重要性,可以尝试删掉它,而一旦这样做,就会发现没有小序的《狂人日记》简直就像是没有灵魂的干尸,小序具有激活整个小说生命的功能。在小序中,被视为"狂人"的"弟弟"已经"痊愈","赴某地候补矣",标志着弟弟对以往行径的忏悔,不过,这是建立在对"哥哥"的转述信任的基础上,如果不是这样,还可以怀疑下落不明的弟弟是否真的"被吃"了。"痊愈"而"失踪"的弟弟如同一个没有答案的谜语,让试图猜谜的读者无所适从。"狂人"是不是真的"狂"是《狂人日记》研究史上经典的问题,笔者也认同"狂人"是"反封建斗士"这一结论,但是,这个"斗士"为什么不但停止战斗，还向自己的敌人妥协投降了？鲁迅的这个安排不是出自叙述学上的考虑，因为这个弟弟完全可以在家并与我交谈，可以说，这是他自己的思考不自觉的外化。

鲁迅在《呐喊·自序》中提出过一个著名的"铁屋子"比喻，历来也是鲁迅研究史中被重点注意的问题。他说："假如一间铁屋子，是绝无窗户而万难破毁的，里面有许多熟睡的人们，不久都要闷死了，然而是从昏睡入死灭，并不感到就死的悲哀。现在你大嚷起来，惊起了较为清醒的几个人，使这不幸的少数者来受无可挽救是临终的苦楚，你倒以为对得起他们么？"这是鲁迅的真实想法，他已经对中国未来绝望，并且不主张有所行动了。但是，友人认为，若是大家醒来，就有毁坏铁屋子的希望，这从逻辑上一点问题也没有，鲁迅因此被说服了："我虽然自信有我的确信，然而说到希望，却是不能抹杀的，因为希望在于将来，决不能以我之必无的证明，来折服了他之所谓可有，于是我终于答应他也做文章了，这便是最初的一篇《狂人日记》。"鲁迅所述情形，并无多少夸张，基本上是实际状况，后来其他当事人的回忆也说明实情也大抵如他所述。但是，鲁迅并没有真的被说服，至少在他潜意识中，还是倔强地坚持自己原来的想法，体现在《狂人日记》中，就是"弟弟"的"发狂"终于终止，成为了一个自己反对的制度的拥护者。

《狂人日记》小序的重要性就在这里，它以"四两拨千斤"的力量，消解了正文中的"狂语"，也使文本呈现出首尾相互矛盾的特征。当然，这并非鲁迅有意为之，正是如此，才显出文本的自足，而这正是文学的魅力和文学批评的有趣之处。《狂人日记》中的矛盾也意味着鲁迅思想的矛盾，这使鲁迅始终不能义无反顾地投入新文化运动，而是念念不忘自己的伤痛和绝望。鲁迅孜孜以求一剂"良药"来医治国民的"创伤"，然而他们又是如此"愚弱"，但是鲁迅又无法抛弃他们，只能眼睁睁"哀其不幸、怒其不争"，如果理解鲁迅的如此纠结的心态，就能明白为何《狂人日记》中的"弟弟"会忽然"症愈"了。如果说"狂人"是一位"精神界战士"的话，他的下场并不光彩，而鲁迅在无意识中写了"狂人"的"逃避"，未尝不是为自己没有全部身心投入新文化运动进行开脱。

　　说鲁迅有着一颗现代中国最痛苦的灵魂，并不为过。鲁迅非常喜欢在作品中写他的内心多么痛苦，这一点现代作家无人能及，假如说鲁迅这样做是"矫情"的话，他不可能用一生的时间和所有的作品来展示"矫情"，并且这样的展示也没有多大意义，除了说明他有受虐倾向。"为什么我的眼里常含泪水，因为我对这土地爱得深沉"，艾青的诗句是对中国近代知识分子心态的总结，面对多灾多难的中国，任何欢悦都显得浅薄，这也是鲁迅在 30 年代反对林语堂的"幽默"的原因。在分析现代性给中国文化带来的影响的时候，王一川用的是"怨羡"这个词，他认为，西方的现代性让中国人既羡慕，又怨恨。① 王一川的灵感恐怕来自舍勒，舍勒与主张新教伦理是资本主义发展动力的韦伯不同，在《价值的颠覆》中认为"怨恨"是西方现代性发生的主要因素。"怨恨"的对象除了对手，还有己方和自我。鲁迅以自己来自"报仇雪耻之乡"会稽而自豪，去世前还主张"一个都不宽恕"，确实将怨恨哲学发挥到了极致，而中国主张中庸和宽恕的文化氛围，无疑是鲁迅指责的"瞒"和"骗"。

　　鲁迅是现代中国一位伟大的思想家和"民族魂"，是被公认的，虽然他生前并不打算做这样的人。他生活在一个传统与西方、古代与现代交汇的"大时代"，虽然他自己一直以"中间

---

① 参见王一川《中国现代性体验的发生》，北京师范大学出版社 2007 年版。

物"和小人物自居，但是不能不从宏观视角考虑"中国问题"并试图寻找答案。正如有的研究者指出的："鲁迅是一个独特的思想家，他的思想不仅表现为他的哲学观念、政治态度，而且表现为全部人格及其与时代、民族的深刻联系。甚至可以说，鲁迅就是一种思想性的存在。这个存在充满了各种复杂的矛盾和悖论，但矛盾与悖论的相互作用又推动着鲁迅对真理、对民族、对人类、对人生的不懈寻找。"① 笔者认为，这一段论述比较准确地抓住了鲁迅思想的两个特点：一是复杂，鲁迅是近代思想史上最不容易把握的人物之一；二是针对"中国问题"，鲁迅的所有思考离不开"中国应该怎样"这样一个框架。把二者结合，就可以理解鲁迅了：正是由于苦苦思索而不可得，才使他的灵魂始终处在一种"痛苦"的状态中。

那么，为什么鲁迅的思想会有这样的特点？除了他的个性特征外，时代因素不能不考虑进去。在中国进入由传统向现代"转型"的阶段，"中国问题"始终是思想界思考的核心问题。鲁迅对当时的情况做过描述："那时觉醒起来的知识青年的心情，是大抵热烈而悲凉的，即使寻找到一点光明，'径一周三'，却分明的看见了周围的无涯际的黑暗。摄取来的异域的营养又是'世纪末'的果汁：王尔德（Oscar Wilde）、尼采（Fr. Nietzsche）、波德莱尔（Baudelaire）、安特莱夫（L. Adnerv）们所安排的。'沉自己的船'还要在绝处求生，此外的许多作品，就往往'春非我春'，'秋非我秋'，玄发朱颜，低唱着饱经忧患的不欲明言的断肠之曲。"② 这一段典型

① 汪晖：《反抗绝望》，河北教育出版社2000年版，第178页。
② 鲁迅：《中国新文学大系·小说二集序》，《鲁迅全集》第6卷，人民文学出版社1981年版，第238页。

地体现了当时思想界，尤其是鲁迅本人对中国问题的认识：试图在中西对立的框架内寻找解决问题的方法，但是却没有找到出路。

《狂人日记》之后，鲁迅没有再使用过家族小说的模式。不过，他以自己惊人的深刻，预见了家族小说后来的写法。既然家族制度必须打倒，那么，在把它打倒之后，又怎么样呢？当许多人还在"打倒"的时候，鲁迅已经在思考下一个问题了，这是他能够一直保持"先锋"色彩的主要原因。鲁迅用《伤逝》表达了自己的思索，子君和涓生走出封建大家庭，去寻找自己的理想，但是，"黄金时代"并没有到来，最终，子君只能重新回到大家庭中去。子君的死是必然的，鲁迅自己就说过，有梦并不可怕，可怕的是梦醒了无路可走——子君就是一个梦醒了的人。鲁迅借子君、涓生的爱情理想的破灭，对一代寻梦的青年失败的经历进行了生动描写，并对他们抱以深切的同情。当他写下"如果我能够，我将写尽我的悔恨和悲哀，为子君，为自己"的时候，可能也有自己的人生况味在其中涌动。后来，在《娜拉走后怎样》的讲演中，鲁迅再次表达了个性解放不能代替社会解放的看法。他已经认识到，单纯的思想启蒙并不能解决问题。那么应该怎么办？鲁迅也陷入了深深的思索。他曾经准备要写一个长篇，反映几代知识分子的命运，但是终于没有写成。原因中最重要的一点，恐怕就是他无法找到贯穿这几代知识分子思想的线索。晚年的鲁迅仍然继续他的"寻找"，对苏俄的关注、接近中共领导人瞿秋白无不说明他对无产阶级革命的兴趣，虽然他一直提醒自己这不过也是一个"希望"，但是还是像多年前一样，介入了这个充满"希望"的工作，如果不是怀着对未来中国的感情，他是不会重复以前的老路的，然而这正是他的卓越之处。

《狂人日记》以后的家族小说，大都无法脱离鲁迅开辟的框架——"反封建"和"找出路"，实际上，这也是近代思想史的主要课题，甚至一直延续到现在。现代文学史上巴金的《家》、路翎的《财主底儿女们》等都是对这个思想的接续和演绎，也可以说，关于"中国问题"的讨论得不到解决，家族小说就不会停下探索的脚步。在鲁迅这里，近代思想出现了一个"向内"的转折。近代以来，知识分子为了寻求救国方案，前仆后继、殚精竭虑，全是凭借一种历史责任感和使命感。从鲁迅开始，把知识分子对外启蒙的心态纠正为对内自审：我究竟有没有启蒙的能力？从此，现代中国知识分子把对自我的批判和对中国历史的思考结合在了一起。

第二节 《家》：从"出走"到"回归"

通观《家》的研究史，很少有人注意巴金在小说中展现或蕴藏着的对"中国问题"的看法，或许是认为巴金指出的道路不能效仿。[①] 其实巴金早年曾热衷讨论这个问题，由于新中国成立后政治风云的变化，他也识趣地"三缄其口"了，这是1949年后非左翼知识分子的普遍表现。巴金对"中国"命运进行了何种思考，是如何想象中国现代性道路的，又是怎样在他的家族小说中体现的，是本节拟探讨的问题。

---

① 觉慧出走显然是革命鼓动的结果。但是这个做法遭到作家否定，作家说他不能指明道路，而批评者（丁玲）认为巴金小说中的革命"上无领导，下无群众"。参见饭塚朗《〈家〉日译本解说》，《巴金研究在国外》，湖南文艺出版社1986年版，第69页。

一 无政府主义想象

　　巴金与无政府主义的渊源,历来为研究者所重视,也有数量不菲的成果。五四是一个对传统持完全否定态度思潮占据主流的时代,"反封建"是时代的核心话题,任何"反封建"的思想都被"拿来",作为武器。无政府主义在五四时期因为强烈的反叛意识而受到推崇。从时间来看,无政府主义传入中国比马克思主义早,很多后来的中国共产党党员在早年都信仰过无政府主义。由于马克思和列宁都批判过无政府主义,中国共产党成立前后也对之展开过论战,所以无政府主义思想1949年后一直被视为马克思主义的敌人,没有得到公正评价。

　　巴金早年是一个狂热的无政府主义者,这一点他从未否认,但是由于种种原因,巴金在1949年后也没有承认自己是无政府主义者,而是采取了搁置的态度。当晚年被问及这个问题时,巴金表示这些事情"说不清楚",还是"让历史去做结论"①。巴金是否承认自己是无政府主义者并不重要,关键是青年巴金究竟从无政府主义(这也是一个芜杂的流派,并没有一致的理论主张)中汲取了哪些内容,放弃了什么,而这一点迄今还没有切实的研究。在此先就这个问题展开一点讨论。我们知道,巴金早期作品中体现出的思想,显然是无政府主义的。关于这一点学界已经有充分研究,本书不再赘述。现在需要弄清楚巴金早期思想与无政府主义的不同之处。我想这个突破口可以从巴金的自述中去寻找。巴金曾经说过,他的思想是无政府主义、理想主义和爱

---

　　① 陈思和:《巴金的意义》,收入《解读巴金》,春风文艺出版社2002年版,第4页。

国主义的结合。① 对此稍加分析可以知道：爱国主义是一种情绪，需要具体化；理想主义是巴金的个人气质，也没有实际的思想主张和指向；无政府主义却是具有比较详细体系的政治主张。巴金所说的"无政府主义"显然是他心目中的"无政府主义"，这一点暂且按下，但是爱国主义和理想主义却是巴金独特的东西。如果说到区别的话，不妨说，巴金的无政府主义是掺杂了理想主义和爱国主义的无政府主义。因此，巴金的早期作品中虽然有"无政府主义"的叛逆，但是出发点却是出于"爱国主义"，而他解决问题的办法，则是"理想主义"的。

巴金 15 岁时就读了克鲁泡特金的《告少年》，从此祈望一个人人幸福的世界。1921 年，17 岁的巴金在《爱国主义与中国人到幸福的路》中，讲述了他的政治主张：

> 政府是一种强权机关，是保障法律的。

> 我们人类本是自由的，它却造出许多法令来束缚我们；我们是酷爱和平的，但它却叫我们去战争；我们本应同各国同胞讲互助，但它却叫我们讲竞争。

> 我们要想寻幸福，第一步就要推翻它。

> 私产是掠夺的结果。财产本来是人类共有的，乃有一二强有力的人，用他们的强力同知识，把所有的财产据为己有，遂使一般较弱的人流离失所，又用金钱收买别人劳力，

---

① 陈思和：《巴金的意义》，收入《解读巴金》，春风文艺出版社 2002 年版，第 4 页。

替他们生产，所生产的物品，劳动者却丝毫都不能用，他们反享尽快乐。世界上不平等的事，这算是第一。①

上述观点几乎都从克鲁泡特金而来，由此可以看出，巴金受无政府主义思想影响很深。少年巴金生活优裕，未经世事，对政府、私产、宗教、爱国主义、中国道路等问题的理解也比较片面和偏激。他对政府的批评，对人道主义的追求带有明显的理想主义特征。应该注意的是，少年巴金就开始思考有关中国人幸福道路的问题，这固然有五四精神的影响，也与他的个人气质和性格不无关系。从上文中可以看出，巴金那时就具有一种质疑社会主流意识形态的叛逆性格。在当时他甚至偏激幼稚地认为：“今欧战告终，和平开始。离世界大同时期将不远矣。我们主张世界大同的人应当努力学习‘世界语’，努力传播‘世界语’，使人人能懂‘世界语’；再把‘安那其’主义的思想输入他们的脑筋，那时大同世界就会立刻现于我们的面前。”② 巴金当年写下这些话时，想必是十分认真的，以少年的情怀指点江山，这也是他对未来世界的美好想象。

艾晓明在总结青年巴金的理论活动时，从三个方面概括了巴金的思想：（1）旧制度一定要崩溃，革命一定要到来。（2）巴金在他的无政府主义思想中不断增加、发展了民主主义成分。（3）在众人的解放中寻求自己的解放，为人民勇于献身。艾晓明对当时巴金的思想的梳理和描述基本是适当的，她同时也指出：“巴金思想上还存在不少与现实不适应的消极成分，其关键

---

① 巴金：《爱国主义与中国人到幸福的路》，《巴金全集》第18卷，人民文学出版社1993年版，第16页。

② 巴金：《世界语（Esperaneo）之特点》，《巴金全集》第18卷，第9页。

是对中国革命新民主主义的特点缺乏认识。"① 艾晓明用 1949 年
后通行的理论来要求青年巴金，显然犯了教条主义的错误（这
一点她自己后来也有所认识）。值得一提的是，巴金不是一个空
想家，巴金不仅从理论上对中国现状和未来进行了思考，也付诸
了办刊物发传单等行动。

巴金早期的作品几乎可以视为他对无政府主义思想的形象化
的阐释说明。1928 年，身在法国的巴金对国内大革命失败感到
失望与悲愤，为了寻找思想出路，开始翻译克鲁泡特金的著作。
同时，开始创作他的成名作《灭亡》。巴金的创作显然寄托了他
对无政府主义思想的想象②，因为他对克鲁泡特金也不能完全读
懂（这一点巴金后来反复提及过）。《灭亡》塑造了一个无政府
主义的代表者杜大心的形象。杜大心虽然身患肺结核，但是他不
顾自己的安危，狂热地为反对专制工作。与其说巴金写了理想人
物，不如说写了一种精神状态。巴金回忆自己当时的写作状态时
说："每夜回到旅馆里，我稍微休息了一下这疲倦的身子，就点
燃了煤气炉，煮茶来喝。于是巴黎圣母院的钟声响了，沉重地打
在我的心上。在这样的环境里，过去的回忆又继续来折磨我了。
我想到那过去的爱和恨、悲哀和欢乐、受苦和同情、希望和挣
扎，我想到那过去的一切，心就像被刀割着痛，那不能熄灭的烈
焰又猛烈燃烧起来了。为了安慰这一颗寂寞的青年的心，我便开
始把我从生活里得到的一点东西写下来。每晚上我一面听着圣母
院的钟声，我一面在一本练习簿上写一点类似小说的东西，这样

① 艾晓明：《青年巴金及其文学视界》，四川文艺出版社 1989 年版，第 101—
102 页。
② 巴金也是先走政治革命道路不通转而弄文学的，文学中必然会寄托他的政治
理想。

在三月里我就写成了《灭亡》前四章。"① 这显然是无政府主义者赞赏的"革命"状态。从上述自述中可以看出，巴金写《灭亡》的时候还没有形成自己的比较稳定的政治观点。《灭亡》中杜大心所体现出的是巴金为未来（工作）急于献身的精神。巴金一方面对未来充满希望，希望通过说教来宣扬自己的社会改良计划（他写了许多文章和小册子来宣传无政府主义思想），一方面又深刻怀疑这种行为的意义，《灭亡》中的杜大心坚决反对用爱和美丽的幻想来麻痹民众，宁愿宣传憎恨和复仇，并从事实际革命活动，二者之间的冲突就是巴金思想中矛盾的体现。杜大心的死与其说是作者的安排，不如说是作者思想的真实反映，这个人物不可能继续存活，因为巴金并不知道应该如何继续写下去。杜大心遗作中那句"矛盾，矛盾，矛盾构成了我的全部生活"可谓是巴金的心语。有人认为：《灭亡》"是把杜大心作为一个悲剧英雄来处理的，作品感人至深的并不是宣扬了什么主义，而是那种绝望而又抗争的精神，其中某些甜软而又抒情的恋爱情节与悲愤、压抑、暴烈的场景互相穿插，形成一种狂躁的气氛"。②此论基本上描述出了写《灭亡》时的巴金的心态。关于当时知识分子群体的心态，钱穆在《中国知识分子》一文中有精彩的说明："近代中国知识分子之新出身，则又是古无前例，完全走上以外国留学为惟一的门径。一批批的青年，在本国并未受到相当基础的教育，即便送往国外。试问举世间，哪一个国家，了解得中国？又是哪一个国家，真肯关心为中国训练一辈合适中国应用的知识与人才？他们走进每一个国家，选定每一门课程，互不

① 巴金：《写作生活的回顾》，《巴金全集》第 20 卷，人民文学出版社 1993 年版，第 546 页。

② 钱理群、温儒敏、吴福辉：《中国现代文学三十年》，北京大学出版社 1998 年版，第 260 页。

相关地在三四年五六年间浅尝速化，四面八方，学成归来，了解不同，想象不同，传统不同，现状不同，拼凑安排，如何是好？各国间的政俗渊薮，本原沿革，在他们是茫然的。本国的传统大体，利病委屈，在他们则更是茫然的。结果都会感得所学非所用。激进的，增加他们对本国的一切憎厌和仇恨。无所谓的，则留学外国变成变相的科举。"① 在钱穆之前，还没有人从"新出身"——留学视角论述五四知识分子的尴尬境遇。从现实状况来看，鲁迅、周作人、郭沫若、郁达夫、胡适、徐志摩、闻一多包括巴金等人都没有选择能够经世致用的科学，而是选择了文学。其间固然有鲁迅"弃医从文"的佳话，但基本还是难逃钱穆的概括。《灭亡》时期的作品基本上是巴金观念的产物，人物是他理想中的"英雄"，这一点已经为后来的研究者指出。巴金对无政府主义行动并不熟悉，也不能在作品中提供更多的细节。因此，巴金的创作必然面临着一个转型——回到自己熟悉的事物中来。

巴金早期作品中的人物基本是观念的化身，显示了他对无政府主义思想的理解。无政府主义思想契合了巴金真诚、纯朴的个性特征，虽然后来他放弃了对无政府主义的信仰（至少不像青年时期那样狂热），但是其影响始终不能摆脱。在这里讨论巴金和无政府主义的关系的目的是寻找巴金家族小说中的对待家族态度的转变依据。这个时候，巴金对家族题材作品还没有涉猎，但是可以想到，无政府主义者必然需要寻找一个"反对"目标，《灭亡》中的恐怖暗杀很难被当时的读者理解，而封建家族中的统治者，倒是一个天生的靶子。

① 钱穆：《中国知识分子》，收入许纪霖编《二十世纪中国知识分子史论》，新星出版社2006年版，第97页。

二 《家》对未来中国"道路"的设想

1927 年大革命失败,巴金的无政府主义理想也被残酷的现实击碎。他意识到自己思想中存在许多"幻梦",都是"小孩子"的无法实现的思想。1930 年 2 月,巴金在重译《夜未央》的序言中回顾他五四以来的精神发展时说:"大约十年前罢,一个十五岁的孩子,读到了一本小书,那时他刚刚有了爱人类爱世界的理想,有一个孩子的幻梦,以为万人享乐的新社会就会与明天的太阳同时升起来……这十年中我的思想并没有改变,社会科学的研究反而巩固了它,但是我底小孩的幻梦却消失了。"① 这是巴金对自己近十年思考的总结。巴金此时还认为存在一个理想世界,但是却不如以前有信心了。1930 年代初,巴金对无政府主义长达十年的研究告一段落。② 这个时候,巴金开始放弃狂热的政治理想,将主要精力用于文学创作。

正在巴金的思想陷入迷惘中的时候,家庭的变故为他的创作打开了新的门径。30 年代早期,巴金的创作尚处于摸索之中,《雾》、《雨》、《电》等作品继续关注知识分子革命者的命运,而《萌芽》则写的是煤矿工人的生活。这些作品虽然有一定影响,但是由于与他的生活经验差距甚大,所以艺术成就并不突出。巴金的《家》是根据他 19 岁前在成都老家的生活体验写的,他也从中找了自己叙述的"根据地",从此一发不可收。巴

---

① 巴金:《夜未央·小引》,《巴金全集》第 17 卷,人民文学出版社 1993 年版,第 138 页。

② 巴金 1930 年出版了译作克鲁泡特金的《我底自传》(上海开明书店 1930 年版)和《从资本主义到安那其主义》(自由书店 1930 年版),此后没有发表过讨论无政府主义的理论文章。

金出生在一个有将近二十个长辈、三十个以上兄弟姐妹、四五十个男女仆人的古旧家庭中，是典型的中国式家族。小说中的人物，都是他的亲属的肖像的投影，因为把他们写到了小说里，巴金还曾经被指责，不过这正说明《家》具有很强的自传色彩。巴金的长兄李尧枚是觉新的原型。巴金曾经说过，他是为了哥哥才写这部小说的，《家》的序言《呈现给一个人》详细说明了大哥与这部小说的关系。巴金从《灭亡》专注塑造无政府主义的典型形象到描写封建大家庭中青年的命运，是一个很大的转折。1929 年大哥到上海看望巴金，谈到了老家的许多变故，从大哥身上，巴金看到了五四时期的进步青年已经变成了"旧社会中诚实的绅士"，在大哥的建议下，他决定以大哥为主人公写一部小说。他说："那个时候我好象在死胡同里面看到了一线亮光，我找到真正的主人公了，而且还有一个有声有色的背景和一个丰富的材料库。我下了决心丢开杜家的故事改写李家的故事。"①从"杜家故事"到"李家故事"，不只是选择题材的改变，而是说明巴金抛弃了无政府主义信仰，走上了更为广阔的审美天地。似乎为了给《家》做一个注释，《家》在《上海时报》连载的第二天，1931 年 4 月 19 日，巴金收到哥哥在四川自杀的电报，他最终被家族制度吞噬，成为一个现实中的献祭。

巴金自己在1931 年的总序中声称，"我不是一个说教者，所以我不能够明确地指出一条路来"，"有人说过，路本没有，因为走的人多了，便成了一条路。又有人说路是有的，正因为有了路才有许多人走。谁是谁非，我不想判断。我还年轻，我还要活下去，我还要征服生活。我知道生活的激流是不会停止的，且看

---

① 巴金：《读〈新生〉及其他》，《巴金全集》第 20 卷，人民文学出版社 1993 年版，第 401 页。

它把我载到什么地方去"。① 经过长时间的摸索，巴金依然处于困惑之中，找不到心目中的道路，但是他并不颓唐，反而是很有信心。《家》正是在这种心态下写作的。其实，当时27岁的青年巴金已经对社会问题进行了长期的思考，也形成了独特的看法，最重要是他胸腔中激荡着一种上下求索的勇气。正是他将自己的理论与激情灌注在了《激流》中，才赢得了众多的读者。

　　作为现代文学经典的《家》，已经被研究者从不同层面进行了阐释解读。作为一部家族小说，巴金在《家》中展现了哪些有关国的想象，这里对此问题做一点分析。巴金受五四思潮影响很深，从来不对传统文化寄予希望。1933年巴金在《新年的梦想》中说："那一切所谓中国的古旧文化遮住了我的眼睛，使我看不见中国的未来，有一个时期我甚至相信中国是没有未来的。"② 他在《家》中将锋芒指向传统文化，尤其是专制文化，是时代的呼声。反对家族中的专制统治，甚至将其上升到中国专制社会的层面，早已不是新鲜理论，吴虞、陈独秀、李大钊五四时都写过很有影响的文章。巴金的《家》在十年之后重新提起这个话题，就需要寻找一个新颖的角度。陈独秀等人基本是从社会批判的角度来谈家族制度的，而研究无政府主义多年的巴金则从传统文化对个人自由的束缚这一角度批判了家族（传统）文化。巴金反传统，呼吁现代，但是他知道无政府主义只不过是一种空想，无法提出新的"现代性"方案。巴金的《家》于是体现出一代知识分子对现代性方案的焦灼，小说中的革命"情绪"始料未及地成为《家》的最引人注目的亮点。《家》的发行量很

---

　　① 巴金:《家·〈激流〉总序》,《巴金全集》第1卷,人民文学出版社1986年版,第4页。

　　② 巴金:《新年的梦想》,《巴金全集》第18卷,第323页。

大，在许多青年后来的回忆中，不少人是因为读了这部小说才走上革命道路的。一部小说有如此力量，不能不说是现代中国文学史上的奇迹。不过，不知道为什么"革命"就走上"革命"道路，也是一代人需要重新反思的问题。① 巴金早期作品中的乌托邦色彩，是很明显的。他的感伤和滥情，在40代就被包括钱锺书等人嘲弄。执此观点者，是误解了青年巴金。王德威将巴金早期的作品称为"激情通俗小说"，并指出："巴金显然认为在一个真理晦暗不明、道德荡然倾颓的现实里，只有最激烈的呼号、最丰沛的泪水、最决绝的行动，才能启迪救赎的希望于万一。这样的写作姿态虽望之浅薄，其实自有其美学成规及政治动机横亘于下，不应小觑。巴金的小说企图以极戏剧化的形式，厘清一个时代的混沌，也同时投射一乌托邦式的清明理想。"② 如何理解巴金写"激情通俗小说"时的心态？以上两种看法各有道理，但是也各有偏颇之处。在钱锺书等人看来，巴金是一味靠痛哭呼号来赚取读者眼泪的作家，他思想中"激进"的和叛逆的一面被忽视。在王德威的论述中，又片面强调了巴金的"激进"，并将巴金的"通俗"理解为主观"故意"，也有拔高之嫌。如果将巴金的作品放在他的创作谱系中，青年巴金的心态或许更容易理解。青年巴金是一个爱国者，很早就开始关心时事，忧虑着中国的前途。在五四思想潮流以及兄长的影响下，巴金对社会抱有敌视和批判的态度，并幻想能够依靠自己的力量改变社会。写完

---

① 瞿秋白写于狱中的《多余的话》长期以来因为意识形态原因被忽视。其中有一个问题值得思考：近代中国知识分子迫于强大的民族国家振兴压力，不得不丧失了自己本身的判断，思想上跟风，功利思想严重，原创力缺乏。

② 王德威：《〈巴金小说全集〉总序》，《巴金小说全集》，台湾远流出版事业股份有限公司1993年版。另见陈思和编《解读巴金》，春风文艺出版社2002年版，第205页。

《家》后,巴金设想他的人物走上社会做一番大事业,并提前想好了小说的名字《群》。虽然这部小说并没有问世,但是可以看出巴金不断以人物活动的方式探索他所认同的"现代性"方案。

三 拯救"日常伦理"

40年代,中国何去何从,成为每一个知识分子都关注的选择,巴金却将目光继续投向家庭。《憩园》是巴金40年代再次以自己家族中的人物(杨梦痴的原型是他的五叔)为主人公的小说,而《寒夜》中的汪文宣身上也有作者的影子,这些以家庭题材的小说与《激流》三部曲相比,发生了一些耐人寻味的转变。

(一)从关心国家命运到关心个人命运

巴金在40年代继续创作了以家庭生活为背景、以家庭成员冲突为主线的小说,代表性的有《憩园》、《寒夜》等。虽然仍写家庭的解体,但突破了新旧思想冲突的模式,转而关注人的个性等更为复杂的问题。巴金受到的无政府主义思想影响,很快在40年代就有所转变。虽然巴金自己没有明确说明,但是无政府主义理论已经被逐渐抛弃。陈思和指出:"巴金的小说由30年代的鼓吹反抗与恐怖主义到40年代同情小人物的尊严的转换,正反映了这一乌托邦的理想主义由实际的政治理想转换成日常的伦理思想的轨迹。"① 陈思和说明的巴金转变的轨迹是确实的,但是说他由"政治思想"转换成"日常伦理思想",还需要商

---

① 陈思和:《巴金的意义》,春风文艺出版社2002年版,第8页。

权。虽然从表面上看，与《灭亡》、"激流三部曲"关注人物政
治选择不同，《憩园》和《寒夜》关注了小人物的情感，但是后
者却正体现着巴金在 40 年代的"政治意识"。有研究者指出巴
金美学的核心就是"为了使人变得更好"，"构成他建国前全部
作品的基本冲突是人和环境的冲突，环境、制度、现实对人性的
压抑、扼杀和摧残，而同情人、爱人、让人人都有欢笑和幸福，
没有悲哀和不幸，则成了他人生的追求和每部作品的共同思想，
也是他创作不息的原动力"。① 这个观点大致不错。从文本中可
以看到，巴金非常关心"制度"，他"诅咒"（巴金原话）旧制
度，当然也希望新的"制度"来取代它。巴金认为，他曾经钟
爱的无政府主义思想并不能完成这一使命。因此，巴金无论是接
触还是放弃无政府主义，原因只有一个，就是看它是否是一种能
够改变中国现状的理论。一旦 40 年代的巴金发现无政府主义只
不过是一种理想的和极端的理论，无法在现实中实现，就果断将
其放弃。

（二） 从破坏到拯救

巴金的《家》中写了两代人的冲突，主要是思想上互相不
能兼容，《憩园》同样是写两代人的冲突，但作家的立场却复杂
得多。杨梦痴将父亲的遗产败光，卖掉了公馆，被大儿子赶出家
门沦落为乞丐。这是一个类似《家》中克字辈的人物，是巴金
极力反对的对象。但是《憩园》中，巴金却对人物投射出出人
意料的关注的目光。那个过早承担人生悲凉的寒儿不顾哥哥反
对，想用纯真的爱去挽救那个垂死的爸爸。40 年代的巴金不再

---

① 谭洛非、谭兴国：《巴金美学思想论稿》，四川大学出版社 1991 年版，第
157 页。

像觉新一样一味叛逆，或者简单地一走了之，而是深入到民族文化土壤和人性内部，探究家族衰落的秘密，并希望能用博大的爱来拯救亲情。有论者在谈到这两部作品的差异时说："在《激流三部曲》里，作家对封建专制和封建礼教的执法者，对封建剥削的寄生虫，揭露、诅咒占着主导的、支配的地位，作家不留情面地把高克安、高克定这样的人物送上了历史的断头台。可是到了《憩园》，当这个大家庭彻底崩溃，当这些被诅咒的人物彻底没落的时候，他又给了他们过多的怜悯和同情。"① 这段评论注意到了巴金对待"封建寄生虫"时的态度，但是批评巴金对他们过于"怜悯和同情"时，没有注意到巴金的思想已经发生了微妙变化。他不是站在简单批判的立场上，而是站在寒儿的立场，去悲惜人物的命运多舛。作家开始重新反思大家庭制度，也承认了家庭成员之间的亲情。其实，这一思考也一直埋伏在巴金的内心深处，《家》中祖父死去对觉慧的震动就是一个证明，但是这种家庭间的温情被作家压抑了。到了 40 年代，有过相当阅历的巴金不得不重新思考并调整自己的观点。② 《红楼梦》的结尾，贾宝玉见到贾政，叩头而去，作者没有去描写贾宝玉的内心活动，但是可以想见这个"浪子"内心中的一丝悔意。巴金早年信奉无政府主义，走出家庭，异常决绝，但到 40 年代发现无政府主义不过是空想的时候，是否也在《憩园》里流露出了某种对年少轻狂的后悔呢？或许正是在此时，那种岁月流转、人生如梦的哲学不知不觉跑到了他的头脑中了吧。如果用社会进步的

---

　　① 　谭兴国：《巴金的生平和创作》，四川文艺出版社 1988 年版，第 191 页。

　　② 　巴金对旧家庭的恨存留在观念层面。据陈思和等考证，巴金生活的家庭是一个普通的大家庭，说不上有什么特别的罪恶，"巴金以后对家庭的种种微词与抨击，不能不说是一种文学上的夸张修辞手法"。见陈思和、李辉《人格的发展——巴金传》，上海人民出版社 1992 年版，第 30—31 页。

学说来要求《憩园》，会认为"把杨三老爷之流的剥削者、寄生虫也简单看成是金钱的受害者加以同情和谅解"，是一种"倒退"。① 本书认为，巴金的"倒退"恰说明他对社会问题不再抱简单态度，而是试图提出拯救方案。他的方案已经不是社会改造和社会革命，而是来源于托尔斯泰的对人心灵的拯救。②《憩园》中的姚太太万昭华和仆人李老头的身上寄托着巴金的人格理想。万昭华在家庭中处在玩偶地位，但是却千方百计同情和帮助"不幸"的人，以平等的态度对待"下人"；李老头并不因为旧主人家破产而落井下石，始终忠心耿耿。因此可以看到，相比起《家》（巴金曾将其比喻成牢笼）的憎恨，《憩园》中的"家"更多了些家庭成员的温情。

（三）从政治意识到生活意识

有论者在比较《家》与《憩园》时认为："随着时间的推移，生活本身发生了变化，作家思想日渐成熟，写作《憩园》，就不再是先前那种单纯的愤怒情感的宣泄和天真未来的设想了。作家带着读者一同思考：旧家庭为什么会走上灭亡之路？应当建立起一种什么样的家庭结构和家庭关系？当父母的应当怎样去教育培养下一代人？在这里，已经不是简单的两代人之间的冲突，而是涉及中国传统文化中更有普遍性的根本问题了。"③ 由愤怒地声讨大家庭的罪恶转而从更为

---

① 谭兴国：《巴金的生平和创作》，四川人民出版社 1986 年版，第 191 页。

② 巴金称托尔斯泰是"十九世纪人类的良心"，并赞同托尔斯泰的艺术是为了使人更好一些更善一些的文学观。巴金：《巴金谈文学创作》，见李存光编《巴金研究资料》，海峡出版社 1985 年版。

③ 谭洛非、谭兴国：《巴金美学思想论稿》，四川大学出版社 1991 年版，第 93 页。

深入的层面思考民族文化中的问题，是许多研究者都意识到的巴金在 40 年代的变化。巴金早期作品特有的政治宣讲教化色彩在 40 年代渐趋褪去，代之的是关心"小人小事"生活状态。巴金自己就此转变谈道："我在四十年代中出版了几本小说，有长篇、中篇和短篇小说集，短篇小说的标题就叫《小人小事》。我在长篇小说《憩园》里借一位财主的口说：'就是气魄太小！你为什么尽写些小人小事呢？'我其实是欣赏这些小人小事的。"① 为什么由书写英雄转变为关注小人物？巴金并没有说明。日本学者山口守在分析这个问题时指出："作者在日常生活中日渐成熟的生活意识在起着作用。"② 生活意识指什么，作者在文中并没有说明，但从中可以看出，是相对于社会政治的看法。在山口守看来，《寒夜》是巴金文学创作的最高峰。因为从中"不仅可以了解到把一个善良、默默无闻的下层知识分子逼上绝路的当时社会状况，还可以从这些人的、在社会中为生存进行的斗争中，摸清人的自我、自由与善良、利己主义等问题的脉搏。这些都是在近代化过程中，每个人都必然会面临的问题"。③ 山口守这段评论值得注意的地方是指出巴金写出了"每个人"在"近代化"（从概念内涵上说，日本学者所言的近代相当于本文中使用的"现代"）过程中"面临"的问题，毫无疑问，巴金 40 年代写作的意义即在于此，现代性工程的梦幻终于被人性问题所替代。

---

① 巴金：《关于〈还魂草〉》，《巴金全集》第 20 卷，第 658 页。

② ［日］山口守：《关于巴金的小说》，见《巴金研究在国外》，湖南文艺出版社 1986 年版，第 362 页。

③ 同上书，第 374 页。

四 路翎与启蒙的"溃败"

路翎的《财主底儿女们》与《家》渊源很深，但是思路迥然不同。路翎没有明确说过巴金对他的影响，但在他《财主底儿女们》中借他人之口批评巴金的作品"幻想！全是幻想！"并且反思了五四："他记得，在年轻的时代，在那个叫做个性解放的潮流里，在五四运动的潮流里，他做了那一切，我企图做那一切。现在，发现了人生底道德和家庭生活底尊严，他对他的过去有悔恨。"因此，路翎的思想是建立在反思和批判五四的基础上的。他的朋友、同属七月派的绿原在谈到路翎的精神资源的时候指出："他没有从文学教科书学过什么固定的形式，也没有从社会学理论学过什么抽象的命题，更没有按照小市民的趣味虚构热闹而香艳的故事，而是沿着鲁迅的'哀其不幸，怒其不争'的革命人道主义的文学传统，借鉴世界古典文学的创作经验，在广袤如'泥海'、错综如'铁蒺藜'的现实生活中，通过体验、思维和创作的综合实践，一步一个脚印地拓展着新文学主题未曾开辟的疆域，从而大大丰富了中国新文学的贫薄的库藏。"① 这段评价并非空穴来风。路翎的《财主底儿女们》确实没有精巧的结构和曼妙的语言，有的只是作者对现实生活的不加裁减的描述，比《家》明显多了几分芜杂和粗粝。它的贡献是，鲁迅在《狂人日记》中开辟的知识分子自我批判传统在这里得到了继承和张扬。狂人之所以感到没有出路，是因为在这场"吃人"的筵席中，意识到自己也吃了人。巴金的《家》延续的家族制度"吃人"的主题，而对吃人者的反思并不突出。而路翎明确表

---

① 绿原：《路翎文集·序》，安徽文艺出版社 1995 年版。

明:"我所检讨,并且批判、肯定的,是我们底中国知识分子底某几种物质的、精神的世界。"① 带着一种清晰又朦胧的意识,路翎展开了对知识分子的反思。不论结论为何,在战火纷飞的40年代,这样的思考是独特而可贵的。

路翎的《财主底儿女们》对出走者出走后的遭遇进行了详细描写。小说第一部结束时,蒋纯祖同《家》中的觉慧一样,离家出走了,有趣的是,他的目标也是上海,而小说第二部则以出走后的蒋纯祖的经历为主要情节。因此,第二部可以看作是对《激流三部曲》的补充,填补了该书一个重要的空白。蒋纯祖从上海随难民撤回内地,经历了许多艰难困苦,获得了知识分子在书斋里无法认识的体验,但是,却仍然无法排遣内心的苦闷。批判知识分子是路翎写作《财主底儿女们》的目的之一,按照胡风的解释,这个知识分子的缺点主要是"体内残留的个人主义成分及其身外伪装的个人主义压力"。② 蒋纯祖之死有力地说明了,知识分子由于自身的缺陷,无法完成五四时期的启蒙承诺。路翎细腻地揭示了知识分子在启蒙神话逐步破灭时的心态,就这一点而言,在现代文学史上还没有哪一部作品超过《财主底儿女们》。"出走者"系列在现代文学中绵延不绝,但是都没有超越《家》和《财主底儿女们》建立的叙事模式。《财主底儿女们》把蒋纯祖的命运放在了抗战背景下,不再执著个性解放的要求,而是寻求"中国"的解放。老舍《四世同堂》中的祁瑞丰离家出走了,没有找到出路,又回到家庭,加入到抗日活动中。个性解放大旗下对家的反抗的主题,终于结束,在40年代让位给更为"重要"的民族战争。

---

① 路翎:《财主底儿女们·题记》,人民文学出版社1985年版。
② 胡风:《财主底儿女们·序》,人民文学出版社1985年版。

　　与"出走者"相对，家族小说中还有一类"留守者"，包括《家》中的觉新、《财主底儿女们》中的蒋蔚祖等。他们有着"变革"的想法，也不乏行动，但是无法挣脱文化母体的束缚，始终挣扎在痛苦的抉择中。觉新在《家》中支持了觉慧的出走，并在《春》、《秋》中积极抗争，试图不让其他人重蹈自己的覆辙，但是仍然无法阻止悲剧继续发生，这使他承受着极大的精神重负。作为觉新原型的巴金的大哥李尧枚，在《激流》连载初期自杀了。蒋蔚祖也是家中的长子，他离开苏州的父亲，但是又不能自立，沦落到靠打二十四孝幡为生，最后以自杀的方式结束了自己的生命。路翎是熟悉巴金的《家》的，对觉新的命运不会没有思考，但还是安排了似乎是犯"冲"的细节。两个"留守者"都选择了自杀，不仅是一种巧合，更可以被视为一种"强调"，因为，他们无法原谅自己背叛家庭的行为，同时，也无法忍受长期的精神折磨。在《家》中，巴金把觉新的命运归于制度和自身软弱的双重作用，认为如果反抗，就可以避免悲剧的发生，而路翎彻底打破了这一希望。蒋蔚祖最后绝望而死说明，路翎把"留守者"悲剧的成因归结到人本身的弱点和局限上，在一定程度上否定了《家》的主题。

　　路翎的《财主底儿女们》是对现代启蒙思潮中自我启蒙缺失的弥补，具有重要的思想史意义。路翎接续了鲁迅关注启蒙者与启蒙对象关系的传统，对知识分子自身的弱点进行了无情的解剖。如果说巴金的《家》展示了现代启蒙神话展开过程中激动人心的一面的话，路翎的《财主底儿女们》就指出这个神话的虚妄，并昭示它的结局一定是破灭，也就是说，宣告了五四启蒙工程的结束。这个结果，恐怕也是路翎始料未及的。

　　巴金在1949年前的家族小说中展示了现代知识分子的一段心路历程。他对大家庭采取了一种矛盾的态度：表面上攻击，内

心里认同。有论者从理性和感性的矛盾角度来分析这一现象:
"从理性上,他深知封建专制家族制度的危害,抨击建立在剥削
关系基础之上的家族制度,憎恶封建礼教给青年一代所造成的身
心伤害,鄙弃封建大家庭中腐化堕落的败家子,但在情感上,他
又向往四世同堂式的父慈子孝、兄友弟恭的充满和谐、友爱的家
庭关系。"①

　　巴金所处的现代中国面临着严重的民族危机。民族危机催生
出的"中国问题"有多种解决方案。有论者指出:"清末民初的
中国比肩接踵地衍生了诸如无政府主义、民粹主义、自由主义和
人道主义等社会思潮。直到政治团体即政党的出现,两大政治意
识形态——三民主义和新民主主义——方始构筑现代中国政治生
活的风貌与主潮。"② 这段对现代中国"政治意识形态"演进的
描述是合理的。虽然二者在宗旨上有相似之处,但还是因为实现
的方式不同而分道扬镳。如果用这个观点去看巴金,将会发现:
巴金早年信仰无政府主义,但是在"三民主义"和"新民主主
义"之间并未做出选择(没有参加以实现这两个主义为目标的
政党)。其中原因自然很多。一个不容忽视的原因是,巴金的政
治理想是建立在对"美好生活"③ 的向往的基础上的,他的政治
理念的转折也应该放在这个谱系内考察。从试图改变国家社会到
关注个人内心,巴金在现代中国的心路历程具有另外的意义。更
应该注意的是,巴金关注的是个人命运和家族命运的关系,而维

---

　　① 曹书文:《家族文化与中国现代文学》,中国社会科学出版社 2001 年版,第
200 页。
　　② 魏朝勇:《民国时期文学的政治想像》,华夏出版社 2006 年版,第 19 页。
　　③ 鲍桑葵认为,"社会和国家的最终目的和个人的最终目的一样,是实现最美
好的生活"。见 [英] 鲍桑葵《关于国家的哲学理论》,商务印书馆 1996 年版,第
188 页。魏朝勇在这个意义上考察了梁启超、鲁迅、陈铨、蒋光慈、路翎等人的创
作,见魏朝勇《民国时期的政治想像》,华夏出版社 2006 年版。

持家族昌盛是每个成员的心愿。巴金笔下的家庭无不寄托着他对"美好家庭"的想象。从家族盛衰的角度展示个人爱憎和政治理想，是巴金对中国文学传统家族题材叙事在现代中国的新的探索。

第三节 《红旗谱》：革命大旗下的家族幽灵

《红旗谱》正如其名，是从"革命"角度对乡村（也是乡土中国）势力谱系的重新书写，以此对"新中国"前史进行回顾和总结。"家族"叙事与"革命"叙事在《红旗谱》中被杂糅在一起，一隐一显，呈现出与其他历史时期的家族小说不一样的面貌。研究历史是为了了解"过去"，而"过去"总是被设定在一定的叙述框架中，犹如不能脱离河床束缚的河流。"历史学是一项有凝聚力的智性工程，并且已经在解释世界是如何发展到今天这一点上有了进展"①，这一观点的吊诡之处在于，历史总是不断被重述，从来没有一种解释能够被认同，即使在一定时间内得到认同，最终也肯定难以逃脱被"改写"的命运。《红旗谱》是特定年代对中国现代性道路的书写，虽然当时作者非常自信，但是现在看来，也不过是上述理论的绝佳注脚。

一 楔子中的博弈

《红旗谱》开场白，以惊雷一般的震撼力量，宣告了这部小

① ［英］埃里克·霍布斯鲍姆：《史学家：历史神话的终结者·前言》，上海人民出版社 2002 年版。

说将关注重大、尖锐的社会问题:"平地一声雷,震动了锁井镇
一带四十八村,'狠心的恶霸冯兰池,他要砸掉这古钟了!'"刚
打开书,一个注定要发生矛盾冲突的事件就突兀地摆在了面前,
面对不公的现实,一场博弈的大幕,在读者猝不及防中迅速拉
开。梁斌很看中楔子的功能,认为它是展示"阶级斗争"的绝
佳场所。① 有论者认为这个开头是"进化论"时间观念的体现,
为革命历史小说确立了革命走向成功的原点。② 从以前的研究来
看,楔子中这个事件本身并未被重视,因为它的来龙去脉是什么
可能无所谓,重要是完成作者赋予的功能,不过,如果试着关注
一下的话,或许可以发现一些有趣的内容。在楔子中,朱老巩和
冯兰池一为"公"、一为"私"(至少被叙述为这样),展开了
一场搏斗,并且将仇恨以家族为载体传递下去。"杀父之仇,不
共戴天"是通俗小说推动情节前进的不可或缺的动力,在此依
然发挥着作用。但是,作者写的显然不是家族复仇故事,而是阶
级斗争。将"阶级斗争"作为一个"芯",装在"复仇"的
"壳"中,是楔子的任务,而其中接榫的不周至之处,却如同掩
藏不住的尾巴,时常显露出作者不愿暴露的踪迹。

　　为锁井镇四十八村的父老乡亲出头护钟的朱老巩,一身正
气,浑身是胆,让人联想到那些狭义小说中的英雄好汉。很早就
有论者将《红旗谱》中的人物形象与《水浒传》对比③,而
"义气"作为英雄人物的主要特征,也在他身上得到了体现。这

----

① 梁斌说:"我写这部书,一开始就明确主题思想是写阶级斗争,因此前面的
楔子也应该以阶级斗争概括全书。"梁斌:《漫谈〈红旗谱〉的创作》,《人民文学》
1959 年第 6 期。

② 黄子平:《"灰阑"中的叙述》,上海文艺出版社 2001 年版,第 25 页。

③ 胡苏:《革命英雄的谱系——〈红旗谱〉读后记》,《文艺报》1958 年第 9
期。

个"义气"中含有一些"为朋友两肋插刀"的成分，也有为底层人民谋利的共产主义思想萌芽，尤其是为了大众利益自我牺牲的精神，与共产党员的标准相去不远。如何将"共产党员"与"侠客英雄"结合起来，是作者考虑的问题，但是二者的特征不可能集中在一个人身上。朱老巩的勇气固然令人敬佩，而谋略也惊人地欠缺，甚至不符合逻辑，这使这个人物身上有许多不能自圆其说的地方。他在小说中一出现，就是一副义愤填膺的样子："土豪霸道们，欺负了咱们几辈子。你想，堤董他们当着，堤款被他们吞使了。不把堤坝打好，决了口发了大水，淹得人们拿不起田赋银子，又要损坏这座古钟！"他对"土豪霸道"们的不满，溢于言表，也说明他是一个没有心计、口无遮拦的人，当然，在《红旗谱》写作的年代，这是农民阶级的典型性格特征。朱老巩的议论把自己推到了冲突的风口浪尖：

> 听得说冯兰池要砸钟灭口，霸占官产，牙关打着得得，成日里喊出喊进："和狗日的们干！和狗日的们干！"不知不觉，传出一个口风："朱老巩要为这座古钟，代表四十八村人们的愿望，出头拼命了！"

朱老巩诉说的，是人们的共同的愿望，而他的性格，也决定了朱老巩必然会因此而做出不同凡响的事件。在梁斌的规划中，朱老巩作为一位反抗者，必然会遭到失败的命运，因为他的思想武器不够先进。没有党的领导和无产阶级集体革命，任何单枪匹马的反抗必然失败，这是不容置疑的中心思想。即便朱老巩的命运在出场时已经确定，但是作者还是希望他能完美完成自己的任务，因此只好借用了在民间最为流行的狭义小说的表现方式。朱老巩疾恶如仇，但他只是口头上说说，并没有立刻去手刃对手，这种人物塑造上的困境来源于叙述者。朱老巩一刀杀死敌人,为民除害的情节是不可能出现在《红旗谱》中的,这虽然是狭义小说的固定套路,但是却会使阶级斗争的重大主题大打折扣,变成两个人的私人恩怨。朱老巩中了冯老兰的调虎离山计,口吐鲜血,被送回家后半个月就死了,护钟活动就像朱老巩莫名其妙的那口鲜血,莫名其妙地结束了。从小说逻辑上看,朱老巩死得有些不明不白,① 一个硬汉子竟然被敌人气死了(至少也要与对方拼命,寡不敌众而死),与他在大堤上"横刀立马"的形象并不相符,甚至让人觉得有些窝囊。但是,如果用作者的思路来分析,里面的玄机就一目了然。朱老巩之死,如果以血案(在冲突中死亡)结束的话,固然能够表现阶级斗争的残酷性,但是朱家复仇也会把复仇矛头指向冯老兰一个人,而不是地主阶级,损害"农民—地主"冲突的原意。

　　冯兰池是锁井镇上的村长,也是一个作者着力塑造的恶霸形象,由于朱老巩的控诉先入为主,因此,从来没有研究者考察过砸钟事件的来龙去脉。在朱老巩的叙述中,冯兰池砸钟的目的是销毁证据,然后侵占四十八亩公地,这是强取豪夺的端倪。② 但是,对此,冯兰池也有自己的道理。他出场的第一句话是:"谁敢阻拦卖钟,要他把全村的赋税银子都拿出来!"他的说法是,因为发了大水,要交纳赋税,所以要把钟砸掉卖钱,这样大家就不用出钱了。二人对质时,朱老巩直接指责冯兰池不该"一人

---

　　① 有论者曾指出朱老忠回来复仇时,并没有立刻去杀死冯老兰,因此质疑《红旗谱》的安排。从法律的角度考虑,按照《红旗谱》的描述,朱老巩因为生气吐血,回家十五日后死去,因此,冯老兰不能算做凶手。而朱老巩临终遗言,并非针对冯老兰,针对的是所有地主,因此,朱老忠回来没有找冯老兰个人复仇,也很正常。

　　② 小说后来通过冯兰池的口交代,阴阳先生说钟罩着冯家,如果不砸,将有灾祸。

专权出卖古钟",而不是私下里说的"夺占公地",而两者之间的不同是显而易见的。问题是,砸完钟后,赋税银子还用不用交了?小说中没有交代,但从冯兰池是堤董,也就是村中乡绅这一情况看,应该是免交的。① 小说中后来也在冯贵堂批评他父亲的时候评论过这件事:"就说那铜钟吧,本来是四十八村的,你不通过村议会讨论,一个人做主卖了。把好事办成坏事,惹出一场人命案,使你老人家一辈子不舒心,多么不上算……"在冯兰池儿子的眼中,父亲是好事没做好,才酿成砸钟事件。小说中还有一事可做对比,"割头税"被几家承包(以冯老兰家为主,但不是他一家),本想赚钱,但是在中国共产党的领导下,进行了"反割头税"斗争,冯老兰公开表示不再向人们收税,这一举动虽然被认为是故作姿态,但是冯老兰却因此承包不成赔了钱。实际上,作为一地乡绅,冯老兰的性格和行为也是极其复杂的,即使作者把他简单化为一个恶霸地主,但是其中的复杂矛盾还是表现了出来。作者显然一边倒地站在朱老巩的立场上,这里自不待言,而本书也当然无意站在冯兰池的立场论证朱老巩是个"刁民"(出面调停砸钟事件的严老尚就是这样认为的),而是试图考察这场斗争中双方的力量对比。朱老巩的"无理"(找不到冯的证据)直接预示了他必将失败的结局,而冯兰池无论在何种角度,都是这场博弈的获胜者。在小说后来对这件事情的追叙中,也交代二人结仇,但是始终未说是冯兰池直接迫害死了朱老巩,而主要笔墨写穷人普遍被压迫,期待反抗。

最有意味的是锁井镇上的村民形象。朱老巩为了大家的利益反对冯老兰,准备以命相拼,他们却劝朱老巩放弃,老祥大娘

---

① 在乡土中国,权力只能达到县一级行政机构,而处理乡一级日常事务的,通常是乡绅。

说:"老巩,算了吧,忍了这个肚里疼吧,咱小人家小主的,不是咱自各儿的事情,管得了那么宽吗","算了吧,兄弟,几辈子都是这么过来的,还能改变了这个老世界?"他们虽然也认为冯老兰可恨,但是却没有反抗意识。最终的结果是朱老巩反抗失败,作者这样描写当时的群众:"这场架一直打了一天,太阳平西了,四十八村的人们还在千里堤上怔着。眼看着铜钟被砸破,油锤砸着破钟,象砸他们的心肝一样疼,直到天黑下来,才散漫回家。这天晚上,滹沱河里的水静静地流着,锁井大街上死气沉沉,寂寞得厉害,早早没了一个人,没了一点声音。人们把门关得紧紧,点上灯坐在屋子里沉默着,悄悄谈论着,揣摩着事情的变化和发展。在那个年月里,朱老巩是人们眼里的英雄,他拼了一场命,也没有保护下这座古钟,没有替四十八村的人们争回这口气。他们的希望破灭了,只有低下头去,唉声叹气,再不敢抬起头来了。"眼睁睁看着自己的利益被侵占,而不去支持为自己利益去拼命的"英雄",只能在黑暗中沉默,并认定反抗永远不会成功,这就是作者笔下的"群众"。按照作者的想法,这一段是想写护钟失败后人们的痛苦心理,但是却写出了群众的愚昧和麻木,不过这肯定不是作者的本意,当时不可能有这样的"群众"观,何况是主流作家梁斌。按照梁斌的看法,写英雄人物的时候,为了追求"理想"和"完美"是可以虚构的,也可以不写英雄的缺点。①虽然他没有说如何对待农民的缺点,但出于对"领导阶级"的尊重,他也不会有意突出农民的缺点。实际上,农民的弱点问题一直在思想史中若隐若现,虽然认为农民是无产阶级的同盟军,毛泽东还是在《论人民民主专政》中指出"严重的问题是教育农民"。如果追溯一下新文学历史,可以看

---

① 梁斌:《漫谈〈红旗谱〉的创作》,《人民文学》1959年第6期。

到批判群众愚昧的传统一直存在，代表人物是鲁迅。鲁迅在《药》中写了为儿子治病的华老栓和监狱中的看守"红眼睛"阿义，更写了在烈士遇难时的"看客"，批评了他们身上愚昧、落后的"国民性"。比较一下不难发现，《红旗谱》中站在河堤的"人们"与"古□亭口"看杀人的"看客"几乎没有区别，他们都是一群没有面目、没有灵魂的活生生的中国人，正是这些人保持"沉默"，才造成了为他们争取利益的夏瑜和朱老巩的悲剧。如何发动和"教育"他们，歪打正着地成为了小说要解决的问题。

这场博弈的失败，预示着一个道理：农民的个人反抗必然失败。这是梁斌反复强调的，也是按照意识形态的思路来写的，所以无可非议，但是其中隐藏着的内容恰巧是农民需要启蒙。朱老巩和他的伙伴们如果团结起来，就能获得胜利，这是意识形态的梦想，但是，如何团结起来，将是一个更大的问题。中国革命的道路，就是呼唤起农民的革命激情，并夺取权力的道路。

二 冯贵堂的经济学

《红旗谱》是一部按照"阶级斗争"原则来结构人物和情节的小说，尽管对经济学问题有所回避，但是如果细读，还是可以发现这只"看不见的手"所起的作用。《红旗谱》中的矛盾冲突，盘根错节，绝非像作者标榜的那么简单，除了无所不在的阶级斗争，还涉及经济学问题，而后者虽不起眼，但是颇能反映出中国农村中的问题。

小说中，冯老兰和儿子冯贵堂有过一次思想交锋，就是经济学观念的矛盾，而交锋的结果，如同推倒了第一块多米诺骨牌，引发了一系列的问题。父子二人在讨论如何发家致富的时候，冯贵堂有这样的计划："这么着啊，咱用新的方法，银钱照样向咱手里跑。根据科学的推断，咱这地方适宜植棉。咱把地里都打上水井，保定新发明了一种水车，套上骡子一天能浇个二、三亩地，比手拧轱辘快多了。多种棉花、芝麻，多种经济作物，这比放大利钱收高租强得多了。"他还有这样的如意算盘："咱有的是花生黑豆，就开个轧油坊。开油坊还不使那大木榔头砸油槽，咱买个打油的机器，把地里长的花生黑豆都打成油。……把豆油、花生油、棉籽油和轧的皮棉，运到天津去卖，都能赚到一倍的钱。"他还这样对父亲说："咱们有的是钱，少放点账，在街上开两座买卖，贩卖盐铁，贩卖洋广杂货，也能赚很多钱！再说，到了麦前，麦子价大的时候，该把仓房里的麦子都卖了。过了麦熟，新麦登场，咱再向回买。秋天前卖谷子，春天卖棉花，都能卖多一倍的钱。我研究过了，比在仓房里锁着强得多了！"对冯贵堂的计划做一个经济学式的报告分析，看他这样是否在当时能赚钱，不是本文的任务，这样的假设也没有意义。这里只是说，在 20 年代冀中平原的农村，商品经济的意识已经在一些年轻人的头脑中占有了一席之地，像冯贵堂这样具有较高文化水平（五四运动发祥地北京大学法科学生），思维活跃的"救国"者，对如何"富民"已经具有了一定想法，即使还是空想，但明显有资本主义特征。

冯老兰对儿子的想法不以为然，甚至认为大逆不道。他反驳儿子的设想："我不能那么办，我舍不得那么糟蹋粮食。好好的黑豆，都打成油？把棉饼籽都喂了牛，豆饼都喂了猪，那不可惜？你老辈爷爷都是勤俭治家，向来人吃的东西不能喂牲口，直到如今我还记得结结实实。……你就不想想，粮食在囤里囤着是粮食，你把它糟蹋了，就不是粮食了。古语说：'一粥一饭，当思来处不易，半丝半缕，恒念物力维艰'哪，过个财主不容易!"他语重心长地教育儿子说:"你要记住,用出奇百怪的法子赚来的钱,好比不是自己的肉,贴不到自己身上。来钱的正路是'地租'和'利息'。除此以外,得来的钱虽多,好象晒不干的萝卜片子,存在账上,阴天下雨会发霉的!"冯老兰将《朱子治家格言》背得滚瓜烂熟,他的经验也证明自己的想法没有错,所以要让他主动改变,是极其困难的,除非外界不可抗拒的力量。

这一幕是传统中国走向现代过程中的经典冲突。究其本质,冯氏父子的冲突是儒家本位的传统思想与新兴资本主义思想的冲突,尽管在文本中不是重点,但是还是以曲折的形式表现了出来。冯老兰抱定的,还是一套祖传的思路,而冯贵堂已经与他的父亲分道扬镳,但是,由于种种原因,还未在冲突中占据上风。作者在小说中对此说:"冯贵堂的话,不知跟老头子说过多少遍,冯老兰总是没有回心转意。他这种思想,从远祖遗传下来,压在心上,比磐石还要沉重。就是有千百人的力量,使不齐劲,也难撼动他古老的心灵。"这句评论在小说中略显突兀,因为地主的剥削思想往往来自对金钱的贪婪和占有,而冯老兰竟然保持着某些儒家思想中看待金钱的方式。中国资本主义为什么不能发生,是韦伯在《儒教与道教》中讨论的问题,而按照韦伯的看法,中国的文化制约着资本主义的发生。以冯老兰为代表的经济思想,是小农经济在封建社会保持稳定的原因,也是近代中国衰落的原因之一。

经济问题的分歧必然影响到政治,可以说,在《红旗谱》中,阶级矛盾的激化与冯老兰的经济观有密不可分的关系。冯老兰反对儿子改良主义的主张,认为:"你的人道主义,就等于是炕上养虎,家中养盗。等把他们养壮了,虎会回过头来张开大嘴吃你,盗会拿起刀来杀你!"他决定以更残酷的手段对付农民,而这也造成了农民"逼上梁山"式的反抗，酿成社会革命风暴。纵观中国历史，农民革命此起彼伏，但是除了带来王朝更迭之外，普通农民无法改变自己的命运。按照冯贵堂的逻辑，放松阶级压迫，以生产、经济手段积累财富，虽然是乌托邦式的想象，但是也不失为一种可以解决问题的方法。

作者并非在此一处描写冯贵堂的经济观，而是具有相当的连续性。在小说后半部分，还辟出一个整章来写冯贵堂、严知孝等人关于救国问题的谈话，在连春兰、江涛、运涛命运都未做交代的小说中，肯花如此多的笔墨，可见作者认为这是比较重要的内容。作为一个接受过五四思想洗礼的现代青年，冯贵堂具有一定的民主和人文主义观念，他主张体恤农民，放松对农民的压迫，这一点与他的父亲有很大不同，因此，说他是个抱有启蒙理想的社会改良主义者也不为过。冯贵堂的改良计划是芜杂的，并没有一个统一的思路和方案，而且，基本是建立在"如何赚钱"上的，因此也得不到农民支持，注定难逃失败的命运。茅盾在30年代末指出："中国民族资产阶级中虽有些如法兰西资产阶级性格的人，但是一九三〇年半殖民地的中国不同于十八世纪的法国，因此中国资产阶级的前途是非常暗淡的。"① 的确，在一定的社会环境中，个人的影响是微乎其微的，民族资产阶级无力在民族危难之际力挽狂澜。冯贵堂的计划有的是"科学"的，比如，他试图用新方法来种植梨树，结果却无人响应："老辈子人们都是听天由命，根据天时地利，长成什么样子算什么样子。我却按新的方法管理梨树，教长工们按书上的方法剪枝、浇水、治

---

① 茅盾：《〈子夜〉是怎样写成的》，原载《新疆日报》副刊《绿洲》1939年6月1日。转引自《中国当代文学研究资料·茅盾专集》，福建人民出版社1985年版，第859页。

虫。梨子长的又圆又大,可好吃哩!可是那些老百姓们认死理,叫他们跟着学,他们还不肯。看起来国家不亡实无天理!看人家外国,说改良什么,一下子就改过来,日本维新才多少年,实业上发达得多快!"他把改良失败的原因主要归结于民众的素质问题,当然有他的问题,但是也有一定道理,这是与五四的反思一脉相承的。同样写改良主义救国的失败,老舍在《茶馆》中却借秦仲义之口把原因归结为"旧社会",这不仅表达的是作者对此问题的理解,也是根据叙述的需要而安排的。冯贵堂的思想肯定暴露了他脱离群众的一面,不管作者试图将冯贵堂描写成什么样子,但是就《红旗谱》中的细节来看,冯贵堂的改良及其失败是他启蒙理想受挫,走上与农民为敌的重要原因。

似乎改良者都无法实现自己的理想,文学作品中和文学作品外都概莫能外。托尔斯泰一生致力于在他的庄园里实现自己的改良理想,但是却失败了。他的《一个地主的早晨》中的聂赫留道夫试图当个"好主人","请求农民谅解",但是他的改良却遭到拒绝。这篇小说是托尔斯泰改良失败的记录,其中也有冯贵堂的影子。当然,作为地主的冯贵堂与托尔斯泰间的不同主要表现在,他改良的主要目的是为了"赚钱",这也与作者一定要把他塑造成反面人物有关。在家族/阶级矛盾纠结在一起的《红旗谱》中,冯贵堂这个人物和思想在小说中都被压抑,呈现出甚为扭曲的形状①,但是却从另一个角度讲述了中国农村中的重重矛盾。

---

① 有论者说在谈到冯贵堂时说他"别具一番意识形态意味",但是却并未展开分析。戴锦华:《〈红旗谱〉:一座意识形态的浮桥》,收入唐小兵编《再解读:大众文艺与意识形态》,北京大学出版社 2007 年版,第 219 页。

三 1926 年的一封家书

运涛因为与春兰谈恋爱受阻,没有任何征兆地离开了家乡。大家都很担心他的下落,因为他的爷爷就是闯关东一去多年毫无音讯。历史悲剧没有重演,运涛的一封家书不但打消了大家的顾虑,还描绘了一幅让人兴奋的"革命"前景,这里全文抄录:

> 父亲、母亲:
>
> 敬禀者:儿自远离膝下,即来南方参加革命军。在军队上过了半年多,又到军官学校学习。学校是官费,连纸笔操衣都发给。现下,刚从学校毕业,上级叫我当了见习连长。父亲!你们会为我高兴吧!从此以后,我要站在革命最前线,去打倒帝国主义,打倒军阀政客,铲除土豪劣绅!
>
> 南方不比北方,到处人们是欢欣鼓舞,到处看得出群众革命的热情,劳动人们直起腰抬起头来了。你们等着吧,革命军到了咱们家乡,一切封建势力,一切土豪恶霸们都可以打倒!
>
> 离家时,没告诉老人家们,请原谅儿的罪过!
>
> 我工作很忙,不多写了。问奶奶、忠大伯他们好!此祝全家均吉。
>
> 儿运涛谨上
>
> 1926 年 7 月

运涛热情洋溢的来信已经预示着一个革命时代的来临,而革命前景也的确有令人神往之处,"帝国主义"、"军阀政客"、"土豪劣绅"似乎将在革命的风暴中被扫进历史的垃圾堆。可惜的是,事件的发展并不如运涛预料（大革命失败），中国人民多灾多难的命运也远未停止。

运涛的这封信，如同投入湖中的一颗石子，在家乡引起了一阵涟漪，除了为即将到来的美好前景而兴奋外，还有家族斗争"胜利"的喜悦，当然这个"胜利"目前仅露出了一点曙光。前者是作者在作品中反复渲染的，而后者需要在字隙中细细查找才能发现，因为它们不过是作者无意识中写的寥寥几笔。但是，这几笔的后面，却遮蔽、隐藏着"革命叙事"背后家族斗争的蛛丝马迹。

失踪长达两年后，运涛才来了第一封信，可见他有非常好的消息报告家人。运涛把当上了"见习连长"作为一个重要成功汇报，实际上隐约透露出自己已经实现或部分实现了为家族争气的理想，有些"炫耀"的意思，而他率领军队革命的对象之一，就是冯老兰这样的"地主恶霸"，这也是他告诉大家的好消息。在运涛的信中，如果除去一般农民不可能弄明白的"革命"信息，可以读出这样的信息：我已经做官，很快将率军队回家乡，整治冯老兰。

不管运涛的初衷如何，对他的家书，村庄上的老农有自己解读的方式，收信后他们的反映也可以印证上述推论。当江涛为大家念信，念到运涛说自己已经当上了连长之后，朱老忠先是"张开长胡子的大嘴，呵呵地笑起来"，然后"瞪起眼睛"说："这连长可是军队上的官呀！咱门里几辈子了，可没有做过官的人，叫运涛起了祖了！"在朱老忠的话中，明显删去信中着重强调的"革命"内容，而直接强调"军队中的官"，并且把运涛做官作为全家族的荣耀。消息传到朱老明等人那里，大家的第一反应也是等运涛回来，找冯老兰报仇。春兰的父亲老驴头，以前反对她和运涛谈恋爱，当听朱老忠说运涛"当了官，做了连长"

后，态度改变，就等运涛回来娶春兰过门了。至于对手冯老兰，小说中并未交代他的表现，但是他的管家见到严志和说："北伐成功，江涛又上了洋学堂，不用说是我，冯家老头再也不敢拿白眼看你们"。地方恶霸如冯老兰者，都被如此描述，"官"的威力可见一斑。在普通农民的想象中，只要当上了军队的官，就是光宗耀祖，至于是什么军队，倒在其次。中国文化中历来就有"官本位"的传统，"学而优则仕"，做官是每个读书人的梦想，也是证明他们价值的唯一方法。而民间，也形成了敬畏"官"的传统，"官老爷"与"草民"之间的分别和对立很明显。在此思路框架内，就可以理解为什么村民对运涛做"官"有不同的反应了。

朱、冯两家的矛盾虽然是以阶级斗争的形式展开的，但是其中也掺杂了许多家族间的恩怨，以朱老忠为代表的朱家，一直被冯家欺负。运涛的"当官"，使家族斗争中处于弱势的一方有了转机的希望。听完信后，朱老忠说："嘿，革命军北伐成功，咱就要打倒冯老兰，报砸钟、连败三状之仇，咱门里就算翻过身来了!"朱老忠反复强调"门里"，而不提"阶级斗争"，当然表面说明了他未入党之前的阶级觉悟还未萌发，也同时说明家族意识在他头脑中根深蒂固。① 在漫长的封建时代，普通中国人是以家族为单位而生活的，除非万不得已，人们是不会抛弃家族的庇护，背井离乡。中国的家族制度也并非像五四时期被批评的那样一无是处，而是有着自己的合理性和生命力，否则也不会存在如此长的时间。聚族而居的好处在于，同一家族成员因为有一定的

① 按照《红旗谱》的描述，锁井镇有朱家和冯家和严家等大家族，朱家家族以贫苦农民为主，而冯家的族长是冯老兰，严家的主事人是严老尚。运涛虽为严姓家族成员，但是因为朱老忠和严志和两家是世交，所以他们的关系不分彼此。

血缘关系，所以会在生活中相互扶持，起到一种现代意义上的"保险"作用，尤其是在生产力不发达的农耕时代，这一制度有着与恶劣生产条件相抗衡的积极作用。在上述条件下，家族成员"一荣俱荣，一损俱损"，有时能够"一人得道，鸡犬升天"，有时也会因为得罪朝廷被"满门抄斩"。在朱老忠的设想中，大家应该同舟共济，相互帮助。他帮助了运涛和江涛，对他们将来能帮助自己的儿子们毫不怀疑："运涛回来了，江涛念好了书，就不能帮助大贵和二贵？将来大贵二贵有了孩子们，运涛和江涛能不供给他们念书？"朱家与冯家，到底是家族间的竞争关系，还是穷人和富人间的阶级矛盾？作品始终在两者之间游离。按照"革命"理论的解释，当然作品应该写不共戴天的阶级矛盾，但是，作家却无法脱离现实，乡土社会中的家族矛盾常常更为显眼。在《红旗谱》中，严江涛要到保定二师求学，朱老忠帮助凑了学费，而他的父亲严志和却把他送到了二师的国文教员严知孝家。这点很奇怪，因为严知孝的父亲严老尚正是朱家的"仇人"（朱家把账主要记在了冯老兰身上），当年他出面"调虎离山"，才造成了朱老巩的死亡。两家贫富差别甚大，能够有联系，就是同一家族的原因。当严志和请严知孝照看江涛时，小说写到："严知孝看江涛这孩子少年老成，又聪明伶俐，一口答应下。说：'看象个聪明的孩子，我知道你们的日子过得不宽绰，缺个十块八块钱，你拿去花。'"在《红旗谱》中，这是穷人和富人相处"和谐"的一幕，其中的脉脉温情恐怕更多来自家族成员间相互帮助的意识。多年以后，当人们惊讶《白鹿原》中地主白嘉轩和长工鹿三之间的亲密的关系时，显然忘记了作为对比的《红旗谱》也有如此情况，只不过后者比较隐蔽罢了。

弄懂革命到底是什么意思，显然比谁是革命的敌人这个问题困难得多。对于普通农民来说，"国民革命"以及其他"革命"

的名称并不重要，重要的是革谁的命。朱老忠听说运涛做的是
"革命的官"，就好奇地问江涛："你说说，这革命的官，又有什
么不同？"江涛说："做革命的官，不是为的升官发财，是为了
要打倒帝国主义，打倒军阀政客，铲除土豪劣绅！"对接受了革
命熏陶的江涛来说，这是标准的解释，但是他的听众并不明白。
他的父亲严志和问："那些玩意是什么？"江涛一时情急，说：
"就要打倒冯老兰这样的人！"大家于是如释重负，终于弄明白
了革命是怎么回事。春兰向往革命，请江涛给她写了"革命"
二字印在蓝布大褂上，引起了围观，演出了一幕乡间轻喜剧。还
有一例，曾经领头跟冯老兰打官司的朱老明听说了运涛来信的消
息后，说："敢情那么好！咱们也做好准备，革命军一来，运涛
领兵到了咱的家乡，咱也就闹起革命来。先收拾冯老兰，把冯家
大院打下马来。好小子！他枪毙了咱，咱也得叫他坐了监牢
狱。"革命及革命话语之所以有魅力，很大原因在于它承诺改变
现状。而对于《红旗谱》中的农民来说，打倒冯老兰的理论就
是好理论，他们最关心的还是身边的恶霸是否能够得到惩治。在
此指出锁井镇的农民弄不清"革命"，并非随意贬低他们，而是
基于文本的分析，即使将此问题放回当时现实，恐怕结论也是这
样。"革命"是什么，"革命"向何处去，是当时中国遇到的普
遍问题，而在当时，尚无一人能给出答案。不过，这一状况随着
中华人民共和国的成立得到改变，中国革命的起源、历程和结果
变得清晰，并且随着不断重述被确定下来，成为经典。1957 年
出版的《红旗谱》，站在当年的政治高度，对此经典进行了形象
化阐述。梁斌在写作之前，就是经过党多年培养的干部，在他的
叙述中，一定会把党对中国革命的观点不折不扣地表现出来，这
既是他的愿望，也是他的责任。但是，如此"观念先行"，难免
会削足适履，损害一些不符合革命理论的细节，而这些细节会通

过曲折变形的形式顽强地展现出来。

运涛这封家书带给大家的兴奋并没有维持多久，他的另一封信使大家从梦想回到了现实："父母大人膝下，敬禀者：男已于去年四月被捕，身陷囹圄一年有余。目前由南京解来济南，监押在济南模范监狱。大人见信，务与涛弟前来。早来数日，父子兄弟能见到面。晚来数日，父子兄弟今生难谋面矣……"正如《红旗谱》在刚刚展开就结束一样，运涛的命运包括他的未婚妻春兰也从此被悬置，等待历史的拯救。

《红旗谱》是对"保二师学潮"这一历史事件的重述，如果仅仅如此的话，也不过是一个"革命回忆录"，会淹没在众多类似题材的海洋里。农民英雄朱老忠的复仇故事使文本带有了讲述革命"起源"的意味，也正是朱老忠的加入，使文本从"写实"变为了"虚构"，从而使《红旗谱》成为"史诗"。朱老忠这个英雄鲜花的根部，是家族文化的土壤，这也是他没有枯萎的原因。因此可以看到，文本中写实部分的"家族叙事"与宏大的"革命叙事"不断碰撞，变得扭曲、缠绕，写满了时代之手刻下的沧桑，这就要求每个读者多一点体贴少一点苛刻，而从中，我们也可以更深刻领会什么是历史和历史叙述。

第四节 《白鹿原》：谁在白鹿原能过好日子？

"白鹿"是福祉的象征，白鹿原上的芸芸众生们知道，如果它出现，就是吉兆，很快人们将因此而获得幸福，虽然这种情况只在传说中发生过，但人们仍深信不疑。在描述未来时，白灵说："我想共产主义就是那只白鹿了。"对白鹿的渴望无疑是对幸福的渴望，即使对幸福的定义各有不同，这就是白鹿原上的道理。

一　白嘉轩的"幸福生活"

小说的真正起源是从一个夏天的早晨开始的，白嘉轩，这位生活在19世纪末20世纪初北部中国的普通农民，像他的祖先和父亲一样，开始了普通的一天。白嘉轩的幸福生活是这样的：

> 八月末的一天清早，白嘉轩起来洗脸漱口时，他的冒死破禁而且显出怀孕征兆的妻子仙草正坐在纺线车前嗡嗡嗡嗡地转动着车把儿，锭子上已经结下了一枚白萝卜大小的白色线穗了。母亲也早已起来，在自个独居的里屋炕上摇转着纺车。他坐在父亲在世时常坐的那把靠背椅子上，喝着酽茶，用父亲死后留下的那把白铜水烟袋过着早瘾。父亲死后，他每天晚上在母亲落枕前和清早起床后都到里屋坐一会儿。两架纺车嗡嗡吱吱的声音互相衔接，互相重合，此声间歇，彼声响起，把沉稳和谐的气氛弥漫到四合院的每一个角落。白嘉轩沉浸在这古老悠远而又活泼的乐曲里，浑身的筋骨和血流就鼓张起来。

接过父亲的责任，把自家治理得井井有条，白嘉轩从内到外实现了自己的愿望。从"三亩地，一头牛，老婆孩子热炕头"的俗语中，可以理解中国农民一贯的物质需要和精神追求。白鹿原上的智者朱先生也有类似的名言："房是招牌地是累，攒下银钱是催命鬼。房要小，地要少，弄个黄牛慢慢搞。"曾几何时，这是中国知识分子的集体乌托邦，陶渊明就是这样一个代表。他在《桃花源记》中描写了一幅理想生活图景：那个地方有良田、美池、桑树、竹林，道路纵横交通，鸡犬之声相闻；小孩子唱着歌，老人互相串门问候，人们其乐融融，"乃不知有晋，无论魏汉"。后来，不知多少人表示过愿意到这里生活。农耕时代的理想至此尽矣。有人对此异议："'桃花源'作为一个自然社会，与现实社会越演变越复杂的历史发展是背道而驰的。它固然富于自由、平等和友爱，使人感到温馨、安宁和满足，但是却把自由欲望所推动的各种追求降低到不可能产生竞争的水平，一方面消去了推动历史发展的一种原动力'恶'，另一方面又掩去了'善'是人们努力求取、抗争的结果这一事实。自由成为纯粹自然自发的东西，它不再是自然交战的积极成果。于是，'桃花源'只能是乌托邦。"① 这样理性的评价理想，固然犀利，但也比较无趣，何况不论是陶渊明还是后来的陶氏崇拜者，都没有把这个理想当真。20 世纪的可怕之处，就是把类似这样的理想用国家暴力的形式付诸实践。话说回来，这样的希望在很多时候竟然是可望而不可即的理想，即使在农耕年代。白嘉轩陶然自乐的生活与其说是一种生活态度，不如说是对美好生活的一种想象。但是，以他的生活为代表的，中国农民自给自足的平静生活很快会被疾风暴雨般的"革命"打破，从此开始走上"现代的历程"。不过，目前白嘉轩对此还一无所知。

在此之前，白嘉轩并不幸福，甚至是挣扎在痛苦的边缘，他疯狂不断地娶老婆和埋葬她们，唯一的理想就是生个儿子。白鹿原上的历史是一部"生存"的历史，这里的"生存"用的原意，并非"存在主义"哲学范畴的含义。生存是唯一的目的，而延续家族血脉也就是重中之重。小说开头，"白嘉轩后来引以为豪壮的是一生里娶过七房女人"，就是一幅充斥着生殖崇拜原型的

① 张节末：《狂与逸》，东方出版社 1995 年版，第 56 页。

画卷，任何事情在家族的种的延续面前，都是不值一提的，包括女人的生命。白嘉轩的父亲秉德老汉死前，说了这样一段遗言："不孝有三无后为大。你把书都念到狗肚里去了？咱们家几辈财旺人不旺。你爷爷是个单崩儿守着我一个单崩儿，到你还是单崩儿。自我记得，白家的男人都短寿，你老爷活到四十八，你爷活到四十六，我算活得最长过了五十大关了。你守孝三年就是孝子了？你绝了后才是大逆不道！"人之将死，其言也善，往往托付的是最重要的事情，而秉德老汉念念不忘的，是自己家族的血脉的延续。至于延续的意义，此时已经无暇他顾了。可悲的生娃、娶媳妇、再生娃、再娶媳妇的轮回如同魔咒，初民思维无法摆脱，当时已经死掉了四个老婆的白嘉轩半是被动半是自觉地继续走向"生娃"之旅。可以设想，如果不是仙草顺利生了孝文、孝武，白嘉轩的生子计划是不会停歇的，即使他想，也不被环境允许。白嘉轩的这一思想传承于他的父亲，然后被他继续用在儿子身上，完成了一次交接。白嘉轩的三儿子孝义结婚后没有孩子，讲究伦理之道的白嘉轩为了家族血脉，竟同意让儿媳找兔娃"借种"，按照他的想法，如果"借种"不成功，就上"棒槌山"。在延续后代面前，任何"丑事"都有了一个光明正大的理由。黑格尔在《美学》中认为重视生殖是东方文化的重要特征，他说："东方所强调和崇敬的往往是自然界的普遍的生命力，不是思想意识的精神性和威力而是生殖方面的创造力。"[1] 黑格尔是在讲雕塑作品时说这番话的，虽然他以印度为例，但是该论断也适合中国。因此，可以判断，原始的、自发的生存规范是统治白鹿原的无形律令，也正是在这样无声的律令下，人们一代一代生存、繁衍，并浸淫其中，未有任何质疑。

---

① ［德］黑格尔:《美学》第三卷上，商务印书馆 1979 年版，第 40 页。

生存的问题解决后，才是发展，这就需要文化了，衣食足而知礼节。同样是老人死前的遗言，通过对照比较，能够看出人在不同时候，需要面对不同层面的问题。作为白家的对头，鹿家的创始人鹿老太爷从一个小乞丐开始，忍受着难言的屈辱，学习了烹饪绝技，成为远近闻名的"天下第一勺"，修建了全白鹿原上最漂亮的宅院。他的成功甚至使"勺勺客"（厨师）成为白鹿原的男娃一个世纪以来最流行的职业。他死前的遗言既在意料之外，又在情理之中："我一辈子都是伺候人，顶没出息。争一口气，让人伺候你才算光宗耀祖，中一个秀才到我坟头放一串草炮，中了举人放雷子炮，中了进士……放三声铳子。"实际上，这并不是"伺候人"的问题，而是在富裕之后，需要用文化来巩固成果，并成为历史的书写的主体。马斯洛曾经提出过"需要层次说"，认为从低到高，人的需要是不断变化的，分别是生理需要、安全和安全感、爱和归宿感、尊重和自律、自我实现。① 用在解释鹿老太爷的心态上，也是合适的。这不仅是他一个人的想法，而是白鹿原人共同的想法，只不过借他口说出来罢了。白嘉轩的儿子长大了，他首先想的是把废弃的祠堂改成学校，而此议竟然让朱先生为他作揖打躬，认为他办了天大的好事。朱先生的一句话颇值得玩味："你们翻修祠堂是善事，可那仅仅是个小小的善事；你们兴办学堂才是大善事，无量功德的大善事。"在朱先生看来，文化传承比起祭祀祖宗来，意义要重大得多，中国古代文化"耕读传家"正是这个思路。不管是有意还是无意，白嘉轩实现了这个跨越，而请来的徐先生又会把这个思路传递下去，因为他首先打算讲的就是"仁义"。就这一点来

---

① 参见黄希庭、郑勇《心理学十五讲》，北京大学出版社 2005 年版，第 274—275 页。

说,白鹿原上假如没有西方现代性的冲击,恐怕不会自身生长出来任何与以前"规矩"相悖的东西,这不是愚昧的问题,而是长期闭塞造成的文化惰性。

白鹿村有着一种自然形成的生活方式,他们不需要政府就可以决定任何事情,全靠权威的经验。在白嘉轩和鹿子霖为了争夺李寡妇的地而闹得不可开交的时候,冷先生分别给他们出示了一张字条,看后二人不但重归于好,还共同帮助李寡妇共渡过难关,并因此美名传播,白鹿村也被县令命名为"仁义白鹿村"。这张字条上写的是:"依势恃强压对方,打斗诉讼两败伤,为富思仁兼重义,谦让一步宽十长。"显然,"仁"与"义"是一种不但得到白、鹿二人认同,也得到当时意识形态支持的行为规范,这也是中国文化中一直推崇的东西。从这一点来说,白鹿村可以被称为中国最后一个传统的乡土社会标本。费孝通曾经指出过中国乡土社会的"礼制"秩序,讲究"无讼":"在乡土社会的礼制秩序中做人,如果不知道'礼',就成了撒野,没有规矩,简直是个道德问题,不是个好人。一个负责地方秩序的父母官,维持礼制秩序的思想手段是教化,而不是折狱。"① 建立一个没有争执的社会,是传统文化的努力方向,不过,这其中需要个人对"礼"的崇拜与认同。在现代社会,"人治"的可能性已经越来越小,因此,也有一个转型的过程:"礼制的可能必须以传统可以有效地应付生活问题为前提。乡土社会满足了这种前提,因之它的秩序可以用礼来维持。在一个变迁很快的社会,传统的效力是无法保证的。不管一种生活的方法在过去是怎样有效,如果环境一改变,谁也不能再依着法子去应付新的问题了。所应付的问题如果要由团体合作的时候,就得大家接受个同意的

---

① 费孝通:《乡土中国·生育制度》,北京大学出版社1998年版,第54页。

办法，要保证大家在规定的办法下合作应付共同问题，就得有个力量来控制各个人了。这其实就是法律。也就是所谓'法制'。"①《白鹿原》中，用一种形象的方式描写了中国社会从"人治"向"法制"转变前夜的状况。不能不提及的是，中国乡土社会缺乏"法制"建设的因素，在崇拜祖先、以家族利益为准绳的价值观面前，不可能催生出现代民主制度。

白嘉轩和白鹿原生活在"前现代"的"幸福生活"中，当然这是中国漫长封建社会终结前的一小段，作者这样写并不是试图赞美和回到过去，而只不过是为以后的剧变事先铺垫。这种生活当然是理想化的，阶级冲突在《白鹿原》中消泯，经常被赞誉，但是带来了后遗症，那就是缺乏对社会变化的解释，当大规模群体事件爆发时，不用阶级视角，肯定无法自圆其说。这种平静偶尔也会被打破，历史上的朝代更迭和清朝此起彼伏的农民起义也表明，白嘉轩的生活不会如此延续下去，但是，现代性冲击的力度前所未有，几乎将他的生活连根拔起。

二 "革命"与"没有了皇帝该怎么过"

"鸦片战争"留给中国的记忆，在白鹿原上几乎难以寻觅，至于鸦片，白鹿原上的农民从来不种植，也从未听说过这样一种东西。在他们看来，罂粟不过是一种普通的药材。在外国人看来，中国的家族制度非常稳定，不容易变化："中国人的家族意识的坚固性甚至比万里长城都有过之而无不及，而且，中华民族的家族主义观念长盛不衰，历久而弥坚，既不因外族和外国的多次入侵而被打断，也不会由于佛教和基督教的巨大冲击而崩溃，

---

① 费孝通：《乡土中国·生育制度》，北京大学出版社 1998 年版，第 52 页。

这就与西方家族文化在中世纪的宗教文化的逼迫和近现代工业革命的撞击下趋于衰微绝然不同。"① 因此，只要未波及家族制度，就不会在中国引起轩然大波。但是，经济变革还是从细微处开始了。白嘉轩是最早在白鹿原开始种植鸦片的始作俑者，接着，原上的人们纷纷效仿，再接下来，烟土市场取代了粮食交易市场成为全镇交易中心。鸦片改变了人们的种植习惯，传统的粮食作物不再是农民的首要选择——这无疑是个隐喻。中国近代史就是从鸦片战争开始的，战争的失败也使中国天朝大国的心态严重失衡，而白鹿原上的一幕则消除了人们对鸦片的恐惧。本来，中国的衰落有其必要的原因，而鸦片只不过是个导火索或替罪羊罢了。鸦片进入白鹿原同样意味着，传统的生活已经改变了。

辛亥革命是一次真正意义上"波及"到白鹿原的革命，或者说，白鹿原上的第一次革命是反辛亥革命的革命。这次革命的起因很简单，革命政府收取的赋税过重，超过了以前的政府，人们不满意。白嘉轩此时站出来，领头起事。似乎很奇怪，本来农民起义应该是农民的专利，白嘉轩作为一个地主，他的行为多少有些古怪，但是，这恰是某种被遮蔽的"历史真相"，即使从"现实"角度考察，也很难找到一个曾经是安分守己的庄稼人的农民革命的领袖。白嘉轩的理由很传统，与辛亥革命完全不是一个时代的思维方式："按人按亩收印章税，这明明是把刀架在农人的脖子上搜腰哩嘛！这庄稼还能做吗？做不成了！既是做不成庄稼了，把农器耕具交给县府去，交给那个死（史）人去，不做庄稼喽。"还是官逼民反的一套，如同徐先生写的革命书"苛政猛于虎。灰狼啖肉，白狼吮血……"一样毫无新意，白嘉轩

① 〔日〕莫聿：《家族文化与文学叙事》，《中国人民大学学报》2001 年第 1 期。

只想活下去，此外别无什么"建国方略"之类的纲领。他举事的办法也沿用的是鸡毛传帖的老例。至于举事失败和善后，重新回到老路上，更是读者意料之中的事情。这样一次草草开始，以更草草的方式结束的"革命"，是对辛亥革命的反讽，也说明现代中国从上而下的体制变迁还缺乏足够的思想动力。不过，这一点倒并非《白鹿原》的发明，陈忠实只是把这个问题重新提出了而已。辛亥革命存在"不彻底"的问题，是老生常谈，即使是在文学作品中，也多有反映。阿 Q 所在的未庄，也经历了一个"震荡"，结果仍旧恢复了老样子，只有阿 Q 成了献祭这次革命的牺牲品，而他莫名其妙的死亡，更使这场"革命"带上了荒诞色彩。鲁迅以超越他同代人的眼光和辛辣文笔，彻底解构了这次革命的意义，当然是从文学的角度，因为他最看不惯是那些"伪革命者"，实际上，辛亥革命的意义不能低估。《白鹿原》继承了鲁迅的传统，同样对各色的"革命"抱以怀疑的态度，与以前的革命观并不相同。白鹿原上的"革命"，至少交农运动是如此，也没有充分的"理由"，革命的目标不是建立一个乌托邦，而是为了生存的无奈反抗，这也是作者对 20 世纪历史重新思考后提出的问题。就《白鹿原》来说，这才是荒诞戏剧的开端，更为令人震惊的"革命"将在后面接踵而至。黑娃的农协不过是泄愤的工具，一批人仅仅因为有钱就被铡死；而鹿兆鹏建立的党支部也是无人喝彩的独角戏，最后不得不依靠土匪的力量。陈忠实在写作《白鹿原》之前，做了足够的功课来了解 20世纪的历史，他从县志的角度，发现了一座题材的富矿。《白鹿原》刚一问世，就有论者指出："《白鹿原》虽然以秘史的形式出现，但它随处都留下的当代的印痕。"① 这是站在批评《白鹿

---

① 孟繁华：《〈白鹿原〉：隐秘岁月的消闲之旅》，《文艺争鸣》1993 年第 6 期。

原》的角度上说的，指出的问题也很尖锐，以"事后诸葛亮"的角度看待历史，不免有些奇怪的切合与间离，而这一切似乎都有摆脱不掉的人为因素。

正如"上帝死了"带给西方思想界的恐慌一样，辛亥革命使白鹿原传统的"惯例"坍塌。人们在失去"皇帝"之后，需要考量的第一个问题就是日子该怎么过。听说城里"反正"了，白嘉轩和鹿子霖一起去找冷先生。前者的问题是"没有了皇帝，往后的日子还咋过哩?"后者问:"皇粮还纳不纳呢?"总结起来就是:是不是还按照现在的样子生活。他们的启蒙导师冷先生没有回答，因为"他也不知道没有了皇帝的日子该怎么过"。在这里，"革命"的意义被有意忽略，至少从启蒙的意义上说，村民仍旧过着与以前别无二致的生活。

不要说当时的普通百姓如白嘉轩和阿Q之流不知道革命的意义究竟何在，即使是思想界的精英，也处于迷惘彷徨的阶段。就20世纪中国思想史来说，"革命"的目的就是建立一个乌托邦，而革命的激情，也来自对乌托邦的美好想象。孙中山革命的目的，就是"驱除鞑虏"，建立三民主义的现代中国。但是，人们似乎对这个理想并不买账，孙中山分析其中的原因说:"中国人最崇拜的是家族主义和宗族主义，所以中国只有家族主义和宗族主义，没有国族主义，外国旁观的人说中国是一盘散沙，这个原因在什么地方呢? 就是因为一般人民只有家族主义和宗族主义，没有国族主义。中国人对于家族和宗族的团结力非常大，往往因为保护宗族起见，宁肯牺牲身家性命。"① 辛亥革命推翻了帝制，为现代中国政治体制的转型作出了巨大贡献，但是由于丝毫未损家族制度这个中国传统制度的底座，因此不免让人觉得不

---

① 孙中山:《三民主义》,《孙中山选集》,人民出版社1981年版,第617页。

过瘾。只要不触及家族文化，任何革命都不会对国民有实质影响。而后来的复辟事件也说明，民众心灵启蒙才应该是中国现代性过程中的重要问题。可以说，家族制度是中国走向现代的绊脚石，这一点已经为五四时期的思想家所公认，推进"德先生"和"赛先生"的前提就是"打倒孔家店"。

白嘉轩是族长，他的选择在很大程度上代表着传统中国走向现代过程中的问题。除却为了要儿子，不断娶老婆和埋葬她们外，他的青年时代几乎没有做任何事情，也没有思考过任何问题。他的一切行为方式都是照搬"旧例"，他分析了自己的家族史后得出这样的结论："形成家庭这种没有大起也没有大落基本稳定状态的原因，除了天灾匪祸瘟疫以及父母官的贪廉诸因素外，根本原因在于文举人老爷爷创立的族规纲纪，他的立家立身的纲纪似乎限制着家业的洪暴，也抑止预防了事业的破败。"遇到困难，他的方法有两个，要么是求助于姐夫朱先生，要么是求助于阴阳先生，二者的思想资源有很多不同，但共同点是与"现代"意识无关。① 白嘉轩想要维持的，就是原上的宁静。"交农事件"后，何县长来请白嘉轩当县参议会的议员，看他不明白，何县长就说："不是县长说了算，而要民众，就是百姓说了算。"白嘉轩的回答表明了他的反现代的意识："百姓众口纷纷，咋个说了算？听张三李四的，还是听王麻子的？古人说，家有千口，主事一人嘛！"白嘉轩坚持的，正是家族政治的核心思想专

---

① 有论者对《白鹿原》只写封建宗法制度的传统，五四新文化在白鹿原上没有任何影响表示质疑，认为不是"真正意义上的真实"。见傅迪《试析〈白鹿原〉及其评论》,《文艺理论与批评》1993 年第 6 期。本书以为，这是《白鹿原》故意避开的一个问题，如果要夹杂对新文化的讨论，作者笔下的人物都会"变形"，保持视而不见，表现白鹿原的闭塞，也能说得过去，不算"不真实"，况且，白灵、兆海在县城的活动也暗示了五四对滋水县县城的影响。

制主义。但是，白嘉轩在有一点上是态度鲜明的，就是反对在原上驻军，他不认为秩序的保持需要运用暴力的方式。在他刚当上族长没多久，就请朱先生订定了乡规民约，为大家规定好了"过日子的章法"。有论者认为白嘉轩深受儒家文化熏染，身上寄托着儒家文化的精髓，并说："对于我们生活在传统（儒家文化）中的当代人来说，对于从儒家传统文化走向现代化的中国来说，如何看待儒家文化如何批判与继承儒家文化，都是一个值得思考的大问题。"① 这种说法很常见，但是有颇多可质疑之处。就白嘉轩的哲学观来说，不能说是儒家文化。白嘉轩的哲学是一种活命哲学，所有的努力都不过是维持一种既定的秩序，这样做的原因并不是他对此秩序有多少了解，而是他认为历史证明这样能更有效地生存下去。他也看到了社会的黑暗，曾经带头策划"交农"，但是他并不打算改善秩序，而是试图从道德约束的角度来解决，帮助李寡妇、惩治小娥和孝文都无不出于这个目的。他以为依靠个人道德的自律就可以避免人性中丑恶的东西，他也以同样的理由来规范不服从的异类。就管理家族的方式来说，他是个暴君。辛亥革命的历史悲剧就在这里：虽然推翻了名义上的皇帝，但是家族中的"皇帝"仍然端坐龙椅，发号施令。

三 白鹿原上"翻鏊子"

陈忠实在《白鹿原》的扉页上，录下了巴尔扎克的一段话："小说是一个民族的秘史"。当然，陈忠实是以自己的方式向巴尔扎克致敬。巴尔扎克曾经有一个雄心壮志，要用文学来记录社会的变迁，在世界文学史上，他的抱负是空前的，而到现在为

---

① 田长山：《犁开深厚的土层》，《小说评论》1993 年第 4 期。

止，仍然堪称绝后。巴尔扎克的《人间喜剧》以宏阔的规模描写了贵族没落的历史，获得了高度赞誉。马克思和恩格斯都曾给予巴尔扎克以很高的评价。马克思认为巴尔扎克是一位"对现实关系具有深刻理解"的著名作家。恩格斯则在一封信中写道："不错，巴尔扎克在政治上是一个正统派；他的伟大的作品是对上流社会必然崩溃的一曲无尽的挽歌；他的全部同情都在注定要灭亡的那个阶级方面。但是，尽管如此，当他让他所深切同情的那些贵族男女行动的时候，他的嘲笑是空前尖刻的，他的讽刺是空前辛辣的。而他经常毫不掩饰地加以赞赏的人物，却正是他政治上的死对头，圣玛丽修道院的共和党英雄们，这些人在那时（1830—1836）的确是代表人民群众的。这样，巴尔扎克就不得不违反自己的阶级同情和政治偏见；他看到了他心爱的贵族们灭亡的必然性，从而把他们描写成不配有更好命运的人；他在当时唯一能找来未来的真正的人的地方看到了这样的人，——这一切我认为是现实主义的最伟大胜利之一，是老巴尔扎克最重要的特点之一。"（《致玛·哈克奈斯》）巴尔扎克被认为是真正忠实地揭示了一段历史的本质，没有掺杂任何个人的好恶。对于后世作家来说，巴尔扎克是一座难以逾越的高峰，但是并非不可绕行，他开辟的道路，也很快被其他的道路代替，毕竟文学的发展不会在任何个人的成就上停滞不前。陈忠实的"秘史"说引导不少评论家竞相猜测，而他本人却恰到好处地保持沉默，这使"秘史"成为了研究《白鹿原》的关键词。

　　作为新历史主义理论的绝佳范本，在以前的研究中，《白鹿原》中"秘史"与"正史"的关系一直是研究者关注的焦点。有人一相情愿地将其看成正史，认为《白鹿原》"真实地表现了中国人民对和平生活的执著追求和为寻求富民强国道路作出的艰苦努力，客观地展现了以共产党人为核心的进步力量在创建人民

共和国的历程中表现出的顽强精神和付出的巨大代价，也喻示了
通向现代化路途的艰难和曲折，对中国文化精神作出正面论述，
提示了背离中国传统文化精神的一切势力和运动最终不能长久的
深层哲理"。① 此说恐怕很难立住，《白鹿原》的历史观恰是反对
把现代史作为革命史的，而陈忠实之所以考察县志，就是想挖掘
原生的材料，在文化立场上保持中立态度。李星在论及《白鹿
原》时，把"生活演变"作为秘史，说："秘史是相对于大历
史、正史而言的，是正史的孑遗，是正史的背面，是偏重了感性
和个人性的历史，小历史是相对于历史的丰富和补充……但是小
历史的意义，不仅仅在认识面的扩大，也不仅仅是丰富和扩充，
而是发现，独特的发现。"② 可以说《白鹿原》中的独特发现就
是采取"翻鏊子"的视角来看取历史，不对事件的价值，而只
对结果做判断，虽然这个比喻从朱先生口中说出，但是却代表了
白鹿原上人们的普遍心态。

　　白鹿原上的政权更迭速度很快，每一次都是以杀人为标志，
并为下一次报复这次杀人留下借口。在鹿兆鹏的领导下，农民协
会成立了，作为对不允许自己进入宗祠的报复，黑娃率人砸了祠
堂，毁了刻着"乡规村约"的石碑。自从他带小娥回白鹿原之
后，黑娃就成了宗族制度的放逐者，他的革命动力来自他所受到
的来自宗族的歧视，革命正好给了他一个报复的机会。黑娃以毁
灭一切的方式进行着"革命"，连鹿兆鹏都不得不出来警告：
"同志们，革命不是一把铡刀……"很快，铡人者也被送到了铡
刀下面，"四·一二"之后，国共交恶，鹿兆鹏和黑娃纷纷出
逃，幸免于难。黑娃做了土匪后，接着的是更疯狂的杀戮。朱先

---

① 王玉林：《〈白鹿原〉与人民解放战争》，《中国文化研究》1998 年秋之卷。
② 李星：《世纪末回眸——〈白鹿原〉初论》，《文学报》1993 年 5 月 20 日。

生把白鹿原比作是一只"鏊子",操控者是国、共、匪,而"饼"就是芸芸众生。这不仅是对"人为刀俎,我为鱼肉"的仿写,更是削平了意识形态的指认。《白鹿原》这么做,显然是有意为之。陈忠实笔下的白鹿原不啻于现代中国的原型,各种势力都在美丽的口号下争夺对它的所有权,却无法掩盖生灵涂炭、生产破坏的现实。在新历史主义的开山之作,乔良的《灵旗》中,对这个问题表述得更为明确。"那汉子"扮成鬼,为湘江之战死难的红军复仇,杀死了许多当年杀红军的人。他追求九翠,却始终无法获得她的爱情,在杀了九翠的丈夫民团团长后,又来求婚,二人有一段对话:"我不嫁你。""为哪样?""你叫我害怕。""你怕我哪样?""怕你身上的气味。""我身上有哪种气味?汗臭还是脚臭?""不是那种味。""是哪种?""是血味。腥狠了的血味。腥得叫人打抖。"嗜血与革命似乎很难分开,在张献忠年代杀人如麻的历史,也在其他年代不断上演,只是"麻"多"麻"少的问题了。

对国、共、匪三者的处理一直是《白鹿原》屡被争议的问题,意识形态叙事中"革命史"的经典地位不容挑战,而《白鹿原》则徘徊这个底线的边缘。《白鹿原》中,白灵和鹿兆海在决定参加国共两党时,用的是近乎小孩"过家家"的方法:

> 那天晚上兆海送白灵回家,忽然问:"白灵,你想不想参加一个党?"白灵说:"想,你想不想?或者……你早已参加了?"鹿兆海说:"我也没有。咱们商量一下,参加哪个好?"百灵说:"不。咱俩一人参加一个。"鹿兆海说:"这样好,国共团结合作,我们俩也……"白灵说:"'国'和'共'要是有一天不合作了呢?"鹿兆海说:"我们继续团结合作,与背信弃义的行为作对!"白灵说:"那好,你

先选择一个,剩下的一个就是我的了。""这样吧——"鹿兆海掏出一枚铜元说,"有龙的一面的'国',有'字'的一面是'共',你猜中哪面算哪个。"

两个青年的命运被偶然的因素决定,他们一腔热血,只想找个报国的通道,如此戏剧化的情节凸显了青年们的单纯,而他们也必将为这个单纯付出代价。白鹿原上的智者朱先生把"国共"之争概括为"公婆之争",认为二者主张源自一家,大同小异,一个是"卖合烙"的,一个是"卖荞面"的。有论者对此评价说:"在表现中国近、现代史时,《白鹿原》没有像《红旗谱》等作品那样在'共产党与国民党'、'无产阶级与地主、资产阶级'、'革命与反革命'等政治概念的选择运用上采取二元对立的态度和视角,而是严格按照生活的本来面目来反映生活,力求还原生活和历史的原生的混沌状态,真实地写出了历史过程本身那种'你中有我,我中有你;你变为我,我变为你',或是黑白、美丑、善恶互相交织的复杂状态。"① 这样的评价虽然指出了《白鹿原》在历史叙述上的重大贡献,但是结论同样有些简单。历史并非像《红旗谱》表现得那么清晰,同时也不像《白鹿原》表现得那么混沌,只有将二者对读,才能发现其中隐藏着的玄机。

陈忠实的思考与 90 年代激进主义所涉及的是同一个问题,只不过前者用的是文学的形式。海外学者余英时在 20 世纪 80 年代末认为,中国近代思想史上的一大特点是激进,总是在变,不断否定已经积累起来的成果:"自从康梁要求'全变'、'速变'以来,这个'变'便没有一个底,不知道要变到哪里为止。因

---

① 金汉主编:《中国当代文学发展史》,上海文艺出版社 2004 年版,第 505 页。

为中国人一直找不到一个可以认同的社会体制，也没有任何共识可以被大家都接受。"① 他主张采取文化保守主义的态度，继承和接受传统文化中的优点。此论一出，引发了"激进"和"保守"之间的一次激烈交锋，虽未分胜负，但是保守主义观点渐渐深入人心。《白鹿原》恰是在论争最激烈时期写就的，虽然作者在后来的创作谈中并未提及这次论争，但如此震动思想界的事件，陈忠实不会一无所知的。朱先生、白嘉轩身上的文化保守主义特征，非常明显，换句话说，也正是因为呼应了这个当代思想史上颇为要紧的问题，才使《白鹿原》获得了众多研究者的青睐。而到了90年代中期，李泽厚和刘再复合作了《告别革命》一书，以"告别革命"的口号为20世纪做出了总结。在这本书中，李泽厚指出，中国20世纪就是革命和政治压倒一切、排斥一切、渗透一切甚至主宰一切的世纪，20世纪的革命方式给中国带来了很深的灾难。事实说明，上层建筑革命、意识形态、文化批判这套东西不能使中国问题得到解决。而革命，常常是一股情感激流，缺少各种准备，"激情有余，理性不足"。所谓"激情"，就是指激进地、激烈地要求推翻、摧毁现存事物、体制和秩序的革命情绪和感情。该书主张改革，为了12亿人要吃饭，不论是何种名义，都不能再"革命"了。② 就《白鹿原》来说，正好非常形象地讨论了这个问题。

在《白鹿原》中，白灵和鹿兆海还进行了一次主义之争。鹿兆海批评共产党的革命用了一帮"死猫赖狗"，是"荒年饥月'吃大户'的盲动"，而白灵却批评他是"贵族口气"，二人相约

① 余英时：《中国近代思想史上的激进与保守》，收入李世涛编《知识分子立场——激进与保守之间的动荡》，时代文艺出版社2000年版，第6—7页。

② 参见李泽厚、刘再复《告别革命》，香港天地图书有限公司1997年版。

"走着瞧吧！看谁的主义真正救中国"。如果查阅一下就可以发现，这简直就是党史上路线斗争的翻版。就每个思想流派来说，无论如何激进或保守，其最终目的还是希望"救中国"，即找到"中国问题"的解决方法，但是因为互相不能相容，才出现了因为"主义"不同而互相杀戮的状况。就《白鹿原》来说，作者对二人的选择并未评价，后来，兆海和白灵也相继死去，他们的争执就成了一个无头案，而"走着瞧"的说法直到今天仍振聋发聩。

四　任何救赎都无能为力

新的生命不断出生，旧的生命不断逝去，大自然生生不息的规律任何人都无法改变，而个人的命运也似乎在冥冥中注定，被一双神秘的巨手玩弄，这是人类的悲剧。中国现代性作为民族国家话语中的核心话语，目的是使中国摆脱古老桎梏的束缚，与人类文明互通交流，而一个悖论是，个体生命的生存状态在这个宏大叙事中被理所当然地忽略了，他们如同一片片叶子，不断生长与随风飘逝，而大树没有任何改变。

对于人祸来讲，天灾的威胁更可怕，留在人们记忆中印象也更长久。白鹿原是关中平原，西北地区少有的物产丰富的膏腴之地，但是也经常遭天灾，而每一次灾难，带给人的除了死亡，还有对某种神秘力量的畏惧。在灾难面前，生命显得渺小而脆弱："一场空前的大瘟疫在原上所有或大或小的村庄里蔓延，像洪水漫过青葱葱的河川的田亩，像乌云弥漫湛蓝如洗的天空，没有任何遮挡没有任何防卫，一切村庄里的一切人，男人和女人，老人和孩子，穷人和富人，都在这场无法抵御的大灾难里颤抖。"每一次的灾害都会夺取许多人的生命，打乱他们本来计划好的人生节奏，而自然却凭借这样的力量提醒众生，它才是真正的主宰。与存在主义哲学家加缪在《鼠疫》中着重突出人在荒诞境遇中的反抗不同，《白鹿原》写的是人的忍耐和顺应天理。白嘉轩在灾害结束时想："死去的人不管因为怎样的灾祸死去，其实都如跌入坑洼颠断了的车轴：活着的人不能总是惋惜那根断轴的好处，因为再也没用了，必须换上新的车轴，让牛车爬上坑洼继续上路。"从孔子开始，除了屈原等少数，中国文化对天道从来不主张抗拒，"怪力乱神"一直被视为人无法了解和控制的领域。白嘉轩的哲学也是一种人与自然之间关系的哲学，这使他能够在云谲波诡的政治风云中保持一种"沉定"的姿态，认为这一切不过是上天安排的苦难而已。他认为白鹿村被下了咒语，人口永远不会超过一千，否则就有灾祸：

> 他在自己的有生之年里，第一次经历了这个人口大回缩的过程而得以验证那句咒语，便从怀疑到认定：白鹿村上空的冥冥苍穹之中，有一双监视着的眼睛，掌握着白鹿村乃至整个白鹿原上各个村庄人口的繁衍和稀稠……

这样一双"监视着的眼睛"，提供了叙事的另一个视角，把白鹿原上的人放在"天若有情天亦老"的平台上，所有人的争斗在历史老人看来都不过是无谓的挣扎。

白鹿原是意识形态的竞技场，各种哲学和理论都能在其中找到代言人。在《白鹿原》中弥散着一种对苦难人生的体察与包容，这种承担不能说没有传统的影响，但是更多还是体现了基督教思想。在中国传统文化中，几乎是不讨论如何承受苦难的。《白鹿原》中，冷先生的一番话可以作为例子："你看，个个人都是哇哇大哭来到这世上，没听说哪个人落地头一声不是哭是笑。咋哩?人人都不愿意到世上来,世上太苦情了,不及在天上清净悠闲,天爷就一脚把人蹬下来……既是人到世上来注定要受苦,明白人不论遇见啥样的灾苦都能想得开……"在白鹿原上,人的生死如同植物的生长与收割,一切默无声息,在浑然无际的土地上,寂寞而孤独。有论者曾经以诗化的语言写了自己阅读《白鹿原》的感受:"我从未像读《白鹿原》这样强烈地体验到,静与动,稳与乱,时间与空间这些截然对立的因素被浑然地扭结在一起所形成的巨大而奇异的魅力。古老的白鹿原静静地伫立在关中大地上,它已伫立了数千载,我仿佛一个游子在夕阳下来到它的身边眺望,除了炊烟袅袅,犬吠几声,周遭一片安详。"①如同秦腔,雄浑博大、狂野无羁却充满悲凉,这正是《白鹿原》的美学风格。

《白鹿原》开场时白嘉轩的老婆接连死去,只是一个预兆,大规模的死亡还在后面。大多数人的死亡如同白嘉轩的连名字也没有提到的几位老婆,默默无闻,但是,人的存在就在于反抗这种平静。《白鹿原》上主要人物的死都是不同寻常的,轰轰烈烈的,是他们使历史书写不再空洞苍白。鹿兆海为国捐躯,他的葬礼是白鹿原历史上最隆重的,现代性话语就是通过这种方式体现在《白鹿原》中,因为民族国家的存亡才是压倒一切的话语。小娥的死带来了一场瘟疫,她用这种毁灭来表达自己的诅咒,至少白鹿原上的人们这样认为,为此他们专门建造了一个"塔"来镇邪。小娥勇敢地反对命运的不公,却无奈地被命运玩弄,沦为一个"正经人"唾弃的娼妇,她不能被白氏宗祠接受,只能以更为激烈的方式来反抗。白灵是当时个性解放的代表,为了上学不惜用自杀威胁父亲,表现出她的果敢和倔强,同时也预示了

① 雷达:《废墟上的精灵》,《文学评论》1996 年第 3 期。

她的生命不会是一条坦途。她先加入了国民党，因为更欣赏共产党而改变了"主义"，她的信仰是真诚的，但是真诚却无法被理解，一个"白鹿精灵"十分窝囊地送掉了性命。似乎她不该这样死，但是这样死更显示出命运的残酷和荒诞。白鹿原上最睿智的人是朱先生，他甚至能够预测到自己的生命的终结，在妥善处理后事后安详死去。他是原上的精神领袖，不过他的"精神"已经注定不能维持多久，因此他也是"最后"一位儒家文化的代言人。黑娃一直是主流社会的边缘人，他不能进祠堂，只能去造反，但是他却一直有"祠堂梦"。在经历了各种传奇生活之后，黑娃开始"读书"，但是命运不会按照他的设想发展，黑娃死前对自己罪名的开脱无奈而又滑稽，如果他读书够多，可能会选择不发一言引颈就戮。鹿子霖的死是全书结尾，他内心阴暗，机关算尽，是个"小人"，他的不光彩的死相也是对他一生欺男霸女的"还债"。鹿子霖受尽折磨而死，不会引起怜悯，甚至会让人厌恶和幸灾乐祸，也说明了小说对"坏人"遭报应的民间观点的认同，这个报应放在小说结尾，正是对"不是不报，时候未到"的呼应。如此众多的主人公死去，如果说不是作者故意，肯定说不过去。他们爱过、恨过，也生活过，用自己的死点亮了沉沉的历史暗夜，也为生者留下了更多的可供传说的传奇。

主人公的一个个死去，显然的是作者操纵的结果，不过，有时候作品会营造一种氛围，主人公必须死去，才能达到艺术的要求。黑格尔曾经以哈姆雷特为例来阐释莎士比亚悲剧中死亡的必然性。他认为莎氏悲剧的死亡结局似乎是事出偶然，实则是势在必然："单从表面上看，哈姆雷特的死亡是偶然的，由于在他和拉尔提斯的角斗中，误换了毒剑。但是事实上在哈姆雷特的心灵深处一开始就已潜伏了死机，有限事物所立足的沙滩并不能使他满意：从他的哀伤和软弱、忧愁和愤世嫉俗的表现中，我们一开

始就看得出他生在这种残暴世界中是一个死定了的人。"① 死亡
不再是一个人生命的终结,而是一个美学事件的需要,在此我们
不能不佩服黑格尔如此诡异的观察和论述。同样的,《白鹿原》
中的主人公们先后死去,也是一种艺术的命定,他们也只能用
死,将自己写进历史画卷。

第五节 《丰乳肥臀》:传奇的土壤,家族的花

　　莫言是一个祖先崇拜论者,这一点确定无疑,他在《红高
粱》系列作品中就表现了晚辈面对祖先辉煌业绩的自惭形秽,
《丰乳肥臀》继承了这一"情结"。不过,这个被祭祀祖先不是
男性,而是女性。如果将莫言直接贴上"恋母"之类的标签,
可能过于简单。标志着旺盛生殖能力的丰乳肥臀不符合中国文化
对女性的审美要求,除了唐代"以肥为美"外,与阳刚相对的
阴柔一直是女性美的标志。对丰乳肥臀的追求无疑是图腾崇拜,
是寻求一种圣洁的庇护力量的努力,因为女性/母亲的博大和无
私是任何力量都无法相比的。《丰乳肥臀》写了一个以女性为中
心的大家族在现代中国的命运,而作者是男性,更有寻求救赎的
意味。

一 "乳房"

　　作为小说旗帜鲜明的符号,如果把"丰乳肥臀"仅作为女
性性征或者图腾崇拜,是不能理解《丰乳肥臀》的,其间夹杂

---

① 〔德〕黑格尔:《美学》,商务印书馆1979年版第3卷下,第329页。

着的信息有些一言难尽。这里说的"一言难尽"不是难以启齿，而是人类集体无意识深处某些难以言传的"密码"，无法言说。

女性的乳房是禁忌，同时也是图腾崇拜的重点，在《丰乳肥臀》中，乳房不是作为性符号，而是作为女性（人类）的力量而存在。作者对女性乳房有大量描写，有铺天盖地之势，甚至稍嫌过度，只有"恋乳癖"，才能持续不断地坚持对乳房的外形、气味进行淋漓尽致地描写。写作经验丰富的莫言，当然知道他的描写会给读者带来多么大的冲击。在当代文学中，还没有哪一个作家像莫言这样将乳房崇拜发挥到如此惊人的地步，甚至连能跟他相提并论的也找不出来。作者对乳房的痴迷也完全超出了情色范畴，而是一种神圣、庄严的礼赞：

> 那两个丰满的宝葫芦在她胸前跳跃，它们召唤着我，与我交流着神秘的信息。有时他们把两颗红枣般的头颅凑在一起，既像接吻又像窃窃私语。更多的时刻里它们是在上下跳跃，一边跳跃一边咕咕咕咕地鸣叫着，像两只欢快的白鸽。

> 从那一刻开始，只要看见了俊美的乳房，我的嘴巴里就蓄满口水，我渴望着捧住它们，吮吸它们，我渴望着跪在全世界的美丽乳房面前，做它们最忠实的儿子……

> 天上有宝，日月星辰；人间有宝，丰乳肥臀。他放弃了试图捕捉它们的努力，根本不可能捉住它们，何必枉费力气。他只是幸福地注视着它们，后来在他的头上，那些飞乳渐渐聚合在一起，膨胀成一只巨大的乳房，膨胀膨胀不休止地膨胀，矗立在天地间成为世界第一高峰，乳头上挂着皑皑白雪，太阳和月亮围绕着它团团旋转，宛若两只明亮的小

甲虫。

原型批评理论在解释"原型"的时候说:"原型是一种联想群(associative clusters),与符号不同,它们是复杂可变的。在既定的语境之中,它们常常有大量特别的已知联想物,这些联想物都是可交际传播的,因为特定文化中的大多数人都很熟悉它们。……某些原型深深的植根于传统的联想之中,几乎无法使它们与那些联想分开。……'完全'传统化了的艺术应该是这样一种艺术,其中的原型即可交际的单位已基本上成为一套秘传的符号。"① 可以说,"乳房"就是一个"原型",具有母亲、大地、哺育、奉献等联想符号,与其他女性的性征有很大区别。因此,即使冒着被批评的风险(有人曾批评以《丰乳肥臀》为名色情),莫言也坚持使用这一"原型"。

在"父亲"空缺的《丰乳肥臀》中(作者故意的安排,他们在小说一开场就死去),母亲成为上官家族的中心,这也是重视"血脉"的家族小说中很少见的(仅在《玫瑰门》等以女性为中心的"女性写作"中出现过)。莫言这样写不是"探索",而是沿着他既有的思路推进。在《红高粱》等系列小说中,莫言反复渲染了高密东北乡的"土匪气"与剽悍民风,其中,女性的大胆和无所顾忌尤为突出,这种"敢爱敢恨"地感情体现方式与传统文化宣扬的"温良恭俭让"是大不一样的,颇有"蛮地"特色。莫言《丰乳肥臀》中的"母亲"带有他对理想女性的理解,也体现着他的女性崇拜思想,这一点莫言似乎并未承认。小说发表后,为了以正视听,莫言专门写了一篇文章来阐

① [加]弗莱:《作为原型的象征》,转引自叶舒宪编《神话—原型批评》,陕西师范大学出版社1987年版,第155页。

释自己的写作目的。文章用大量的笔墨回忆了自己母亲的一生，与小说中的母亲在许多地方都很相似，比如都生育了众多儿女、被婆家虐待、任劳任怨，等等。① 但是，莫言写的"母亲"显然带有更多他个人添加上的"因素"。与以往"母爱"主要是精神上的关怀不同（母亲的基本形象如此），《丰乳肥臀》展现的是"身体"上母亲。因为难产差点死去、曾经被溃兵轮奸、每天挣扎在饥饿边缘、八个女儿一个个离开，母亲遭到了生活最疯狂的摧残，而她却默默抗争，最终骄傲地迫使生活和解。正如作者在扉页的题记："献给母亲的在天之灵"。题记在表达作者写作意愿中的作用不言而喻，当然这个母亲既可以理解为作者自己的母亲，也可以理解为所有的母亲，恐怕作者的意思是二者兼有。乳房在《丰乳肥臀》中，无疑是一个"原型"意象，母亲上官鲁氏如同圣母一般，安详、宁静、逆来顺受、忍辱负重，具有博大的奉献精神，她用自己"乳汁"养育了儿女，然后又养育儿女的儿女们。

　《丰乳肥臀》刚开篇就是一幅生育图景，已经是七个女孩的母亲的上官鲁氏正准备生第八胎，这对那个时期的女性来说，是很平常的事，虽然在今天看起来令人惊异。在动物世界的生存法则中，具有顽强的生命力是对个体的首要要求，而"能生养"则是对女性评价体系中重要的指标，无疑，这是前现代社会延续了多年的"规则"，它是在实践中逐渐形成和被接受的。上官鲁氏和她的婆婆丝毫不掩饰对男孩的期待，这是"传宗接代"的要求，也是女性证明自己"价值"的方式。在日本人就要打来，大家纷纷逃命的危急时刻，上官家的驴子和媳妇都临产，生命的转折轮回当然压倒了恐惧，新生命的诞生（经历了艰难的过程）

① 莫言：《〈丰乳肥臀〉解》，《光明日报》1995 年 11 月 12 日。

使《丰乳肥臀》中奔腾着大自然生生不息的动力。这些都没有什么不正常的地方,有趣的是上官鲁氏的祈祷:

> 菩萨保佑……祖宗保佑……所有的神、所有的鬼,你们都保佑我、饶恕我吧,让我生个全毛全翅的男孩吧……我的亲亲的儿子,你出来吧……天公地母、黄仙狐精,帮助我吧……

一连串的"上帝"能够兼容在上官鲁氏的祈祷中,说明她的心中没有"上帝",她的信仰是极其"实用"的,谁能够帮助她,谁就是她的"上帝"。中国文化中没有一个像西方基督教一样有影响的宗教,是得到公认的,但是这种情形的后果,则个人有不同见解。蔡元培在新文化运动之初明确提出以"美育"代宗教,只不过是权宜之计之一,但是暴露了中国文化中宗教缺失带来的价值真空。回到上官鲁氏的祈祷,可以判断,生一个能够延续"香火"的儿子就是她的宗教,为此目的她可以放弃任何"宗教",而散布于民间的各种"关帝"、"狐仙"、"奶奶"只不过都是为了实现"愿望"的助手,而非涉渡彼岸之舟。强调这一点是因为,上官鲁氏的一切活动需要从她的哲学出发获得一个合理的解释,而这与"宗教"息息相关。上官鲁氏的丈夫不能生育,而他的家人又迫切需要延续"香火",于是上官鲁氏开始了她的"借种"生涯,尽管她并不想这样(冒道德风险),但是为了获得男孩只能如此,直到与不同的男人生到第八胎,有了男孩。类似"借种"的细节,在莫言的作品中也不是第一次出现,在《白狗秋千架》中,暖也因为丈夫是哑巴,主动要求"我"与她生一个"会说话"的孩子。可见,在莫言看来,为了"后代","借种"是可以接受的,这与奸情无关,是人类的本能使然（尤其对于女性来说更是如此）。喷溅着的、强烈的繁殖欲望是母亲的重要特点，她从来不考虑政治派别、道德约束等外在因素，而是用最朴素的哲学来指导自己的行动。在人类的诸种活动中，"创造生命"从"原始"时期就是图腾崇拜的主要内容，而文明社会却将这一主题压抑，扼杀了人的生命力，《丰乳肥臀》是对生命活力的呼唤。

生命的重要性超越了民族、战争和意识形态。上官鲁氏生下第八胎、双胞胎之一，小说的叙述人"我"是被日本军医救活的，而日本人却是杀死他父亲的凶手。这样的细节安排肯定是莫言故意的，他用这种方式来删除种族与国家之间的差别，而这是现代民族国家的重要符号。在莫言的笔下，所有的生灵都是平等的，人与野兽之间的差别并不明显，刚刚为驴子接生完的樊三，手上的血还没有洗，就被"要挟"来为人接生，理由是"人畜是一理"，虽然他还略有狐疑。《丰乳肥臀》试图获得一种"超视角"，就是站在人类的立场上理解世界，而不是站在其中某个人或某一派的立场上，尽管这样做要冒更多的风险。《丰乳肥臀》以近代百年风云为背景，莫言却不打算用革命（《红旗谱》）、儒教（《白鹿原》）等视角来观察和描写。活下去，是上官鲁氏的宗教，正如她在小说中所说："我变了，也没变。这十几年里，上官家的人，像韭菜一样，一茬茬的死，一茬茬的发，有生就有死，死容易，活难，越难越要活。越不怕死越要挣扎着活。"在这样的思想指导下，她任何时期没有放弃生存的希望，无论多少次挣扎在死亡边缘，在带大自己孩子的同时，又带大了女儿们扔给她的孩子。这也是《丰乳肥臀》的主题，家族中一代代的儿女死去，而后又有一代代儿女成长起来，继续谱写或恢弘或平凡的生活篇章。人的生命中固然有存活的本能（实在不值得赞扬），但是母亲皈依基督教强化了她的这一观念，她听了《马太福音》之后，泣不成声说:"主啊，我来晚了……"基督教中对生命和苦难的看法正好契合了母亲的心理。

《丰乳肥臀》延续了家族小说的一贯写法，以一个家族成员的命运来折射 20 世纪中国历史，不同的是，它提供了另外一条解释家族命运的思路，丰富和发展了家族小说的空间。也正因为这一点，首发小说的《大家》认为这是一部"史诗":"作家极为清醒明确地对长篇小说的意义所在进行了一次冷静深入的阐释，无论从小说的思想内涵、历史跨度、故事内容、时空容量等都进行了匠心独具的架构，使这部具有史诗品格的作品终于与读者相见了。"① 作为"史诗"，《丰乳肥臀》没有推卸探究"中国问题"的责任，从生生不息的高密东北乡可以看到，中国现代进程的艰难路程。不过，也有论者认为，莫言对中国的家族制度进行了反讽:"毫无疑问，构成上官家族的核心，应该是血缘，是宗法制传统的以男性为中心的血缘，血缘既是家族的纽带，也是家族的结构，它是神圣不可侵犯的，容不得半点虚假。然而不幸的是，莫言让我们看到的却不是这样的家族结构，而恰恰相反。在这里，女性成了中心，家族的构成因素完全取决于上官鲁氏，上官鲁氏为了取得表面上的'家族火种'，遍寻野汉，结果弄出来一批完完全全的假冒伪劣，完完全全的'杂种'，尤其上官家寄予最后希望的上官金童更是一个杂种里的杂种——洋杂种。我们知道，中国的社会，说到底，是一种家族式社会，也就是说，家族，是这个社会的基本结构和本质所在，在这个问题上，莫言让基础和本质都出了毛病，那么基础之上的大社会，是否完美就可想而知了。可见在这个问题上，用心

---

① 《丰乳肥臀》编者按:《大家》1995 年第 5 期。

是何等良苦。"① 无论是历史上的母系社会，还是现实某些少数民族，母系家族并不鲜见。上官家儿女并非同父所生，也不能颠覆家族传统。上官家族是一个以女性为核心的家族结构，的确与以前的家族叙事不同，如果认为是莫言"用心良苦"，倒也不必，因为莫言的努力明显不是指出"大社会"的问题。

二　上官领弟之死

《丰乳肥臀》是一曲对女性的赞歌，上官家的女儿包括她们的母亲用生命探求着自身的极限，并用璀璨而轰轰烈烈的事件照亮了属于她们的历史，确实可以用"铿锵玫瑰"来形容。

不甘平庸、敢作敢为、蔑视世俗是上官家女性的性格，用母亲的话说，没有一个"听话"的。她们如同精力旺盛的舞者，一旦找到了自己的舞台，就疯狂地舞蹈，直到力气耗尽，倒地而死。如果仅有一个女儿是这样的话还是特例，几乎全是这样，就是"基因"的问题了，莫言通过同义反复的模式，将这一"旋律"在小说中不断奏响。看一看她们是怎样死去的就知道了：大姐上官来弟因为失手打死碰到她偷情的丈夫而死；二姐上官招弟在与独立纵队打仗时中弹而死；三姐上官领弟因为练习飞翔而摔死；四姐上官想弟做过妓女，因为性病而死；五姐上官盼弟"文化大革命"中自杀；六姐上官念弟与美国飞行员丈夫一同死去；七姐上官求弟因暴食生豆饼撑死；八姐上官玉女投河自尽。上官家的女儿个个漂亮，但是如同被诅咒，都因各种原因"非正常"死亡，如果说不是作者有意安排，是找不到其他理由的。

---

① 张军：《莫言：反讽艺术家——读〈丰乳肥臀〉》，《文艺争鸣》1996 年第 3 期。

上官鲁氏共有八个女儿，想在一篇小说中描写如此众多人物并让她们能给读者留下印象，是作家不可能完成的任务，当然，这也不是莫言的重点。读者对上官家族的女儿突然离开或回来都像她们的母亲一样不感到奇怪，不仅是读者，即使是作者，也不能完全讲清楚她们的来龙去脉。按照以前的家族小说，家族中的出走者都会代表一种"势力"或"思想"，《丰乳肥臀》也是这样，不过，因为子女众多，其中的"意义"也复杂得多。

无论什么理论，在叙述 20 世纪中国历史的时候，都不能忽视"革命"话语，"革命"无疑是最大的主题。但是，对待革命的态度随着作者站位的不同而呈现出迥异的模态。作家在写作的时候，也需要不断与"前人"对话，而对话后做出的选择，往往是作家的独创之处。大姐上官来弟爱上了黑驴鸟枪队队长沙月亮，并不是因为他的政治主张，而是因为他的建立在权力之上的阳刚气。二姐上官招弟知道抗日别动队司令司马库已经有三个老婆，还是愿意做他的第四个小妾。五姐上官盼弟嫁给了爆炸大队政委鲁立人。在"革命"普遍被误读的情况下（这是现代文学中"革命"话语的一般表述形式，"十七年"除外），这些头衔有什么含义并不重要，关键是它们代表着权力（暴力），如果不是"权力"资源已经用尽（职位有限），上官家的女儿将凭借自己的美貌将他们一一拿下。如果仅仅是一部重新书写 20 世纪中国乡土历史的作品，上述几个姐妹的经历就已经足够"腾挪"，无须再增添不必要的累赘。依然是革命话语，但是打天下的已经换了女性，虽然她们依靠的是征服男人、利用男人的方式。

相比起来，上官领弟就更值得分析。实际上，我们已经在文学中见识了家族中第二代五花八门、各种各样的死法，但是，莫言的想象力不仅能使他创造出更离奇的死法，也用反讽的手法使死亡不再鲜血淋漓，而是成为某种"行为艺术"。三姐上官领弟之死是这样的：

> 我们的目光被那个奇异的发声体吸引。发出怪声的是三姐领弟，但现在她作为三姐的特征已经很少，现在，她发出令人脊梁发冷的怪声时是她完全进入了鸟仙的状态的时候，她鼻子弯曲了，她的眼珠变黄了，她的脖子缩进了腔子，她的头发变成了羽毛，她的双臂变成了翅膀。她舞动着翅膀，沿着逐渐倾斜的山坡，鸣叫着，旁若无人，扑向悬崖。……等到我们清醒过来时，她已在悬崖下翱翔——我宁愿说她是翱翔，而不愿说她坠落。悬崖下的草地上，腾起一股细小的绿色烟雾。

从任何角度说，上官领弟的这次荒诞不经的死亡都是一次奇异的事件，除非在文学的世界中才会发生。给她飞翔灵感的巴比特先是"怪腔怪调地说了一些我们听不明白的洋文"，"又说了几句我们听得懂的汉语"："她是幻想症，她幻想自己是鸟，但她不是鸟……"如此评论，被怪腔怪调地说出来，使上官领弟的死带有了明显的反讽意义：她是为了一个梦想而死（当然是狂人之梦），没想到根本不值得，反成为笑料。

莫言在小说中从来只用行动来描写人物，很少描写人物心理，这是中国小说的传统，从另一个角度上说也是毛病。莫言不关心他小说中的人物都在想什么，仅有的一些心理描写也不够细腻，不是把对方当成"人"来看待。因此，上官领弟死的动机很不清楚，像是一个精神病人（她已经有明显症状）的所作所为，根本没有分析的价值。因此，以往的研究中，几乎没有人注意这一点。但是，外号"土拨鼠"的郭福子在安慰大家时，道破了玄机，为解读这个人物打开了新的空间。他说，上官领弟是

"百鸟仙子",因为偷食西王母的蟠桃被贬到人间,现在是回归"仙位"了,"你们说,大家伙都大眼小眼地看着的,她从悬崖上往下落时,与天地共醉共眠的状态,轻飘飘落地,肉身凡胎,哪有这般酣畅淋漓?"的确,或许当上官领弟死的时候,感受到的不是痛苦,而是自己对未来的想象和突破。虽然小说中没有描写她的心理,但是从以前她成为"鸟仙"的过程中还是可以略见端倪:当她"轻盈"地在树上跳来跳去的时候,"脸上洋溢着黄金般的微笑"。她从悬崖上往下跳,想必也是带着快感和微笑,当然这个判断也是根据小说的想象。不过,可以确定的是,上官领弟之死不是因为某种"政治"或"道德"原由。在中国的家族小说中,类似的人物和死亡凤毛麟角,但是,如果稍加联系就可以知道,在《百年孤独》中,类似的人物和死亡方式却很常见。莫言从来没有掩饰过魔幻现实主义对自己的影响,而上官领弟这个人物,应该是一个很好的例证。

如果把《丰乳肥臀》看作是一个女性的反抗史,想必不会遭到反对,但是,她们的反抗目标却并不明确。常常是一个孩子长大后,突然就宣布离开家庭,投身到自己钟爱的男人的怀抱,然后任由历史的洪水将她们带上不归路。如果这些主人公是男性的话,还多少可以用"志在四方"来解释,但当她们是一群红颜的时候,就不能不为这些"薄命"人感慨一番了。莫言是个女性崇拜者,将自己崇拜的女神们的生命一一结束,这个"刽子手"的滋味并不好尝。《丰乳肥臀》与《红楼梦》有很多相似之处(也说明莫言是摆明了要做一部大书),都以一个男性为中心,他试图但是无法呵护自己周遭的美丽女性,因此沉浸在悲痛中无法自拔。《红楼梦》中每个女孩的死,都是山崩地裂的事件,但是引来的往往只是泪水和唏嘘,其中能够反抗命运的,仅有鸳鸯、晴雯等少数的几个人。可以说,鸳鸯和晴雯在《丰乳

肥臀》中复活了，她们没有也不需要反抗的原由，她们只需要
为自己的未来做主，即使这个未来与自己的设想并不一致。因
此，我们在《丰乳肥臀》中看到，一位位上官家的女儿就像投
向烛火的飞蛾，在燃烧中享受着剧烈的快感，同时殒命，但是很
快又有后继者奋不顾身扑上来。现在可以知道为什么作者要为主
人公安排八个姐姐了，一连串的上官某弟让读者都难以记得谁是
谁，但是她们不断出走和死亡却成为了家族的"宿命"——无
论怎样"折腾"，结局都是死亡。一个家族，总有一种精神或特
征伴随着基因不断传递。相对于《百年孤独》中奥雷良诺家族
的"孤独"，《丰乳肥臀》不单纯是上官家族女儿的"丰乳肥
臀"，更有天马行空的想象力和叛逆精神，而这二者就是她们出
走和殒命的根源。莫言从 80 年代中期就开始"寻根"，并贡献
有《红高粱》，后来这个流派不了了之，旗下作家也作鸟兽散，
但只有莫言依然坚持追问，这也说明他是真正的"寻根"者，
而并非一时兴起"友情客串"。莫言所寻之"根"深深扎于民间
的土壤，伴随着他的不断开掘和浇灌，开放出奇异瑰丽的花朵。

　　《丰乳肥臀》与《红楼梦》一样，是一个男性视角中的女性
世界。男性上官金童一直生活在女性（母亲和姐姐）的阴影下，
他虽然不是上官家的血脉，但是却继承了上官家男性的无能。小
说中的他是个恋乳癖，小时候吃别的东西都会呕吐，只能吃乳
汁。长大后也辜负了上官家对他期待，不但是性无能，而且性格
懦弱。附录在小说前面的人物表这样介绍：

　　　　上官金童，母亲唯一的儿子。患有恋乳症。一生嗜乳，
　　以至精神错乱。中学毕业后去农场劳动。后因"奸尸罪"
　　被判刑十五年。改革开放后刑满还乡，曾在外甥鹦鹉韩夫妇
　　开办的"东方鸟类中心"任公关部经理，后在司马粮投资

的"独角兽乳罩大世界"任董事长，因被炒、被骗而失败，终至穷愁潦倒，一事无成。

在所有的人物中，这是最长的介绍，毕竟他是叙述人，也没有什么异常。关键是说"终至穷愁潦倒，一事无成"，有盖棺论定的意味，是在介绍其他人物的时候没有过的（其他人只介绍生平并无评论）。作家在介绍人物的时候明显表现了出了厚此薄彼（人物介绍肯定也为莫言所写），也就预示着上官金童这个人物身上肯定寄托着某些作者想要通过他表达出来的东西。在小说的前半部分，上官金童一直是作为叙述人"我"出现的，掌握着话语权，他的视角推动着故事的前进。而且，莫言绝对恪守着叙述伦理，始终没有越界，写超出"我"观察和思考范围以外的内容。熟悉莫言创作的读者都对此习以为常，因为这是他惯用的套路，莫言作品的叙述者通常都是处于懵懂阶段的农村小孩。小说后半部分，则改成了全知视角，因为上官金童已经成年，而且只用个人视角已经无法驾驭一部长篇小说。上官金童的"一事无成"显然是为了衬托他那些做出各种不平凡功业的姐姐和姐夫们，小说中男性的理想人物是司马库（莫言说司马库是他在小说中最喜欢的人物），他敢作敢为，最终以英雄的方式死去，是整个作品中浓墨重彩的一笔。"我"的懦弱甚至让母亲都看不过去了："你给我有点出息吧……我已经不需要一个永远长不大的儿子，我要的是司马库一样、像鸟儿韩一样能给我闯出祸来的儿子，我要一个真正站着撒尿的男人！"但是，最终上官金童还是让她失望了。叙述人上官金童已经七岁了还吃奶，而且母亲也准备让他吃到娶媳妇。比起风风火火的姐姐们，上官金童是个不折不扣的无能之辈，他无力脱离母亲的乳房，如何独霸乳房是他生活的重要目标，这种描写显然说明了作者本人的意见。莫言坚持种族"退化论",他在《红高粱》中就书写了"先人"的丰功伟绩和面对先人的自惭形秽,声称要扒出自己"被酱油腌过的心"来祭祀他们。现在,他又无情地把上官金童写成一个低能儿,纯粹是对自己的虐待,因为一般叙述者都喜欢写自己在脂粉堆中如鱼得水。实际上,在献给母亲和女性的作品中,男性就不可能伟大,他们的软弱和无助,才是焕发女性拯救和奉献的出发点。贾宝玉式的男性可以最大限度地理解女性,成为她们的知己,却不能改变她们悲惨的命运,只会掉下无济于事的泪水。关于上官金童这个人物,也有其他的说法。张清华认为,上官金童是知识分子的原型,他的无能预示着莫言对知识分子群体的失望:"他的血缘、性格与弱点表明,他是一个文化冲突与杂交的产物,而他的命运,则更逼近地表明了知识分子在这个世纪里的坎坷与磨难。"① 指出这一点为阐释这个人物提供了新的思路,也丰富了对小说的理解,但是还有一些疑问需要提出。如果上官金童代表着知识分子的审视目光的话,他在小说中就会有一些哪怕是只言片语的议论,尤其是被关押的十几年,更应该刺激他的言说欲望,但是小说却找不到。这绝非作者惜墨如金,而是压根也没有想找一位代言人,从莫言的创作来看,他始终拒绝在小说中设置知识分子的角色。如果说上官金童是作者塑造的知识分子形象的话,那他就是一个失败的形象。

三 传奇

中国现代性的发生和发展在《丰乳肥臀》中同样体现着,不同于其他作家追求"真实"的想法,莫言将这个过程用自己

---

① 张清华:《叙述的极限——论莫言》,《当代作家评论》2003 年第 2 期。

的方式传奇化了。同样的一个历史时间段，同样的现代中国，家族小说却呈现出了不同的风貌。与以往作家的"现实主义"的实录不同，《丰乳肥臀》却充满了传奇色彩。

《丰乳肥臀》中的人物基本是神龙见首不见尾，招之即来，挥之即去。相对于同样写了众多人物的《红楼梦》，《丰乳肥臀》在刻画人物性格方面缺少现实精神，换句话说，莫言笔下的人物并不栩栩如生，而《红楼梦》人物多而不乱，个个跃然纸上。莫言小说塑造人物的这个特点，很早就被眼尖的批评家看到了。有人用齐白石的"作画妙在似与不似之间"为依据，认为莫言在刻画人物的时候多用写意的手法，把人物弄得"比例失调"，但是却能达到神似的效果。[①]《丰乳肥臀》中的人物恰好体现了论者所指出的"写意"的特点，虽然作者总是寥寥几笔，但是却能将人物最突出的"亮点"放大并展示出来，给人以深刻印象。这样的方法如果用在短篇小说中或许还可以，用在长篇里就要冒一定的风险，因为不能塑造出来一个饱满的人物，作为长篇小说似乎说不过去。按照恩格斯关于典型人物的说法，《丰乳肥臀》中一个"典型"也找不出来。莫言这样做，显然有自己的考虑。莫言在一篇自述文章中说，他初学写作的时候，遵循的是高尔基的"革命的现实主义"，但是很快就因为这种"主义"虚假和矫揉而抛弃了，他说自己在80年代中期就觉悟到小说应该"天马行空，无拘无束"。[②] 这是他的小说基本不按照"现实主义"创作方法出牌的原因。

莫言也有自己的老师，就是拉美的魔幻现实主义，因为他经

---

① 胡河清：《论阿城、莫言对人格美的追求与东方文化传统》，《当代文艺思潮》1987年第5期。

② 莫言：《好谈鬼怪神魔》，《作家》1993年第8期。

常强调，也就广为人知，但是，由于他师承太明显，要摆脱老师的影响也不容易，而这几乎成为莫言成名以后的主要工作。他在《两座灼热的高炉》中说自己的小说"在思想上和艺术手法上无疑都受到了外国文学的极大影响。其中对我影响最大的两部著作是加西亚·马尔克斯的《百年孤独》和福克纳的《喧哗与骚动》"。① 其实，莫言曾经承认，他读福克纳并不多，他主要是汲取了福克纳将故乡小镇作为自己写作资源的思路。福克纳曾经说过："我的邮票大小的故土是值得一写的，恐怕毕一生之精力也无法将它写完；通过将现实升华为想像，我将可以完全自由自在地最充分地发挥我仅有的那点才能。我打开了别人的金矿，这样，我得以创造一个我自己的天地。"② 福克纳不只为自己，也为莫言找到了一座"金矿"（当代不少作家从中受益，但是谁也没有莫言坚持得时间长，直到高密东北乡成为他独特的商标），对于出生于穷乡僻壤的莫言来说，看到这一段话后的激动肯定是难以言表的，他终于为自己的写作找到了根据地，这也是他后来感激福克纳的原因。但是，马尔克斯的影响对莫言相对更大，莫言从他那里学会了更多的东西，包括如何写人物。马尔克斯在《百年孤独》中，创造了一个魔幻的世界：吉普赛人带来的飞毯可以载人在空中飞翔，他们的磁铁可以把各家各户的铁锅和铁盆吸走；有人被枪杀后，他的血可以穿越大街小巷，向他母亲报信；马孔多曾经下了 4 年 11 个月零 2 天的雨，村子几乎毁灭在洪流之中。如此等等，不一而足。生活在这个魔幻世界中的人物，肯定非同寻常，也不能用寻常的眼光去看他们。比如，在小镇上的自由党和保守党的内战中，布恩地亚的次子奥雷良诺率领

---

① 莫言：《两座灼热的高炉》，《世界文学》1986 年第 3 期。

② 转引自朱世达《福克纳与莫言》，《美国研究》1993 年第 4 期。

土著村民举行了 32 次起义,均遭失败,他的 17 个私生子也在一夜之间被杀害;老处女阿玛兰塔能够预测自己死亡的时间,答应村子里的人给他们故去的亲人捎信,包括口信,而到了死亡的时候,她躺在裹尸布中,果然被死神领走;家族中的第一代何塞·阿卡迪奥·布恩地亚每天把自己关在后院制作小金鱼,制好后熔掉再制,如此反复,度过了他的后半生。这些桀骜不驯的人物既是马尔克斯空前想象力的结果,也是他对世界的基本看法。西方学者路易斯·莱阿尔如此评论魔幻现实主义:"魔幻现实主义的主要特点并不是去虚构一系列的人物或者虚幻的世界,而是要发现存在于人与人、人与其周围环境之间的神秘联系。具有神秘色彩的现实的客观存在,是魔幻现实主义文学创作的源泉。"[①] 这个看法可以说是很精准地指出了魔幻现实主义的本质。莫言继承了魔幻现实主义对世界的看法,也主张保持对世界认识的模糊性,他说自己喜欢高更的东西,因为里面"有一种原始的神秘感","小说能达到这种境界才是最高境界"。[②]

莫言强调魔幻现实主义对自己的影响,也思考如何摆脱"影响的焦虑",找到自己的路径,类似的"焦虑"和"走出焦虑"的表述,在他创作谈和访谈中被多次提及。莫言如此急切地摆脱魔幻现实主义,是因为受其影响太深,几乎断送掉他的写作前途。经过一番考察,莫言发现了自己的同乡,写《聊斋志异》的蒲松龄,于是他开始研究蒲松龄并借鉴《聊斋志异》的写法。他承认说,自己在《丰乳肥臀》的写作过程中曾经写过鬼神,学的是《聊斋志异》,但是后来删掉了。即使是如此,现在看,小说中还有不少《聊斋志异》的影子。莫言的这次改换

---

① 龚汉熊:《现代西方文学思潮》,四川大学出版社 1987 年版,第 385 页。

② 莫言:《好谈鬼怪神魔》,《作家》1993 年第 8 期。

门庭是他的一次涅槃,也是他试图走出魔幻现实主义的努力。莫言从传奇中找到了自己的言说方式,他在一次接受访问时说:"对这块土地的历史的了解,主要依靠先人们的传说。任何传说都经过了一代两代以上的艺术加工,带上了相当的夸张成分,本身就具备一种传奇性。"① 与魔幻现实主义稍加比较就可以知道,莫言所说的"传奇"出自民间文化,有着深厚的文化传统底蕴。

90 年代以来,关于"民间"的讨论始终热度不减,因为它不仅是一种话语立场,还是作家重要的写作资源。讨论当代作家的创作,很难绕过这个问题。按照"民间理论"的倡导者之一陈思和的表述,民间是指"一种新的叙事立场,指 90 年代出现的一批歌颂民间理想的作家的创作现象",是指"一种非权力形态也非知识分子的精英文化形态的文化视界和空间,渗透在作家的写作立场、价值取向、审美风格等方面"。② 对"民间"的看法可谓见仁见智,几乎每个人的说法都不相同,但是能够引起讨论,本身说明这个概念有一定的"包容力"。在陈思和看来,莫言的作品中很明显地体现着"民间"的追求,他认为《丰乳肥臀》是"一部以大地母亲为主题的民间之歌","莫言作品中民间叙事的最大特点总是在这里,他的小说叙事里不含有知识分子装腔作态的斯文风格,总是把叙述的元点置放在民间最本质的物质层面——生命形态上启动发轫"。③ "大地母亲为主题"显而易见,是阅读完小说之后读者共同的感受,自不待言,而"民间之歌"这一评价却有更多的

① 莫言、陈薇、温金梅:《与莫言一席谈》,《文艺报》1987 年 1 月 10、17 日。
② 陈思和主编:《中国当代文学史教程》,复旦大学出版社 1999 年版,第 363 页。
③ 陈思和:《莫言近年小说创作的民间叙述》,《钟山》2001 年第 5 期。

理论背景,涉及作者的立场问题。或许是一种表达的策略,不过更像真实的内心吐露,莫言多次表明自己对知识分子不感兴趣,对作家称号感到"恶心",他努力坚持以边缘化的立场存在,用他自己的话说,要"作为老百姓写作",而不是"为老百姓写作"。这个立场就是民间立场,虽然说说容易,但是做到却比较困难,莫言不能保证自己做到,但是他始终这样提醒自己。莫言确实认真思考过"民间"问题,他在一次讲演中说:"民间写作,我认为实际上就是一种强调个性化的写作,什么人的写作特别张扬自己鲜明的个性,就是在真正的民间写作。"① 就《丰乳肥臀》来说,更大启示不是来自上述的"立场"和"个性"(它们固然也很重要),而是小说的"资源"。自从"寻根"文学发现故乡这个"富矿"以后,以地域为中心描写家族生活的作品越来越多,呈现大同小异的趋势,因为"新历史主义"的张力仅在于颠覆,而不负责重建。《丰乳肥臀》似乎是做了一个"减法",把"生存"以外的政治、经济、道德等附加品全部抛弃了,以顽强的生命活力来对抗生命的艰难。与余华在《活着》中宣扬的默默忍受不同,莫言笔下的人物生命力极其旺盛,他们绝不甘心平庸,而是按照民间的生存道德活着,因此,"最英雄好汉、最王八蛋"的人出自莫言的小说,也就再正常不过了。

可以令莫言欣慰的是,他建立的文学王国"高密东北乡"逐渐获得了承认,如果说在其他小说中这个地点仅仅标志着中国北方某一个地名的话,在《丰乳肥臀》中,莫言已经隐约把握到了它的生存法则,赋予了这个地点灵魂,或许这也是莫言坚持

---

① 莫言、王尧:《从〈红高粱〉到〈檀香刑〉》,《当代作家评论》2002 年第 1 期。

认为《丰乳肥臀》是最好作品的原因之一。20世纪以来的风云虽然也在高密东北乡的历史上留下的自己的轨迹，但是活在这里的人们并没有感受到与其他历史时期有什么不同，他们依然按照原来的方式生活着。莫言如此"恋乳"，是因为在弱肉强食的世界，母亲是最后的一道屏障，只要有母亲的乳房，就永远能够生存下去。《丰乳肥臀》用50万字讲的道理，就是这样简单（莫言是唯一拒绝在家族小说中设置反思者形象的作家）。为了某种需要，人们连篇累牍地发表着各色理论，其实都不过是"障眼法"，弃圣绝智，回到原初，才发现一切故事都不过是对其他故事的重复，正如在《百年孤独》的结尾，家族最后的守护者奥雷良诺在读完记载着百年来家族故事的羊皮书卷后说："这里面所有的一切，我都曾经看到过，也都知道！"

第六节　《笨花》：地方志与女性
"现代性体验"

在中国的"大家族"已经基本解体，成为"化石"的新世纪，小说中的家族叙事并未如预料的那样销声匿迹，而是以更为隐蔽的方式存在。许多成名作家似乎把家族题材作为验证自己分量的磅秤，纷纷推出以厚重见长的家族史。在铁凝的写作史中，《笨花》绝对可以称得上是一次重要转变，原因是她擅长描述纤细精微的"场景"，还从来没有人驾驭过如此"宏观"的"历史"和中国形象[1]。《笨花》写的是华北平原上一

---

① 陈超、郭金亮：《"中国形象"和汉语的欢乐——从铁凝的长篇小说〈笨花〉说法》，《当代作家评论》2006年第5期。

个叫笨花的村庄几代村民在 20 世纪上半叶的经历，出场人物多（90 多人），时间跨度大（从辛亥革命前到抗战胜利后），虽然铁凝在《棉花垛》等小说中对这个题材有所涉猎，但用40 多万字的篇幅来叙述几代人在现代中国的命运，在她还是第一次。铁凝本人也很看重《笨花》，称这部小说是她数年积累的成果，是目前为止最为厚重的作品。[①] 作为新时期登上文坛后一直不断探索的作家，铁凝的《笨花》在家族小说史上的意义如何，是本节试图分析的问题。

一　告别"新历史"

对 20 世纪中国进行"重估"，作为 80 年代的遗产，在 90 年代思想反思的语境下，迅速被认同。90 年代以来，"新历史主义"[②]成为作家看取 20 世纪中国的主要视角之一，一时风头无二。通常的看法是，随着作家目光转向"革命"历史不曾涉猎的空间，现代中国一些隐秘的、非常态的、反"历史"的内容被钩沉、打捞起来，显现出以往历史叙述中被遮蔽的一面。[③] 这种"不屈不挠的考古学"（福柯语）的背后，包含着对主流叙述

[①]　铁凝：《〈笨花〉是我创作生涯中阶段性的小结》，《燕赵都市报》2005 年 12 月 28 日。

[②]　"新历史主义"是 20 世纪后半叶产生于美国的思潮，观点之一是认为历史和文学属于同一个符号系统。见张京媛编《新历史主义与文学批评》，北京大学出版社 1993 年版，第 4 页。"新历史主义小说"在当代中国文论中指用不同于革命史角度阐释中国现代史的文学作品，陈思和将其归纳为"民国时期"、"非党史题材"两个特点。见陈思和《关于"新历史小说"》，收入《鸡鸣风雨》，学林出版社 1994 年版，第 80 页。

[③]　在丁帆、许志英主编的《中国新时期小说主潮》中关于"新历史小说"的论述名字就为"现代史的另一面"。丁帆、许志英主编：《中国新时期小说主潮》（下），人民文学出版社 2002 年版，第 1088 页。

模式的疏离——尤其是 1949 年以来意识形态话语对"历史"的叙述。关注和处理的材料不同，引发的问题也不同，"新历史"不是"新的历史"，而是"新的历史发现"。"新历史主义"理论如同泥沙俱下的洪流，裹挟着家族和个人的命运，抹平了意识形态的鸿沟。从当代文学史的角度说，新历史主义作品以现代史为背景，摆脱了《红旗谱》中关于民族国家命运的意识形态"宏大叙事"，进入家庭和个人的"小叙事"。其中，家族小说当仁不让，以丰沛的信息量和复杂的民族、国家、伦理意蕴展示了现代中国的方方面面，将 20 世纪中国反思引向了更深的层面，这是认识"新历史小说"价值的关键所在。

铁凝的《笨花》无疑继承了当代长篇小说的这一传统，并试图有所突破。作者从笨花村的风俗和人物写起，从"村史"角度，展现了村民们在"现代中国"的命运。家族史与民国史相互映照，是新历史小说的拿手好戏和看家本领，这一写法陈忠实在《白鹿原》中曾经使用并将其发挥得淋漓尽致。位于西北关中地区的白鹿原，在陈忠实笔下，见证了中国近代历史的重大事件，成为"现代中国"的象征。与此相比，《笨花》的写作路向并无多少"越轨"之处，铁凝也是把笨花村的历史当作冀中现代史来写的，或者说，她是把发生在冀中的历史"典型"写进了笨花村。当然，此一时彼一时，笨花村不是白鹿原，《白鹿原》出版（1993 年，人民文学出版社）比《笨花》（2007 年，人民文学出版社）早得多且早已名震江湖，因此，铁凝在《笨花》的写作中需要考虑如何避免犯冲，不落入陈忠实的窠臼。《白鹿原》已经将现代中国的故事重新讲述了一遍[①]，且颇受好

---

① 有论者认为，《白鹿原》就是换了个视角，将《红旗谱》中发生的故事重新讲了一遍。参见高玉《论〈白鹿原〉对阶级模式的超越》，《理论学刊》2002 年第 3 期。

评,铁凝如果"再向虎山行",不但需要勇气,更需要智慧。

铁凝进入"历史叙述"领域,不能算是冒险,因为她已经有这方面的储备,这使她比那些"生手"显得游刃有余。80年代中期,铁凝曾经有过一部中篇小说《棉花垛》,里面的核心情景,都被重新写进了《笨花》,有的字句甚至都没有变,可以说,《笨花》就是在《棉花垛》的基础上扩展开来的。这样说可能有些绝对,但从文本看,这个判断大致不会错。如果把这种扩展看作是铁凝的"懒惰",将暴露批评者的懒惰,因为在铁凝的创作史中,《棉花垛》更像是个长长的引线,在多年后引爆了《笨花》。

铁凝的《笨花》从结构上分成两部分,第一部分以向喜在民国的经历为主,是重新写的;第二部分以取灯回到笨花后的经历为主,基本以《棉花垛》为蓝本扩展而成。在将二者对接的时候,是不是会出现问题,是研究者首先应该想到的,而正如所料,《笨花》的"裂隙"就在这里。铁凝在试图修改《棉花垛》时,可能也考虑到了人物存在的"历史语境"(也不能不考虑),但是,她却遭遇到了尴尬。《棉花垛》的主旨是探究女性成长中的隐秘心理,指向女性生存体验而不是近代历史思辨,历史只不过是陪衬背景,而扩展为《笨花》时,历史背景不单是人物活动场所,还有先在的对人物命运的决定功能。就《笨花》来说,她没有认同宏大叙事模式,但也不愿在"新历史小说"之后学步,因此,铁凝只能另辟蹊径。从小说来看,铁凝没有,也无意在人物设置等小说操作层面宣扬一种历史观。既然是对民国史的叙述,又没有形成(或不愿形成)较为独立和完整的历史观,《笨花》在此同新历史小说传统告别。

试图形成"新历史",可是又注定无法形成,"新历史"理论在中国的脚步因此游移不定。铁凝的"告别"与新历史主义的理论困境不无关系。《白鹿原》以降，新历史主义的影响在当代文坛逐渐式微，逐渐走入死胡同。新历史小说的主要目的是颠覆以往在意识形态影响下形成的阶级斗争历史观，是中国文学与现实妥协的产物①，但是，它只不过是用一种想象代替另一种想象。用何种历史观去阐释20世纪中国历史，还是一个难题。换句话说，近代以来的中国现代性之路究竟得失如何、到底走向何方，作家暂时还无力回答这个问题——不是新历史小说无能，而是此问题在中国当代思想史范围内还没有得到解决。因此，回归传统和历史虚无主义成为许多新历史主义小说的选择。有论者曾经批评新历史主义小说过于沉溺事件和历史，遗忘了"自我"，不能与现实对话②，正中其要害。强烈的历史叙事冲动与实际上的无法完成是新历史小说的主要矛盾所在，也是其先天不足而后天也无力弥补之处。另外的原因是，90年代的现实生活对人们思想的冲击力加强，读者厌倦了虚构与理论，作家失去了关注"历史"的热情，这同60年代的美国文坛倒很相似。③

应该是出自上述考虑，铁凝的《笨花》绕过"沉重"的"中国历史"，以女性的细腻视角去关注"现实"——普通中国人的生存状态。80年代的"寻根文学"也是"新历史小说"的资源之一，后者显然继承了"寻根文学"对"传统"中国社会

---

① 吴义勤认为"新历史小说""隐含着对特定的社会政治思潮的回避与逃遁"，是"中国作家与中国文学的一种生存策略"。吴义勤：《"历史"的误读——对1989年以来一种文学现象的阐释》，《文艺评论》1993年第4期。

② 陈晓明：《无边的挑战》，时代文艺出版社1993年版，第260—261页。

③ 美国60年代记录当代事件的非虚构小说忽然变得十分发达，是"文学艺术与经验关系中的一个重要转变"，有论者认为是当时现实生活的多变与复杂超越了艺术。[美]约翰·霍洛韦尔：《非虚构小说的写作》，春风文艺出版社1988年版，第29页。

的关注。① "新历史主义"代表作《白鹿原》标举了以白嘉轩代表的传统儒家精神，认为"仁义"是白鹿原的精魂，同时也批判了它对人性的戕害。铁凝的《笨花》接续了"寻根文学"对乡土中国的迷恋，用大量篇幅书写了一部"地方志"。铁凝将目光聚焦在了她熟悉的华北农村，一方面是由于她有过农村生活的经历，另一方面是因为农村中保留着更多的传统因子。② 还有一方面的原因是她写作重心的必然转换。《玫瑰门》、《大浴女》之后，铁凝的生活资源基本用完，她对女性生存的探索暂时告一段落，题材转变是预料中的事情。铁凝曾经在一次访谈中说:"我觉得一个作家可以不写中国农村，或者中国式的农民，但是你至少应该对中国的农民有所了解"，"中国是一个农业大国，我认为不了解中国农村、中国农民，就不能真正了解中国人和中国社会"。③ 那为何不写当代农村? 笔者以为，铁凝放弃当代而写民国农村生活，有试图增加思想"厚度"的原因，但是，与新历史小说不同的是，铁凝抛开了"历史叙事"必然带来的虚构，而是以近乎白描的方式来书写另一个不同于《白鹿原》的现代中国。不过，无论怎样制造"真实"的效果④，《笨花》依然是一种对历史的"虚构"，《笨花》反对着新历史小说，但是又不得不依然栖息在它的阴影之下。

---

① 寻根文学代表作家认为传统文化在五四后断裂，呼吁重视民族文化，"跨越民族文化之断裂带"。郑义:《跨越民族文化断裂带》，《文艺报》1985 年 7 月 23 日。

② 其实传统并非只是隐藏在农村，但费孝通认为，"中国社会是乡土性的"，农村生活中包含着传统乡土社会向现代社会的转折。费孝通:《乡土中国 生育制度》，北京大学出版社 1998 年版，第 7 页。

③ 朱育颖:《精神的田园——铁凝访谈》，《小说评论》2003 年第 3 期。

④ 赵毅衡认为，"脚注实际上是叙述文本的一部分，但它仍具有超文本的假象"，"以增加文本的真实感"。赵毅衡:《当说者被说的时候——比较叙述学导论》，中国人民大学出版社 1998 年版，第 34 页。在《笨花》中，铁凝对真实历史人物做了注解，意在制造真实的效果，但这不过是"干预叙事"的手段。

《笨花》依然是以家族叙事为中心，但是却避开了"中国问题"，不过这并不意味着《笨花》抛弃了家族小说"以家写国"的传统，而是不再试图从一个宏观的视角来解释历史。作者运用的方法更有"现象学"意味，她只是把农村家族的生活史还原，而拒绝赋予意义，试图使意义通过"现象"自动呈现出来。

二 "地方志"

《笨花》的扉页上写道："笨花、洋花都是棉花。笨花产自本土，洋花由域外传来。有个村子叫笨花。"这段偈语的用意令人费解（或说有多种解法），但从"棉花"、"本土"、"村子"等关键词中，还是传达出对农村日常生活的关注。相比而言，《白鹿原》扉页上的引自巴尔扎克的"小说是一个民族的秘史"中的"小说"、"民族秘史"、"巴尔扎克"等关键词传达出的是知识分子话语特有的深度模式。从这个细小的地方可以看出两部小说的区别。对此，铁凝自然意识得到，她在一次接受访谈时说："因为这部小说历史的背景是一个乱世，就是上世纪民国初年一直到1945年左右，将近半个世纪的时间。这个群像就是你刚才说的这一群人物的生存环境就是这个乱世，但是写这个乱世，写这个乱世当中的风云，不是我的本意。我侧重的还是在这段历史背景下的，我心目中的这群中国人的生活，就是你刚才提到的，其中有一些生活细节。"① 这段谈话可以看作她同新历史主义的决裂宣言。铁凝不再以一个中心人物贯穿全书，而是着力塑造群像；她也不再关注乱世风云，而是聚焦生活细节。在铁凝

---

① 新浪读书：《铁凝谈〈笨花〉聊天实录》，http://book.sina.com.cn/author/subject/2005-12-28/1632195143.shtml.

看来，这才是中国人在"现代中国"的生活。实际上，铁凝是想展现一种未被"加工"、"提炼"过的生活。抗日战争是《笨花》的重要历史背景，但是民族国家话语在小说中被有意压抑。小说中，日军入侵这一事件的"意义"表现在顺容给向喜的一封信中："他爹，你不回来就先不回来吧。你走后没几天，小坂就来了。他知道你不在就走了。后来，咱们的西邻陆宅变成了宪兵队部，宪兵队部要扩建停车场，需要咱家的院子。现在墙被推倒了，你种的灯笼红萝卜也给铲了。前院铲平了，后院给拆了一半。眼下我一个人住在小东屋里，厨房也没有了，屋里只生了一个煤球炉子……"对普通中国农民来说，战争意味着传统、宁静的日常生活被破坏，这是向喜后来击毙日军并自杀的动机。在这里，《笨花》的独特意义在于，将新历史小说中的历史逻辑（有的以反历史逻辑的面目出现）置换为生活逻辑，并由此进入普通国人的凡俗生活。①

在 20 世纪的历史进程中，"现代性"以强大的力量抹平了日常生活和凡俗人生，把这些不能整合的内容通通扫入"没有意义"的垃圾箱。② 而张爱玲笔下的上海、沈从文笔下的湘西、赵树理笔下的山西、孙犁笔下的冀中背离了宏大叙事的要求（当然也不可能完全背离），构筑了一部"地方志文学史"。③ 这部文学史的意义越来越受到重视，因为里面保留了现代性叙事体系中被忽略的"冗余"信息，这些曾经被忽略的内容在新的审

---

①　在这方面作出开创贡献的依然是新历史小说。《灵旗》、《红高粱》中的事件都是违反"历史逻辑"的，但作者意在反对"历史逻辑"，并没有考虑建构的问题。

②　比如，张爱玲的作品在 50 年代初之后的 30 年里，在大陆绝迹。温儒敏：《近二十年来张爱玲在大陆的"接受史"》，收入金宏达编《回望张爱玲》，文化艺术出版社 2003 年版。

③　王德威曾将张爱玲放在与宏大叙事完全不同的海派文学传统中讨论，认为张是"海派文学的集大成者"。参见王德威《想像中国的方法》，三联书店 1998 年版。

美视角下，表现出新的价值。按照弗里斯比的看法，这些被历史学家认为无用的"废物"是"现代性碎片"，这些碎片虽然没有"窗口"，但"宛如一片展开所有植物的丰富经验世界一样"，隐藏着"世界的秘密"，现代性就托付在这些"碎片"中。①

铁凝拣拾的恰是这些"碎片"。《笨花》疏远了新历史主义对风云史的关注，接续了地方志文学史的传统，主要表现在如下方面：（1）对日常生活场景的描绘。在《笨花》的开头，铁凝描写了20世纪初期冀中平原一个黄昏的场景，这是一个普通的黄昏，每件事情都是曾经发生过的，今天，又发生一次。因此，历史在铁凝的《笨花》中没有原点，不曾"断裂"，这与现代性叙事注重时间的惯例迥然不同。而这种叙事方法，在《生死场》、《边城》、《受戒》中却不难找到。（2）对方言土语的运用。在《笨花》中，铁凝使用了许多冀中一带的方言土语，如"节在"、"揽饭"、"递说"、"细车"等，需要参考书中的注释才能弄明白意思。赵树理使用方言土语是为了让作品更加通俗易懂，贴近读者，而铁凝的用意恐怕相反，是为了使读者从毫无个性的"全球化"阅读氛围中跳出来，离开当代，找到"陌生化"的感觉。（3）对风俗习惯的描写。铁凝关注的不是"一个"人的生活，而是"一群"人的生活氛围。保定一带的小吃、特产、风俗在小说占据了很大的篇幅，甚至让人觉得太多。《笨花》在结构上前后明显不对称，前半部分情节发展缓慢，对风俗习惯的细致描摹是重点，而后半部分骤然加快加密，这一点很像《生死场》。而棉花收获期的钻窝棚等风俗（是否真的存在这种风俗，尚需考证），都明确地表现出地域色彩。

---

① 弗里斯比：《现代性的碎片》，商务印书馆2003年版，第296页。

地方志的特点在于,从政治变迁、经济发展、文化生活等角度最大限度地展现一个地区的社会风貌,而不是按照某种观点"整合"材料,而这正是"现代性碎片"的特征。铁凝的《笨花》就是想通过细节,努力展现冀中一带原生态的农村生活。但是,文学毕竟不是地方志,只能借鉴地方志写作的某些特点而已,真正的"还原"是不可能的,即使是真正的地方志,也无法将一地区的所有内容收入囊中。一方水土一方人,铁凝通过"地方志"写作,试图展示冀中文化的风骨。《笨花》中,梅阁和二片的反抗无疑是带有很强隐喻色彩的一笔。梅阁在她散步的时间依然出来散步,全然不顾日军"站住"的警告,她想的是"我为什么要站住,我在自己家的门口散步,为什么要给你们站住?"结果被枪杀。而独腿人二片则用自制火药欲与几名日军同归于尽。梅阁的被屠杀和二片的反抗几乎可以称得上是现代中国的原型叙事,但铁凝处理起来,却有意识避开了民族压迫等原有的解释框架,代之以普通农民的生活逻辑。在这种逻辑里,笨花人热爱自由、勇于反抗不是被叙述为发生在现代中国的偶然事件,而是从来就天经地义地存在于他们的日常生活当中。因此,铁凝的《笨花》对待文化传统的态度就很暧昧,她既不是采取批判的态度(像鲁迅那样),也不是大唱挽歌(像沈从文那样),也不是复杂分析(像《白鹿原》那样),而是地方志式的记叙,就像小说结尾处那一段双关的话一样:

　　有备走出了笨花村,不时回过头来看自己的村子。月色中的笨花终于使他又想到画画的事,他想,槐多没有从这个角度自东向西的画过笨花。他想,等他做完绷带再回笨花时,他要从这个角度画一张笨花村。他却没有想起山仁牧提到的那所美术学校。

作为一名有丰富经验的作家，铁凝当然知道结尾的一段话在小说中的地位，这一笔显然是虚实相间。在这里，"美术学校"以外的画笨花的"角度"，或有备的"角度"，就是铁凝想要寻找的新的叙述笨花的角度——"现代性体验"①。铁凝试图从普通中国人（主要是女性，下文将分析）的体验的角度去"体验"历史（而不是"诉说"）。

三　女性的身体与"道理"

铁凝关注的焦点一直是女性的命运，从她开始登上文坛就一直如此。她的《大浴女》、《玫瑰门》都是"女人戏"，严肃审视和剖析了女性心理的隐秘部分，特别是对女性之间明争暗斗的描写，更是在当代女作家中比较出色的。② 在《笨花》中，铁凝将贯穿小说的主角换成了向喜，堪称对自己写作的挑战。虽然铁凝的小说也有不少是男性为主角的，但她从未尝试将长篇小说的主人公作为男性（《玫瑰门》是男性缺席的小说，《大浴女》的方兢、陈在也是男性符号）。铁凝的这一转变可谓意味深长。这标志着，女性写作在自身建构完成之后，开始参与现代中国的历史建构。女性写作在相当长时间里沉浸在"私人化"经验之中，

---

　　① 人们对现代性的理解是从体验开始的。参见马歇尔·伯曼《一切坚固的东西都烟消云散了——现代性体验》，商务印书馆 2002 年版。王一川曾经从晚清知识分子心理变化的角度论述过中国人的"现代性体验"。王一川：《中国现代性体验的发生》，北京师范大学出版社 2002 年版。

　　② 铁凝在《世界》、《孕妇和牛》、《玫瑰门》中构筑了一系列"母亲"原型。参见徐坤《现代性与女性审美意识的转变》，收入陈晓明编《现代性与中国当代文学转型》，云南人民出版社 2003 年版，第 91 页。

极力反抗男权意识，但是忽略了自身在历史中的价值与地位。《玫瑰门》、《无字》构建的女性家族史固然凸显了一种女性传统，但这只不过是"女性史"，没有男性的世界无论是理论上还是实践上都难以为继。笨花村（隐喻中国）的历史由女性写就，男性向喜（从军后改名中和，笨花精神的象征）的命运也掌握在了书写者女性手中——铁凝成为新历史小说潮流谱系中的不多见的女作家，也为困境中的女性写作杀出了另一条道路。但是，正如女性指责男作家将女性"妖魔化"一样，作为一种新历史主义实践，向喜的形象也被女性"妖魔化"。比起对女性心理细腻入微的把握，向喜的行为较为程式化，心理活动较为呆板，形象比较干瘪。比如，铁凝花了许多笔墨，还是没有把向喜为何放弃平静小康的生活而入伍的原因讲清楚，这使这个人物从源头上就显得不够结实，后来发生在他身上的事件也缺乏依据——他是杀人起家的军阀出身却无法下手屠杀叛军就难以自圆其说。他最后击毙两名日本兵后自杀也非常程式化，是一个有民族气节者的典型的与侵略者同归于尽式死法（正如我们在无数作品读到的一样），或者说，是铁凝让他这样死去的。小说中"瞎话"的死同样与以前他的性格反差较大，却符合"民族大义"。也就是说，不管以前行为如何，民族气节成为了衡量男性的绝对标准。从铁凝对男性人物的书写中，看不出她有哪些地方与其他新历史小说有什么不同，反而是更接近"传统"。这显示出女性面对意识形态话语时的无能为力，虽然她们可以获得话语权，但是还不能建构起现代中国的历史。① 因此，尽管历史由她们书写，但是

---

① 贺绍俊指出铁凝写作的意义在于"将启蒙叙事与日常生活叙事这两种叙事传统融合为一体"，但是，他没有从女性写作的角度分析二者间的冲突。贺绍俊:《铁凝评传》，郑州大学出版社2005年版，第209页。

还是难以逃脱被规定的套路，写《笨花》的铁凝与写《太阳照在桑干河上》的丁玲一样，不得不对既定话语表示认同。这种处理方式对铁凝来说是省力的，也是讨巧的，但她也因此不能超越丁玲。拥有了关于"现代中国"（不是女性自身）的话语权——不管是否真实——之后怎么办，无疑也是《笨花》给当前女性写作带来的新课题。

女性在建立民族国家中的作用，已经越来越引人关注。《笨花》写了一个"现代中国"中的女性群体，同艾、取灯、小袄子、梅阁、顺容，她们是当代文学史上特殊的一个群体。女性在现代中国中的形象大致可归为三类。一类是"中国现代性"话语建构的主体。在《红色娘子军》和《八女投江》等作品中，女性被叙述为建构主导性的力量。二类是"中国现代性"话语建构的参与者。她们存在，却不发出声音，成为男性阴影后隐身人。在《红旗谱》的叙述中，女性不过是点缀，是男权秩序中的顺从者，朱老忠的老婆事事都听丈夫的。虽然女性还是显现出作者都没有意识到的对"革命话语"的疏离①，但是，她们与男性有共同的敌人，利益与男性的利益是一致的。三类是中国现代性话语的疏离者。在现代中国的宏大叙事中，女性在表面是被遮蔽，却在暗地显示出颠覆性的力量。《白鹿原》中的女性就是这样，小说开头就写白嘉轩如何"豪壮"，娶了六房女人，女性在这里显然没有任何地位。但是，小娥形象的出现是一个亮点，小娥代表了白嘉轩所信奉的白鹿原精神的挑战力量，她身上体现出不被政治/道德等外在意识形态所压抑的原始冲动。这三类女性

① 韩毓海发现了《红旗谱》中运涛和春兰对"革命前景"的不同憧憬，并认为这是"创造历史"和"日常生活"两种话语的冲突。韩毓海：《从"红玫瑰"到"红旗"》，上海远东出版社1998年版，第206页。

在参与宏大叙事的同时，她们的体验却被遮蔽了。"现代中国"是一个关于中国民族解放的、追求现代性的巨大话语体系，在对"既定"历史框架认同的情况下（虽然只是一个模糊背景），铁凝寻找到了新的表述空间，那就是女性现代性体验。

在民族国家话语之外，女性写作还有一个不为人知的隐秘传统。萧红的《生死场》写了现代中国背景中一群女人的日常生活，读《生死场》的评论家常常注意到萧红冗长的对女性日常生活的描写，却从民族国家话语加以解释。① 但这不是萧红关注的重点，对女性而言，真正的敌人不仅来自日军入侵，还有她们的身体所遭受的迫害。同样，丁玲《我在霞村的时候》也关注了一个被日军奸污的女性的命运。但是，现代中国话语强大的力量根本不给女性叙述自我的机会。刘禾对这一文化现象进行了解读，她在分析《生死场》的时候认为，萧红对女性身体的关注被"民族兴亡"视角压抑，应该对"民族国家"文学实践体系反省。② 无疑，铁凝接续了萧红开辟的这一传统。在评论《棉花垛》时有论者就指出："一个正义的乔被非正义的鬼子先奸后杀，一个非正义的小臭子被正义的国又是先奸后杀"，③ 女性在民族战争中，承担了更多的苦难。《棉花垛》的这一核心情节被移植入《笨花》。在《笨花》中，铁凝将这一思路进一步推进，

① 钱理群等认为，《生死场》写了"农村妇女的命运"，"并不从正面写抗日斗争，也不精心结构故事，却以萧红纤细敏锐的艺术感受写出北中国农村生活的沉滞、闭塞，以及由此造成的对民族活力的窒息"。钱理群、温儒敏、吴福辉：《中国现代文学三十年》，北京大学出版社1998年版，第309页。

② 刘禾认为，萧红"侧重于乡村女性的状况和命运"，"在《生死场》中，不论是占领前还是日据时期，女人的故事使作者无法将现存的男权——父权社会理想化。国家的劫难既不能解释，也不能抹去女人身体承受的种种苦难"。刘禾：《重返〈生死场〉：妇女与民族国家》，李小江等主编：《性别与中国》，三联书店1994年版，第72页。

③ 盛英：《中国女性文学新探》，中国文联出版社1999年版，第126页。

从"性政治"的角度，关注了启蒙话语之外的被遮蔽女性心理。无论时局如何变换，女人们都有自己的生活主张。正如同艾所说：

> 男人有男人的道理，女人有女人的道理。

笨花村的女人们各自有她们的生活的道理。同艾知道丈夫娶了二房夫人，她回村前一定要洗个脸，她需要的是尊严；梅阁皈依基督教，她需要的是灵魂拯救；小袄子出卖曲灯，她需要的是男人的青睐……她们的"道理"是从"自己"出发的道理，是从女性体验出发的道理，固执倔强、无拘无束。她们不关注"政治"，她们体验到的"现代"是身体的、贴切的，也是残酷的。

无论铁凝是否意识到（她在关于《笨花》的多次访谈中似乎并非提及这一点），女性的现代性体验就此浮现，而这，正是铁凝的《笨花》在当代女性写作中的意义。不过，多年以后，铁凝重述前辈萧红的体验时，思辨似乎大于体验，也就是说，铁凝的体验在相当程度上已经是被梳理过的"体验"了。而从这个体验史中，可以发现，女性写作又回到了原点，当然，中间经历了一个自觉的过程。

结　语

对于中华民族来说，20 世纪是从古代向现代转折的时期，所谓"三千年之大变局"就是这个意思。中国作为有悠久的文明传统、在现代化过程中落后的文明古国，经历了一个复杂的蜕变过程。在此过程中，形成了新的文化传统，即"近代文化传统"。冯契在《中国近代社会思潮研究丛书·总序》中对"近代文化传统"说的一段话很有代表性："从鸦片战争开始的近代一百余年间，中华民族面临着前所未有的文化挑战和民族危机，中国社会发生了甚至春秋战国时代也难以相比的激烈动荡和深刻变迁。这是一个由封闭走向开放，由专制走向民主，由农业社会走向现代化工业社会的转折期。围绕着'中国向何出去'的历史中心问题，中国的思想界不断掀起轩然大波，形成了思潮蜂起、波澜壮阔的历史图卷。……就具体的思潮而言，他们可能是有得有失，有积极面有消极面，有的甚至是负面影响大于正面影响；但是，思潮蜂起的总画面表现了民族精神在寻求救国救民、走向现代化的道路，这一点是毫无疑问的。正是在这长期艰苦的探索中间，形成了值得珍视的近代文化传统。"① 笔者以为，这个"近代文化传统"就是一条尝试解决"中国问题"的传统，其精

---

① 冯契：《中国近代社会思潮研究丛书·总序》，上海人民出版社 1994 年版。

髓不是坚持某种理论或主张，而是存在于对重新振兴民族的道路的不懈寻找和实践中。

上述传统或显或隐地体现在整个 20 世纪的中国文化中。其中，家族小说与其联系更为紧密。有论者认为，"家国同构"是中国传统社会的基本结构："天下与家具有互文互喻关系。这种关系蕴含着中国文化结构的基本秘密，并规定着受这种结构制约的中国文化人（文化文本的创造者）的主要行为模式。"① 因此，在 20 世纪绵绵不绝的"家族小说"中，包含着不同时代作家对"中国问题"的不同思考。

家族小说可以被视为中国在 20 世纪命运的寓言。杰姆逊认为，第三世界国家的文本带有"民族寓言"的性质，其"关于一个人和个人经验的故事最终包含了对整个整体"和民族命运的"艰难叙述"。② 大家族的崩溃是封建体制在中国解体的形象表现。两个家族的恩怨也是"阶级斗争"话语下对 20 世纪上半叶政治斗争的解释。80 年代中期以后的家族小说中的"家族精神"无疑是对中国传统文化精髓的概括。因此，中国在 20 世纪的各种思想历程都在家族小说中得到过表现。家族中的人物设置代表了在中国思想史上一直比较活跃的几类救国倾向。其中，家族统治者在五四时期是封建主义的化身，家族秩序维护者是保守主义思潮的代表，而出走者则是激进主义思潮的代表。在现代文学史上，激进主义思潮一直被认为是"政治正确"的，虽然保守主义思潮得到过同情，但是并没有占据过主导地位。1949 年后，激进主义思潮取得了主要地位。80 年代中期以来，文化保

---

① 李军：《"家"的寓言——当代文艺的身份与性别》，作家出版社 1996 年版，第 19 页。

② ［美］杰姆逊：《处于跨国资本主义时代中的第三世界文学》，见张京媛编《新历史主义与文学批评》，北京大学出版社 1995 年版，第 251 页。

守主义成为思想界的主要倾向。家族小说体现了这几种思潮在20世纪此消彼长的情况，但并是对其简单的图解和验证。反之，家族小说总是在作品中流露出作者也未必意识到的对这几种思潮的价值评判。虽然这几种思潮矛盾重重，但目的都是为了解决"中国问题"。体现在家族小说中，就表现为家中成员虽然有矛盾，但总的目的是一个：家族振兴。这正隐喻了中国人近代以来"振兴中华"的集体无意识。

从对"中国问题"的反映来看，百年来的家族小说经过了三个发展阶段。这是一个从建构到解构的过程。第一个历史时期，建构了一个走出家庭、冲出去解决问题的思路。这意味着作家处在对西方现代性经验的学习阶段，他们并没有考虑到在家族（国家）内部寻求解决问题的方案，而把希望寄托于"别求新声于异邦"。第二个历史时期，就是对这个问题的确定，认为自己找到了解决"中国问题"的办法。随着革命成功，中华人民共和国的建立，家族小说自觉体现了对马克思主义真理和共产党领导的崇拜。这被法定为解决问题的唯一道路。第三个阶段则是对解决问题的方法的怀疑和颠覆。这三个阶段的家族小说形成了三个迥然不同的叙事模式。从中可以看出，关于中国道路的探索，正如"摸着石头过河"的著名比喻，任何预先设定一个道路，然后发动群众去实践的方法都是不可取的。

回过头来看，家族命运的变迁是作家对现代中国基本状况的理解。有国外学者认为，"在1870年和1970年间，中国经历了一个政治崩溃和重建的过程"①，可谓"零度叙述"，不含任何褒

---

①　[美]杰罗姆·B.格里德尔：《知识分子与现代中国》，南开大学出版社2002年版，第413页。

贬；而陈忠实把这个时期看成"这个民族从衰败走向复壮过程"，①春秋笔法显而易见。从"崩溃"到"重建"和从"衰败"到"复壮"之间，存在着对20世纪中国历史价值判断的不同。为什么到了90年代后，家族中的第二代的命运呈现出不确定性的一面？首先是对以前"没有共产党就没有新中国"一元论历史观的反拨；但是，作家也无法指出"解决问题"的"正确"方法。当然，指出"出路"并不是作家的任务，可能没有人能够指出"出路"。解决问题的第一步是深入认识问题，从各个角度透视"中国问题"，有助于问题的理解和解决。

家族小说最大的贡献是以"家族史"的形式展现了中国20世纪的基本面貌，较之其他的专门研究，具有深刻的穿透力和生命力。

摩尔根在谈到家族是人类进程的珍贵标本时说，家族"较其他任何制度能更明白地揭露人类从原始野蛮的深渊，经过开化时代，以至于文明时代的向前进步的逐步阶梯"。②的确，家族的变迁是文明进步的集中体现。伴随着的是文学中关于家族问题的描写的变化。具体到中国文学，因为"中国问题"还没有解决，所以家族小说还会出现。但是，需要对"家族小说"既定的模式进行突破。如何进行突破呢？（1）进行深入的对家族文化和中国社会的研究和分析。（2）增加历史厚度，更新历史观，避免角色分配上的戏剧化。当代"家族小说"基本跳出了国共对立的历史定位，但是只不过做了一种"反对"的工作，真正的用一种人性、人道主义历史观来看待人物的行为的思维方式还没有形成，英雄主义、虚无主义等传统解释历史的方法并没有被

---

① 陈忠实：《〈白鹿原〉创作漫谈》，《当代作家评论》1993年第4期。
② ［美］摩尔根：《古代社会》，商务印书馆1971年版，第853页。

真正突破。（3）进入更广阔历史空间。把中国百年来的转型与世界历史和人类历史两个巨大的坐标体系联系起来，充分认识中国百年与世界百年在人类文明史上的地位，然后用文学的方式表达出来。

参 考 文 献

《马克思恩格斯选集》（1—4），人民出版社 1995 年版。

哈耶克：《科学的反革命》，译林出版社 2003 年版。

卡尔·波普：《历史决定论的贫困》，华夏出版社 1987 年版。

卡尔·波普尔：《二十世纪的教训——卡尔·波普尔访谈录》，广西师范大学出版社 2004 年版。

伊夫·瓦岱：《文学与现代性》，北京大学出版社 2001 年版。

马克斯·韦伯：《新教伦理与资本主义精神》，三联书店 2001 年版。

马克斯·韦伯：《儒教与道教》，商务印书馆 1995 年版。

马莱·卡林内斯库：《现代性的五幅面孔》，商务印书馆 2002 年版。

戴维·弗里斯比：《现代性的碎片》，商务印书馆 2003 年版。

鲍曼：《后现代性及其缺憾》，学林出版社 2002 年版。

鲍曼：《立法者与阐释者——论现代性、后现代性与知识分子》，上海人民出版社 2000 年版。

霍克海默、阿道尔诺：《启蒙辩证法》，上海人民出版社

2003 年版。

吉登斯：《现代性的后果》，译林出版社 2000 年版。

杰姆逊：《单一的现代性》，天津人民出版社 2005 年版。

查尔斯·泰勒：《现代性之隐忧》，中央编译出版社 2001 年版。

让—弗朗索瓦·利奥塔尔：《后现代状态》，三联书店 1997 年版。

杰姆逊：《后现代主义与文化理论》，北京大学出版社 1997 年版。

克尔纳、贝斯特：《后现代转向》，南京大学出版社 2002 年版。

理查德·沃林：《文化研究的观念》，商务印书馆 2000 年版。

福山：《历史的终结》，中国社会科学出版社 2003 年版。

安东尼·D.史密斯：《全球化时代的民族与民族主义》，中央编译出版社 2002 年版。

约翰·汤姆林森：《全球化与文化》，南京大学出版社 2002 年版。

福柯：《权力的眼睛——福柯访谈录》，上海人民出版社 1997 年版。

刘小枫：《现代性社会理论绪论》，上海三联出版社 1998 年版。

贺照田主编：《西方现代性的曲折与展开》，吉林人民出版社 2002 年版。

贺照田主编：《后发展国家的现代性问题》，吉林人民出版社 2002 年版。

阮炜：《中国与西方：宗教、文化、文明比较》，社会科学文献出版社 2002 年版。

陶东风：《文化研究：西方与中国》，北京师范大学出版社2001年版。

宋剑华主编：《现代性与中国文学》，山东教育出版社1999年版。

林毓生：《中国传统的创造性转化》，三联书店1996年版。

徐迅：《民族主义》，中国社会科学出版社1998年版。

单世联：《反抗现代性——从德国到中国》，广东教育出版社1998年版。

汪晖：《死火重温》，人民文学出版社2000年版。

陈嘉明：《现代性与后现代性》，人民出版社2002年版。

王宁：《超越后现代主义》，人民文学出版社2002年版。

刘放桐：《马克思主义哲学与西方哲学的当代走向》，人民出版社2002年版。

金耀基：《从传统到现代》，中国人民大学出版社1999年版。

虞和平主编：《中国现代化历程》，江苏人民出版社2002年版。

王一川：《中国现代性体验的发生》，北京师范大学出版社2001年版。

陈建华：《"革命"的现代性——中国革命话语考论》，上海古籍出版社2000年版。

张世英：《天人之际：中西哲学的困境与选择》，人民出版社1995年版。

张寅德编：《叙述学研究》，中国社会科学出版社1989年版。

罗岗：《叙事学导论》，云南人民出版社1994年版。

赵毅衡：《当说者被说的时候》，中国人民大学出版社1998年版。

王一川：《中国形象诗学》，上海三联书店1998年版。

许子东：《为了忘却的集体记忆——解读 50 篇文革小说》，三联书店 1998 年版。

迈克尔·莱恩：《文学作品的多重解读》，北京大学出版社 2006 年版。

李欧梵：《现代性的追求》，三联书店 2000 年版。

胡建：《启蒙的价值目标与人类解放》，学林出版社 2000 年版。

陈晓明等著：《现代性与中国当代文学转型》，云南人民出版社 2003 年版。

唐小兵编：《再解读——大众文艺与意识形态》，北京大学出版社 2007 年版。

唐小兵：《英雄与凡人的时代——解读 20 世纪》，上海文艺出版社 2001 年版。

黄子平：《"灰阑"中的叙述》，上海文艺出版社 2001 年版。

许志英、丁帆：《中国新时期小说主潮》，人民文学出版社 2002 年版。

曹书文：《家族文化与中国现代文学》，中国社会科学出版社 2002 年版。

李军：《家的寓言——当代文艺的身份与性别》，作家出版社 1996 年版。

肖明翰：《大家庭的没落——福克纳和巴金家庭小说比较》，广西师范大学出版社 1994 年版。

魏朝勇：《民国时期文学的政治想像》，华夏出版社 2005 年版。

李世涛主编：《知识分子立场——激进与保守之间的动荡》，时代文艺出版社 2000 年版。

罗岗、倪文尖编:《九十年代思想文选》,广西人民出版社2000 年版。

费孝通:《乡土中国 生育制度》,北京大学出版社1998年版。

李卓:《中日家族制度比较研究》,人民出版社2004 年版。